非虚构文学　－想象一个真实的世界－

The Salt
Path

RAYNOR WINN

［英］雷诺·温恩

著

盐之路

海边的
1014公里

席　坤
姜思成

译

中国社会科学出版社

图字：01-2020-2345号
图书在版编目（CIP）数据

盐之路：海边的1014公里 / （英）雷诺·温恩著；
席坤等译. — 北京：中国社会科学出版社, 2021. 3
书名原文：The Salt Path
ISBN 978-7-5203-7281-7

Ⅰ.①盐… Ⅱ.①雷…②席… Ⅲ.①长篇小说－英
国－现代 Ⅳ.①I561.45

中国版本图书馆CIP数据核字(2020)第179533号

出 版 人	赵剑英
项目统筹	侯苗苗
责任编辑	侯苗苗 高雪雯
责任校对	周晓东
责任印制	王 超

出 版	中国社会科学出版社
社 址	北京鼓楼西大街甲 158 号
邮 编	100720
网 址	http://www.csspw.cn
发 行 部	010-84083685
门 市 部	010-84029450
经 销	新华书店及其他书店

印刷装订	北京君升印刷有限公司
版 次	2021 年 3 月第 1 版
印 次	2021 年 3 月第 1 次印刷

开 本	880×1230 1/32
印 张	11. 125
字 数	240 千字
定 价	59. 00 元

凡购买中国社会科学出版社图书，如有质量问题请与本社营销中心联系调换
电话：010-84083683
版权所有 侵权必究

序　幕

破碎波来袭时，在海岸边总能听到一种剧烈而急促的声响，这声响无可比拟，是专属于破碎波的记号。那天夜里，我和茂斯在海边安营扎寨，在睡梦中，我恍然听到破碎波袭来的巨响，声音越来越近，我随之清醒。帐篷外巨浪的嘶吼声似要把黑夜吞噬，偶然响声略微减弱，那是浪头短暂地向后撤退 ——它们在为下一次猛冲积蓄能量。尽管被巨浪声吓得不轻，可我仍努力让自己镇定下来。我想，不管怎么说，我们的帐篷是支在高位涨潮线之上的，任凭浪怎么大，也不会冲到我们脚下。想到这里，我便安下心来，再次把头埋进帽衫里打算继续我的美梦。可转瞬我便意识到大事不妙，这一眨眼工夫，海浪几乎已经要冲到帐篷外了，那如怪兽号叫的海浪声和我只隔着一层防水布。

借着月色在帐篷里投下的暗绿色微光，我摸索着扯开了帐篷门帘的拉链。月光被陡峭的岩壁遮蔽，因此海岸边几乎只剩下一片漆黑，唯独看得清的就是那些因撞击海岸而碎成泡沫的余浪。我眼见着波浪快速翻滚着向前，被推得最远的浪头离我们的帐篷只有大概一米不到，我摇醒了睡在旁边睡袋里的茂斯，大喊着，"醒醒，快醒醒，茂斯，浪要冲进我们的帐篷了！"

惊醒后的茂斯和我手忙脚乱地把帐篷里可见的东西一股脑塞进背囊里，急匆匆地套上靴子。茂斯把固定帐篷的铁钉从沙子里拔出来，然后将整个帐篷顶在头上开始奔跑，我头上则顶着睡袋和地垫，睡袋里胡乱包裹着我们的衣服，由于我个头不够高，硕大的地垫有一大半被拖在了沙滩上。就这样，我们两个像两只巨大的绿色寄居蟹一样，驮着自己的"栖身之所"，在沙滩上疯狂奔跑以躲避巨浪的侵袭。我们的目的地是海岸边的岩壁，原本海岸和岩壁之间只隔着一条极细的水流，而当下由于大量海水涌入，它竟成了一道深近一米的小河，随着海浪一次次涌入，这条小河大有冲上岩壁的势头。

"我实在没法把这些东西举得更高了，可再这样下去，恐怕睡袋很快就要被浸湿了。"我向茂斯求助道。

"不管怎么说，千万不能让睡袋……"

"哗"地一声，巨浪的响声切断了我耳边茂斯的声音，下一刻，我们眼见着浪头短暂退却，并顺走了那条横亘在我们前面的小河里的大量积水，这下它只有大约一英尺深了。

"我们等下一波退浪出现，抓住时机跨过那条河，然后往海滩高处跑！"茂斯对我说道。

当下的我既错愕又有些许感慨，要知道，我的丈夫茂斯在两个月前受顽疾所累，连穿衣服这样日常的动作都很难完成，而这一刻他只身顶着硕大的帐篷，肩上还挎着沉重的背包，因为情况急迫身上只穿一条内裤，在这种状况下他竟还能够在海滩上快速奔跑。

"跑，快跑！"

茂斯冲我大声喊道，我们两个拼了命地向前跑着，想要跨过那条河好抵达岸上的安全地带，在这过程中，我能真切感觉到海浪一直紧咬着我的脚跟，我一刻都不敢放松。在耗尽了所有力气后，我和茂斯带着我们的所有家当跑到了岩壁脚下，我们的靴子几乎完全被浸湿，海水和咸涩的味道一并从中渗出。

"我看这些岩石并不怎么稳固，在这儿扎帐篷也不安全，我们还是往前再走走。"

这可是凌晨三点，我对于茂斯能在这种时候还保持如此清醒的头脑感到不可思议。

要知道，我和茂斯截至目前已经徒步行进了大约 391 公里，算日子的话一共是 36 天，在这期间，我们的居所就是这顶折叠式的绿帐篷，至于吃的东西，基本上只是些压缩饼干之类的干粮。我随身带着一本《西南沿海小径：从迈恩黑德到南海文角》，依据这本指南的说法，从我原先的家徒步至此大约需要 18 天，除此之外，书中还详尽列出了那些背包客们会喜欢的美味餐厅，以及那些有着软床和热水的舒适旅社及民宿。可对于我和茂斯来说，在18 天走完这些路简直是天方夜谭，而书中那些旅社和民宿更是负担不起。不过这些并不重要，我和茂斯此行并不奢求太多。

按照茂斯的意思，我和他继续向海滩上更安全的地方进发。茂斯身上穿着的那条内裤已经破了洞，由于旅途条件艰苦，他也只好连续几天都穿着它，毕竟我们没有太多可换洗的衣服。尽管这一切看上去很落魄，可看着头顶帐篷在沙滩上一路小跑的茂斯，我的心是宽慰的，我知道事情并不像我想的那么糟。

我和茂斯在安全处暂时安顿下来之后，先是想办法泡了茶来喝，再重新整理了行囊。这时波特拉斯湾的天光逐渐亮了起来，我们也将开始新一天的行进，接下来，我和茂斯还要走622公里，才能抵达最终的目的地。

| 目　录 |

致谢

| 第一部分 |
坠入光中

没有回头路了，我们必须离开。当我们从黑暗中往外挪时，茂斯转过身来。

"一起吗？"

"永远。"

生命的尘埃

当我决定去徒步旅行的时候，我正在楼梯下坐着，还没来得及仔细考虑背上背包步行 1014 公里意味着什么，也不知道在将近一百多个夜晚里露宿野外会是怎样的情形，没想过这笔开销要从哪里来，更没想过步行结束后又该作何打算。但唯一确定的是，相伴三十二年的爱人要和我一同踏上旅程，尽管他对这个决定还一无所知。

事实证明，提前几分钟躲在楼梯下的确是个明智的选择。一群黑衣人从早上九点钟就开始疯狂砸门。但我们没准备好，没准备好舍弃掉所拥有的一切。我需要更多的时间来告别，再给我一个小时就好，一个星期也行，但最好是一辈子。时间再长我也不嫌多。我们压低身体，躲在楼梯下紧紧依偎着。像受惊的老鼠一样窃窃私语；像淘气的孩子，战战兢兢地等待着暴露的那一刻。

法警们走到后院，猛敲窗户。他们想尽一切办法试图进到屋内。我听见其中一个爬到了花园长椅上，一边叫嚷，一边用力推开厨房的天窗。就在这时，我一眼认出了打包纸箱里的那本书——

《徒步500英里》(*Five Hundred Mile Walkies*)。我二十多岁的时候读过它,讲的是一个男人和他的小狗在西南沿海小径徒步旅行的故事。茂斯在我旁边蜷成一团,头靠在膝盖上,双臂环抱着双腿,一动不动地保持着这种自我保护姿势。他痛苦、害怕,且尤为愤怒。在这三年无休无止的战斗中,生活将每一枚可能中伤他的子弹都上了膛,然后用尽全力朝他开火。他已经愤怒到筋疲力尽。我把手放在他的头发上。记得年少时,我曾抚摸过他那头长长的金发,上面满是海盐、石楠花和青春的馈赠。后来他剪去长发,棕色的短发上沾满了建筑石膏和孩子们的橡皮泥,而现在,每当我轻抚他稀疏的白发,满眼都是我们生命的尘埃。

初遇茂斯那年,我18岁。现在,我50岁。我们一起重建了这个破败的农场,修复了每一堵墙,用心归置了每一块石头。我们在这里种菜、养鸡,抚育两个孩子。我们还建造了一个谷仓,有偿开放给游客来分享我们的生活。但现在,一旦我们走出那扇门,这一切都将会成为过去,一切都会被抛诸身后。结束了,这一切都要结束了。

"我们可以去徒步旅行。"

说出来很荒谬,但我还是说了。

"徒步旅行?"

"对,就是徒步旅行。"

茂斯能做到吗?但那毕竟只是一条沿海小径而已,不会太难走。而且我们可以慢慢来,一步一个脚印地,跟着地图走就是了。我现在急需找到一张地图来告诉我具体路线。那就出发吧,办法总比困难多。

我大概看了下路线，我们要从萨默塞特郡的迈恩黑德出发，穿过北德文郡、康沃尔郡和南德文郡，最终到达多塞特郡的普尔市。走完整条沿海小径的计划看起来完全可行。然而在当时那一刻，翻越山丘、穿过荒野、蹚过众多海滩与河流，这一设想如痴人说梦般荒唐可笑。就好比让我们现在从楼梯下走出来，坦然地打开门一样，都是不切实际的幻想罢了。这些事之于别人或许可以不费吹灰之力，但之于我们，便是如上青天。

可转念一想，我们改造了废墟一般的农场，自学了修理管道，还带大了两个孩子，面对法官和高薪律师时也能勇敢地为自己辩护。那这次为什么不行呢？

因为我们输了，输掉了官司，失去了房子，也迷失了自我。

我伸手把书从箱子里拿出来，看了看封面——《徒步500英里》。听上去该是一幅多么悠闲宁静的画面啊。但那时的我没有意识到，这条西南沿海小径是残酷无情的。它与登顶八次珠峰的距离相差无几。而且1014公里的这条小径通常不过一英尺宽，我们要野外生活、野外露营。一想到数十年的惨淡经营就换来眼下这一刻的东躲西藏，我就打定主意，这趟徒步旅行是势在必行了。

更何况现在我们别无选择。我伸手拿书的时候他们看到了我，他们知道我们在家。没有回头路了，我们必须离开。当我们从黑暗中往外挪时，茂斯转过身来。

“一起吗？”

“永远。”

我们站在门前，法警在门外等着换锁，要把我们和往日生活彻底隔绝开来。这座灯光昏暗的老房子像蚕茧一样保护了我们二十年。今天一旦走出那扇门，我们就再也回不来了。

但我们还是手牵着手，义无反顾地面向耀眼的阳光走去。

流 逝

　　我们的旅程是从何时开始的呢？是从楼梯下走出来的那个晴天？是我们搭朋友便车狼狈地到达汤顿市 (Taunton) 的那个雨天？还是说，我们命中注定会有这场徒步旅行，但它只是蛰伏，直到我们真正一无所有而无所顾忌的那一天，它才自然而然地出现在了我们脑海之中。

　　在法院的那天给长达三年的斗争画上了句点，但事情的结局永远不会如你所愿。多年前，我们刚搬到威尔士的农场时，阳光明媚，孩子们在我们脚边嬉戏奔跑，美好的生活正在我们面前徐徐展开。当时那里就是山脚下一个偏僻地方堆着的一堆废石。我们利用每一分每一秒的空闲时间来改造这座废墟，殚精竭虑修建属于我们自己的家。与此同时，孩子们在身边一天天长大。这里是我们的事业，我们的家，我们的避风港。所以我万万没有想到，它最终竟会断送在电玩城旁那个肮脏灰暗的法庭手里。当我站在法官面前说他搞错了的时候，我没想到事情会以这样的方式结束。我没想到我会穿着孩子们送给我的五十岁礼物——我心爱的皮夹克目睹这荒谬的一切。我真没想到一切就这么结束了。

　　我坐在法庭上，看见茂斯正低着头划拉黑色桌子上的一个白点。我知道他在想什么：事情怎么发展到这个地步了？那个口口声声要求我们赔偿损失的人曾是他的好友。他们一群人从小一起长大，一起开三轮摩托车驰骋在乡间小路上，在绿草如茵的草坪上踢足球。曾经那么亲密无间的朋友，怎么就成了对簿公堂的仇人了呢？就算其他人相继疏远，他们彼此还是一如往日地亲近。长大成人后，大家的生活轨迹各不相同。库珀进入了金融圈，我们对此知之甚少，但即便如此，茂斯仍与他保持联系，他们仍然是朋友。因为对他十分信任，所以当有机会投资他的一家公司时，我们便投了一大笔钱。但造化弄人，我们投资的那家公司最终倒闭了，还留下许多未偿还的债务。不知从什么时候，库珀开始接连暗示我们还钱。一开始我们不予理会，但随着时间推移，库珀坚持认为，根据协议我们有义务偿还这些债务。起初，让茂斯更伤心的是友情的破裂，而不是经济上的索赔。他们之间的纠纷持续了好几年。我们确信我们对这些债务没有责任，因为协议中并未明确指出。而且茂斯一直坚信他们会私下解决好这个问题，直到那一天，我们在邮箱里发现了法院传票。

　　积蓄很快就被律师费耗光了，从那以后，我们成了无律师代表的诉讼人，而像我们一样付不起律师费的人还有很多。原本我和茂斯是有机会通过法律援助请到代理律师的，可由于政府进行了法律援助改革，我们的案子被定性为"过于复杂"，因而不能获得任何免费援助，但弱势群体也可能因此失去被公正对待的机会。

我们唯一能采用的策略就是拖延，拖延，再拖延。争取时间私下联系律师和会计师，试图找到一些书面证据，让法官相信真相——我们对原协议的解读是正确的，我们没有偿还债务的责任。由于我们这边没有辩护律师，而且我们需要经常去外面联系走动，因此农场被登记为支付库珀索赔的担保。在法庭上，我们屏住呼吸，然后听到库珀的索赔要求是我们的所有财产——我们的家、房屋和土地、所有我们小心安置的石头、孩子们爬过的树、蓝山雀安家的墙洞，还有蝙蝠窝所在的烟囱旁松动的铅块。他声称要拿走一切。于是我们继续拖延，提出申请，要求延期，直到我们终于拿到了那张闪耀着白光[1]的证明，它能证明库珀无权提出索赔，证明我们并不亏欠他任何东西。三年时间，十次出庭之后，我们拿到了可以拯救家园的证据并把副本寄给了法官和原告律师。我们准备好了。我穿着我的皮夹克，自信极了。

法官随意地就将手中文件打乱了次序，好像我们不在场似的。我瞥了茂斯一眼，想得到一丝安慰，但他目不转睛地直视前方。在过去的几年里，茂斯遭受了很大折磨，他浓密的头发逐渐变得稀疏而灰白，皮肤渐渐松弛失去光泽，仿佛他身上被钻了一个洞。在茂斯心中，库珀值得信赖，是诚实且慷慨的。这样一个亲密朋友的背叛使他受到了极大打击。肩膀和手臂的持续疼痛侵蚀着他的体力，分散他的注意力。我们只需赶快结束这一切，回到正常的生活后，我确信他会好起来的。但我们不会再拥有过去简单平

---

[1]   作者于原文将证明形容为是"闪耀着白光"（White light）；这里的"白光"在英文语境中带有"公正无私的裁判"的意味。（本书脚注如无特殊说明，均为译者注。）

淡的生活了。

我站起来，双腿发软，好像泡在水里似的。我把那张纸像锚一样握在手里。我听到海鸥在外面吵吵嚷嚷，发出令人心烦意乱的叫声。

"先生，早上好。我想您应该收到了我们周一提供给您的新证据。"

"我收到了。"

"能否麻烦您看一下那个证据……"

库珀的律师站起来，整理了一下领带，就像他准备向法官陈述时经常做的那样。他自信满怀、成竹在胸。我们则相反。我急切需要一个辩护律师来帮帮我们，但即便我去乞求也无济于事。

"先生，我和您一样也收到了新的证据。"

法官谴责地看了我一眼。

"这是新证据吗？"

"嗯，是的，我们四天前才收到。"

"目前阶段无法提供新证据。我不能接受。"

"但它证明了我们过去三年所说的一切，它能证明我们不欠原告任何东西。这是事实。"

我非常清楚接下来会发生什么。我希望时间冻结，就停在这一刻，永远不让他们接下来的话说出口。我想牵起茂斯的手，站起来离开法庭，不再去想它。我想回到家里生起炉火，小猫蜷缩在温暖的窝里，我的手在石墙上任意游走。我想要找回曾经那种呼吸顺畅，从不感到胸闷的状态。我想要当我再次想起家时，脑海里蹦出的第一个词不是"失去"。

"出示证据可以，但不能违反正确的司法程序。我将宣读判决结果。财产所有权归属原告所有。你们要在7天之内，也就是那天早上9点前搬出房子。接下来是费用。关于费用，你有什么想说的吗？"

"有，我想说你完全弄错了，这么判是不对的。而且我不想谈费用，反正我们也没钱了，你要拿走我们的房子，断了我们的生意和收入，你还想要什么？"一瞬间我感到天旋地转，我紧紧抓住桌子。别哭，别哭，别哭。

"我考虑到了这一点。驳回其费用索赔。"

我的思绪飘忽不定，潜意识正奔向令我感到安全放松的地方。茂斯坐在椅子上稍稍一动，我几乎就能闻到灼热干燥的沙砾和新割的黄杨木材的味道，它们匍匐在他的夹克上喃喃自语。孩子们在石子路上学骑自行车时擦破了膝盖，在去大学的路上猛踩了脚刹车导致车辆打滑。鲜艳的玫瑰花正在怒放，像棉花球似地悬在篱笆上。我不一会儿就想得出神了。

"我请求上诉。"

"驳回上诉。这个案子拖得太久了，你有过很多机会可以提供证据的。"

我感到房间渐渐缩紧，四周的墙壁正向我逼近。即便我们找到了证据，而且真相就在其中又能怎样？这些都不重要了。没想到，给我造成致命一击的居然是我自己，我居然没有在规定时间寄出证据，没有遵守既定的流程办事。我接下来要怎么做，我们要怎么做，我养的母鸡怎么办，谁会在早上喂给老绵羊一片面包，我们怎么在一周内打包好整个农场，租赁货车的费用从哪里来，已经计划好的家庭假期呢，我们的猫和小孩呢？我怎么能告诉孩子们我们刚刚失去了他们的家呢？我把我们的家，输掉了，只因我不懂司法程序。我犯了一个简单的、基本的错误：我没有在提交进一步的证据前提出申请，我完全不知道需要这么做。我当时太高兴了，以至于来不及思考其他就将它匆匆寄出。可惜了，那些完美的纸张，千真万确的真相，通通浪费掉了。现在我们失去了一切，身无分文，无家可归。

我们顺手关上了法庭的门，沿着走廊一直走，僵硬而沉默。我瞥了一眼隔壁房间的律师，继续往前走，但茂斯走了进去。不，茂斯，茂斯别打他。我能感受到过去三年里他积攒的所有愤怒和压力，但他向律师伸出了手。

"没关系，我知道你只是在完成你的工作，但你知道吗，这是个错误的决定，不是吗？"

他抓住茂斯的手，握了一握。

"这是法官的决定，不是我的。"

我还是没哭，但发自内心深处的一声怒吼令我浑身发抖，呼吸困难。

我站在屋后田野里那棵扭曲的白蜡树下。1996年下了一场大雪，孩子们在树下盖了一个冰屋。过去19年里，每天早上我都会把一片白面包切成六份，这是开启新一天的象征。老羊在我手上哧哧地嗅着，她柔软的嘴唇夹走一片面包。她19岁了，牙都没了，但胃口仍然很好。孩子们叫她斯莫廷，是威尔士语里"有斑点的"的意思。她现在可是一只脾气暴躁的母羊，有一身黑白相间的蓬乱毛发和两只摇摇晃晃的角。好吧，现在只剩一个了，几年前她拼命冲向饲料桶时撞掉了一个。汤姆还留着那只角，放在他上大学时随身携带的宝箱里，里面还有他的化石和神奇宝贝卡片。罗恩三岁时，我开着我们的小面包车带她进行了一次40公里的公路旅行。我们开到了一个可以俯瞰大海的小山坡上，从山上的农场里买了三只傻乎乎的、有斑点的小羊羔。我不让她和他们坐在一起，她就恼怒地叫嚷起来。我心软了，就让他们四个一起坐在车里的稻草上。从那时起，他们就是我们生活的一部分，我们家庭的一部分。多年来他们诞下了很多小羊羔，但现在只剩斯莫廷了。她的姐妹们死了，其他的在一年前被我卖给了另一个饲养员。当案件已经到了一个我们觉得不会再有任何进展，马上要输了的时候，我决心送走斯莫廷，但没人愿意收留她这个年纪的母羊。一只羊的平均寿命是六到七岁，然后会被送去做成狗粮或肉丸。法庭听证会的第二天，我把母鸡带去一个朋友那里，但那里也没有可以收留斯莫廷的地方。她信步走下田野，轻飘飘的蒲公英种子像云一样笼罩着她。她来到山毛榉树下，那里的草总是很干燥，但我俩都很喜欢这里，仿佛是自己身体的一部分。失去她我们俩可怎么活？

五天后见分晓吧，到时我和斯莫廷都会无家可归。

但我不知道的是，当时的我也不可能会知道的是，用不了五天，我的生活在第二天就会被永远改变，所有让我保持稳定的东西都会变成脚下的流沙。

我们来到利物浦一家医院的咨询室里。断断续续看了这么多年病之后，终于可以拿到诊断报告，找到多年来茂斯肩膀疼痛不止的原因了。茂斯做了一辈子体力活，一位医生跟他说："疼是正常的，你应该预料到以后会更严重。一抬胳膊可能就会感到疼痛，而且走路时还会有些绊脚。"别的医生则怀疑将来他的手会有轻微颤抖，脸部肌肉会变得麻木。但我们今天要见的这个医生是医学界的领军人物，真正的佼佼者。我猜他马上就要告诉我们这其实是韧带损伤之类的东西，还会告诉我们治愈的方法。他会说那是几年前茂斯从谷仓屋顶上掉下来造成的——也许是发生了轻微的骨折。他一定会告诉我们怎样能治好茂斯。他会威严地坐在桌子后面说出他的专业判断，我对此深信不疑。

在去往利物浦的长途车程中，我们几乎没说一句话，彼此都陷入了震惊和疲惫的泥潭之中。自从这个案子以来，整日里都充斥着打包纸箱、燃烧废物的篝火堆、没完没了的电话和只增不减的绝望。于是我们渐渐开始接受现实：这下真的无处可去了。当初对最糟境况的可怕设想，终究还是变成了现实。说实话，这七个小时的往返行程对我们来说是奢侈的，因为每个小时都很宝贵，都应该用来整理行李，这样我们就多一些时间可以待在家里，被四周高高的围墙安全地保护着。

早在六年前，我们就开始不断地往返于家和诊所之间。茂斯肩膀和手臂的持续疼痛使他整日里虚弱无力，紧接着他的手便开始颤抖。因此，医生初步认定他患有帕金森综合征，但当诊断结果显示并非如此时，他们又改口说可能是神经损伤。这位会诊医生的房间和其他所有房间一样：一个白色、方形、没有感情的匣子，俯瞰着下方的停车场。但这个医生并没坐在桌前。他走过来，挨着茂斯坐在角落里，把手放在他胳膊上，问他感觉如何。这样不合适吧，医生不会这么做。我们也见过不少医生，但没有一个这样做过。

"茂斯，我能为你做的最好的事就是作出正确的诊断。"

不，不，不，不，不。不要再说了，不要说了，你那自以为是的紧抿着的嘴唇，要吐出可怕的话来了。不要张嘴，不要说话。

"我认为你患有皮质基底节变性。但我们不能完全确定，因为现阶段不具备化验的能力。所以确诊基本依赖于尸检。"

"尸检？你觉得那是什么时候？"茂斯的手放在大腿上，五指挣开，用他宽大的手指尽可能抓住自己的身体。

"嗯，通常来讲是6—8年。但它在你身上的发展似乎非常缓慢，因为距离你第一次出现症状已经有6年了。"

"那一定是你弄错了，这是别的毛病。"我能感到我的胃涨到了喉咙里，眼前的房间变得模糊不清。

医生用看小孩子的眼神看着我，然后试图向我解释这种罕见的大脑退行性疾病。我十几岁就深爱的这个英俊的男人，会被这种病拖垮身体、摧毁意识，然后陷入混乱痴呆的状态。最终他会无法吞咽，可能会因自己的唾液窒息而死。然而医生们对此无能为力。我几乎不能呼吸，顿觉眼前一片漆黑。不，茂斯，不要带走他，你不能带走他，他是一切，我的一切。我努力装出一副平静的面孔，但内心却在尖叫。我惊慌失措，就像蜜蜂撞在玻璃上一般慌乱。真实的世界就在我眼前，但它却突然变得遥不可及。

"但你可能弄错了。"

他在说什么？茂斯和我是相互牵绊、融为一体的，我们怎么可能因为这个死掉，我们心里早就有了一幅完美愿景：等到95岁时，我们会在山顶上看着太阳升起，然后在睡梦中安静地离开。我们不会在医院的病床上窒息而死，不会彼此分离，不会孤身一人。

"你弄错了。"

我们在医院停车场的面包车里抱成一团，仿佛只要把我们的身体按压在一起就能停止这一切。如果我们之间没有光，那么就没有任何东西可以把我们分开，这一切都是幻象，我们不必面对它。茂斯沉默着，泪珠从脸上滚落下来，但我没有哭，不能哭。否则我就会被这接二连三袭来的痛苦的巨浪彻底淹没。我们成年后的生活都是一起度过的。每一个梦想，每一份计划，每一次成功或失败，都是同一个生命的两个部分。

永不分离，永不孤单，永世相伴。

没有药物可以阻止病情发展，也没有治疗方法来根除疾病。但一种叫作普瑞巴林的药物能缓解疼痛，茂斯已经开始服用了。除此之外再无其他。我甚至希望能去药剂师那里收集一盒魔法，或任何可以阻止毁灭之火在我们生活中肆意蔓延的东西。医生说："理疗会帮助他缓解僵硬的四肢。"茂斯已经开始了一套他每天都要做的理疗流程。也许可以加量，也许如果他多做点，我们就能阻止病情的恶化。我抓住每一根脆弱的稻草，想让它们把我从这令人窒息的、震惊的浓雾中拖拽出来。可是这里没有稻草，没有手能把我拉到安全的地方，也没有安慰的声音对我说"没事的，这只是一个噩梦"。在医院的停车场里，只有我们两个人，紧紧拥抱着对方。

"你不可能生病的，我仍然爱你。"

好像只要爱他就足够了。爱一直是充足的，一直是我所需要的一切，但现在它救不了我们。茂斯第一次告诉我他爱我时，是我人生第一次听到这些话。以前从来没有人说过他们爱我，不管是我的父母还是朋友，这句话鼓舞我容光焕发地、闪闪发光地步入了接下来三十二年的生活。但是，面对茂斯的大脑进入自毁状态，面对由 tau 蛋白 [1] 错误折叠而引发的茂斯神经系统的失调，语言不具备任何力量。

"他弄错了。我知道他错了。"他肯定是错了。法官都搞错了，医生为什么不会错？

"我没办法正常思考，知觉也有些问题……"

"那我们就当作他错了。如果我们拒绝相信他，我们就可以继续活下去，就像这不是真的一样。"我不能接受这个结果，一切都说不通，一切都是假的。

"也许他是错了。但如果他是对的呢？如果我们真到了他所说的最后阶段呢？我想不出来，不想去想……"

---

[1]　作者在这里所说的 tau 蛋白是与神经系统疾病密切相关的物质。文中茂斯所患的皮质基底节变性这类疾病便与 tau 蛋白的错误折叠有关联。

"我们不会走到那一步的，总得想办法应对。"

我不相信上帝，不相信任何高等力量。我们生，我们死，碳循环都仍在继续。但求你了，上帝，求你别让我们走到那一步。如果上帝真的存在，他已经抓住了我生命的根基，把它们从地里拔了出来，将我的存在完全颠倒了过来。我们把 CD 播放器开到最大音量，躲在噪声中开车回家。群山在我的头顶上崩塌，大海在我的头顶上翻滚，我的世界已天翻地覆。面包车停下来的时候，我感觉自己正在倒立行走。

一想到窒息的场面我就心神不宁。在确诊后的几个星期里，我夜夜都在冷汗中惊醒，噩梦中梦到自己溺死在黏液里，我惊恐不安，头疼欲裂。我想象着，茂斯的脖子肿了起来，下巴有些扭曲，他拼命地吸气，直到窒息而死。而我和孩子们站在一旁，无助地看着。

三三两两的燕子姗姗来迟，终于在一次史诗般的旅程后找到了回家的路。它们飞掠过山毛榉树，狼吞虎咽地吃着昆虫。如果我能成为一只燕子，自由地飞翔，只要我愿意就能自由地回家。我为斯莫廷掰开面包，然后走进清新的六月清晨。轻柔的空气拂过我的脸庞，预示着美好的一天即将来临。我挤过野梨树之间的栅栏。这片树篱是我在苗圃特卖会上买回来的，本以为是山毛榉，后来越长越不对，最终长成了小叶带尖刺的无果野梨树，还态度恶劣，每次经过都要刺我几下。我摩挲着手臂上的抓痕，愈合的伤疤中间又有了新伤。现在不值得再修剪了。温暖的田野上，淡淡地飘着苜蓿花的芳香。鼹鼠一夜之间又活跃起来，在我精耕细作的田野中央留下一个个小土堆。我本能地把它们踢平，仍然关心着这片土地的健康状态。这是我们的土地，当年是茂斯在一片杂草丛生的荒野上开垦了它。

那时他拒绝使用杀虫剂，也没有任何机械设备，他只好用手把那块两英亩大的地刨开。耙去碎片，挖出荨麻。他修复了它周围的边界，小心翼翼地把几百块石头放进已经废弃了几十年的墙里去。游客的孩子们在这里收集鸡蛋，鸡蛋上还留有母鸡的余温。春天，他们在这里喂宠物小羊。我们在这里没完没了地打板球，割草之前躺在长长的草地上，等待流星划过漆黑的夏日夜空。

我们的土地啊。

斯莫廷没跟着我过来篱笆另一侧，她总是去到台阶上拿她的那片面包。总是这样。当我四处寻找她的时候，我已经知道我将会找到什么了。在山毛榉树下，她最喜欢的地方，她平躺在草地上，仿佛睡着了。

她知道，她知道她不能离开她的土地，属于她的地方。她已经死了。她把头靠在草地上，闭上眼睛，死了。我抚摸着她毛茸茸的脸，最后一次用手抚摸着那只弯曲的角，我浑身颤抖着，无法控制自己，蜷缩在她旁边的草地上默默哭泣。

我哭了好一会，直到我停止痉挛，筋疲力尽。我的眼泪哭干了，我也被失去的痛苦榨干了最后一点力气。杂草刺痛了我的脸，我躺在山毛榉树下，试图死去，想要放下一切，和斯莫廷一起奔向自由，和燕子一起飞翔，不想面对将要离开这个地方的事实，也不想眼睁睁地看着茂斯病情恶化却无计可施。让我立刻死去吧，让我成为那个先离开的人，不要留我孤身一人，让我死去吧。

我拿起铁锹，开始挖土，想把斯莫廷埋在她姐姐旁边。茂斯出来了，我们一起默默地挖洞，谁也不开口讲话，不想承认坑洞越来越大。我们前一天看到的黑暗仍然太可怕，太突然，我们不愿承认它的存在，甚至难以想象那是我们将要承受的未来。我用茶巾盖住她的头。泥土落在她脸上时，我们不忍看她。她走了，一切都结束了。在农场上发生的一切美好过往都和斯莫廷一起被埋葬了。

痛苦的迁徙

    在被强制搬离我们自己的家后，我和茂斯被准许用之后的两星期清理存放家当。在把家里所有东西暂时寄存在一个朋友家的仓库后，我们不得不为接下来的出路发愁起来。两个孩子还在上学，他们都住在合租宿舍里，平时的日子本就不宽裕，所以当然不能指望他们能帮上什么。唯一值得庆幸的是，茂斯的哥哥刚好在度假，所以我们得以在他的房子里暂住两周作为过渡。但两周之后我们就必须另觅住处了，因为他家并没有那么多房间容下我们和他的全部家人。哥哥家离我家并不远，只有20公里，隔着一条马路，可即便这么近，对如今的我们来说，却像隔了万水千山一般，是无法抵达的距离。无家可归，我想没有什么是比这再恼人的了。我和茂斯运气不好，先是被法院通知必须搬离现有住宅，再然后又在医院里听到了让人绝望的病情诊断。要知道最开始那几日我几乎每天都如活在尘霾中一般，连喘息都是奢侈的。

    为了不让事情变得更糟，另觅住处是我们第一步要解决的问题。对我们来说被收走房产不仅意味着失去住所，还意味着经济来源的丢失——我和茂斯的全部收入都是靠着在假日期间将客房出租挣得的。也就是说，房子没了，我们的民宿生意也就泡汤了。如果按正常的逻辑，一般人在这种状况下肯定要想办法找工作来维持生计。可对我来说，这似乎是个艰难的选择。医生刚刚给茂斯下了诊断，瘫痪甚至死亡都是我们在不久的将来不得不面对的局面，我希望能够在茂斯的状况还没有变得太坏前能够和他尽量待在一起，所以我放弃了去找工作的念头。照顾我的爱人是当下唯一紧要的事，我已然知晓茂斯能够陪伴我的日子不多了，我要抓紧收藏和他在一起的回忆，作为我那不得不孑然一身的人生后半程的支撑。

每每回想医生为茂斯下诊断的那天，我的心都像被拧在一起一般。大约见惯了生死，那位医生递给我诊断书时就好像递送礼物一般轻巧。可我并不因着茂斯的病情最终得到确诊而随之松一口气。确诊书在我看来就如同死讯一样，我对它避之不及。我时常在想，若是我们压根不去看医生，就这么稀里糊涂地生活下去，是不是也未尝不可。至少我们不必像现在这般压抑。在确诊最开始的那几天，我和茂斯就仿佛从战场上回来的残兵败将一般，惊慌、迷失和恐惧是我们仅剩的武器。

我和茂斯最初想找一个露营地住一段时间，但最便宜的露营地也要每周 80 英镑的租金，这远超出了我们能够负担的范围，而且如果选择住露营地，就断然无法享受任何来自政府的租房补贴了。我们也向认识的朋友求助过，可无一例外得到的都是否定的回答 —— 没有空房间，甚至连屋后的花园都没人肯借出。我们太需要找一处落脚地了，我需要在那里静下来收拾思绪，好好想想过去几天发生的事，以及未来的出路。我也不是没想过租一辆宿营拖车来住，可当时正值仲夏，是旅游旺季，宿营拖车供不应求，而且游客们愿意为此支付高昂的费用，我和茂斯是断然租不到也租不起的。

如果按最理想的状况作打算，租房这件事本不该对我和茂斯造成困扰。可我们很快意识到，现实和理想总是存在差距的。鉴于我们的房子已被法院回收，我和茂斯的信用等级也因此降到了最低。我们当然可以到有关机构登记寻求救助，但在那些等待住房救助的人中，我和茂斯又排不到最优先名单中去，工作人员说他们最多能给我们找个房间，然后提供每天的早餐，仅此而已。而且住在这样的救济房里意味着我们必须接受和那些酗酒或吸毒的家伙成为邻居。当时负责接待我们的是一个年轻女孩儿，她扎着一个很紧的马尾辫，带着浓重的威尔士口音向我们说明情况："怎么说呢，你无法证明自己的身体状况已经糟糕到马上就要去世的地步，比方说明年之类的 …… 那我就没办法把你们列在优先名单里，你们说呢？"如此一来，我和茂斯便明白了，住在帐篷里可能是我们在当下唯一的法子。

回到茂斯哥哥家后，我呆滞地看着窗外，眼前就像蒙上了尘霾一样，看不到出路在哪儿。

"说实话，不住救济房我倒是挺庆幸的。你知道那些救济房就和我们家原来的农场隔了一条马路，我看到我们的农场绝对会崩溃。"除此之外，但凡我和茂斯搬去救济房聚集的社区，我们一定会被指指点点好一阵子，我实在不愿意成为被"八卦"的对象。

"我明白你的感受。过去待在农场就像待在完全属于我们的时空一样，你还记得那些日子吗？它就像一个帮助我们躲避喧嚣的小岛。"

茂斯说得没错，我家附近那个农场对我们来说就如同与世隔绝的小岛一般。农场藏在森林里，从我家附近的公路一直向纵深处开去，便会抵达我和茂斯的"自留地"，那儿仿佛是另一个世界，路边成排的林带连接的是大片农田。挺拔的高山从西面一直横亘至东方，山间散落着柔软到像要随时散开的云朵。一只秃鹫扇动着翅膀，在山间和树杈之上盘旋，它身后则是湛蓝的天色。密实的林带曾经就这样将我们和公路另一头的村庄以及人声隔绝开来，在其中我们得以享受惬意的安宁。可现在我们不得不在绝望中流浪，如在迷雾中漂流，不知何时是岸，何处是岸。

茂斯站在窗前，眼睛盯着远处山坡上荆豆和帚石楠开出的色彩清丽的花。他和我一样清楚，我们无家可归了。

"我想我没办法再在这儿待下去了，大概是时候该离开威尔士一段时间了。待在这儿令我痛苦，我不知道长期这样下去……我甚至都不知道自己有没有资格谈'长期'这件事，无论如何我要离开这里，我想要寻找其他可以让我安家的地方。"

我长吸一口气后对茂斯说，"那我们整理好行囊，现在就上路吧，我想一切都会好起来的"。

"那么就顺着西南沿海小径一路向前吧。"

在 50 岁时收拾背囊和 20 岁时的状态是完全不同的。印象中我和茂斯上一次整理背囊还是在我们的孩子尚未出世时，那时茂斯还留着长发，我则比现在要瘦十几斤。那时年轻力壮，所以我们几乎把能想到的东西全都塞在背包里，就那么上路了，整个徒步旅行下来，我们背上几乎全是因背包过重产生的印迹和伤痕。那一次我和茂斯的目的地是湖区和苏格兰，当时我们几乎每天都要走数公里路程，不过那时的我们负担得起住在营地里的费用，并不需要背着帐篷在野外露宿。如今三十年过去，因接近二十年的体力劳动，我身上的关节时常隐隐作痛，成了让人不适的顽疾。在过去三年，因为卷入了那场经济纠纷案，茂斯不得不总是弓着背伏在电脑前试图寻找能够赢得官司的哪怕一点儿线索，由于时常保持一个姿势，茂斯每动一下都因为牵拉肌肉而感到疼痛。

我们还是尽可能把想到的东西都塞进背囊里，茂斯只得小心翼翼地把这个大家伙背起来，以免再弄疼自己。这是个有 60 升容量的背囊，里面塞着已经有些年头的橘色帐篷还有两个略微生锈的桶形金属锅。茂斯背着这个背囊在屋子里走了两圈，突然一下跪在地上，脸上满是痛苦的表情。

"快把这家伙从我身上拿下来，太重了，我实在背不动。"

"看来我们必须轻装简行，首先得去买个更轻的帐篷。"

"我们根本没有多余的钱去买个更轻的帐篷。"茂斯回应道。

去年我和茂斯的绝大多数收入都花在了打官司上。此外，我们还有两个正在读大学的孩子，他们的学费也是一笔开销。原本我们会出租谷仓给游客供他们夏天度假用，可在这种状况下，我们不得不把订金全部退还给他们，到最后我和茂斯的全部存款只剩下 320 英镑。唯一值得庆幸的是，我们每周尚能获得 48 英镑的税收抵免金。让我来解释一下这 48 英镑是怎么回事儿，由于茂斯已经基本丧失了继续工作的可能性，出租谷仓成了我们全家唯一的收入来源，所以我们得以每周获得一定数的税收抵免金作为生活补贴。可获得这 48 英镑的一个前提是你必须提供有效住址，也就是说有固定住所，很显然我和茂斯没办法做到这一点。后来我们想出的办法是留下谷仓的地址，再把税收抵免金的信件转寄至茂斯哥哥家。48 英镑一周，我们能够也必须靠着这笔钱撑下去。

为了激励自己，我重读了马克·沃林顿的《徒步 500 英里》，我告诉自己，沃林顿能够做到的事情我也一定没问题。马克·沃林顿当年带着一顶借来的帐篷和一只看上去有些脏兮兮的小狗完成了西南沿海小径的徒步旅行。我和茂斯也瞄准了这条路线，只不过我们最初规划的行进方向和马克·沃林顿刚好相反，普尔（Poole）是我们的起点，迈恩黑德（Minehead）则是终点。如果按照沃林顿的路线，从迈恩黑德出发，那便意味着我和茂斯先要完成从迈恩黑德到帕德斯托（Padstow）之间的这段路，这是西南沿海小径最艰险的地带，相较之下，从普利茅斯（Plymouth）行至普尔则容易得多。所以我原本打算从普尔出发，给自己一段适应期，再去啃硬骨头。

出发前我们还需要一本有关在西南沿海小径徒步的指南。不过很快我就意识到，要找到我希望看到的从南到北徒步的反方向指南几乎不可能。我翻遍了科茨沃尔德户外用品店上的书架，不出意外一无所获。沮丧的我冲着店里当值的瘦小店员发起火来，"这些指南对我来说根本没用，你明白吗？我必须从反方向出发，否则我先生吃不消。他不是马克·沃林顿。沃林顿当年只有20岁，他几乎无所不能"。我越说越激动，几乎要控制不住自己的情绪，可与此同时我又为自己的失态感到慌乱和抱歉。

"这位女士，实在抱歉，但我们店里确实没有你要的那种指南书。"说罢他便飘然离开，留下我一个人坐在店里的角落生闷气。如果我们不得不从迈恩黑德出发，我想茂斯可能连一周都撑不过。然后呢，我甚至无法想象接下来的状况。当下我的脑子容不下任何其他事情，即将到来的徒步旅行困扰着我，使我看不到也听不到其他。我不是没想过从OS地图（OS Maps）这样的应用程序上随便挑一条路线来走，可我并不能保证这些程序能够如我预想一般提供最经济、最省力的方案，我不能贸然去冒这个险。

"和我们规划路线相反的指南是帮不上什么忙的。我们干脆还是从迈恩黑德出发好了，我想只要走得慢些就没什么问题。"茂斯抚摸着我的头发安慰道，可我并没有感到宽慰，只想钻进睡袋然后大哭一场。可转念我又告诉自己，"你绝不能放弃，坚强是你唯一的选择，前面绝不会是死路一条的"。说真的，当下我几乎处在崩溃边缘，靠着茂斯的安慰和自己最后一点信念，我勉强恢复到理智状态。

我和茂斯最终一致认为，不管怎么说还是要带一本指南上路，帕迪·迪利翁那本棕色封皮的《西南沿海小径：从迈恩黑德到南海文角》是我们看来最合适的。一来这本书大小适中，无论是拿在手上还是放在口袋里都不会麻烦，它的封皮甚至是防水的，对于徒步跋涉的旅行者来说再合适不过了，此外，书中还附带了一张西南沿海小径的地形测绘图。我和茂斯利用喝茶的工夫大概翻阅了一下迪利翁的这本小册子，很显然迪利翁所述和马克·沃林顿的记录是存在差异的。沃林顿当年要么是把西南沿海小径的里程弄错了，要么就是这些年间沿线地貌发生了巨变，康沃尔郡的边界延伸到了太平洋。总之西南沿海小径的总长度并不是沃林顿所说的 500 英里，而是 630 英里，也即 1014 公里。

置换一些户外装备也是必要的，茂斯旧背囊上的金属扣已经锈得厉害，而我背囊的防水层也剥落得差不多了，所以我们决定购置两个新背囊。想要购入两个同等品质的新背囊对于我们夫妻二人是完全不现实的，那可能要花掉差不多 250 英镑。我和茂斯最终选择了"山地仓库"（Mountain Warehouse）这个相对便宜的牌子，相比那些大品牌我们只需花费一半价钱。尽管我们买来的这两个背囊没有太多附加功能，可就实用性来说绝对足够了。再然后，整理背包就成了我们接下来几天的重点工作，在经历过无数次整理，打包，试背后，我和茂斯发现把所有家当塞进两个小小的背囊是完全不可能的。

"雷诺，不行，背这么重的东西徒步完全不现实。我们干脆就当作暂离农场出去玩儿几天，只带那些生存必备的东西，其余统统不要。我想只有这样才行得通。"

"帐篷的确太重了。我根本没办法把它塞进包里，而且当真能塞进去的话我也背不动它，想要买个轻便结实的帐篷可是一笔不小的花费。帐篷是我们的家，我们得靠它在海边和山崖处住上几个月。这可怎么是好啊。"

"去易贝（e-Bay）上看看怎么样？"

就这样我们将对帐篷的希望寄于易贝网的拍卖交易上，要知道帐篷相当于我们未来几个月的唯一住所，在参与拍卖交易的过程中，我和茂斯的神经都紧绷极了，唯恐错过任何机会。3秒，2秒，1秒，终于，随着交易成功确认提醒，我们悬着的心放了下来。我们以38英镑的价格拍下了一个二手帐篷，它和我们旧帐篷的品牌相同，都是Vango，只不过新帐篷的重量只有旧帐篷的1/4，体积也要小得多。我和茂斯高兴地在餐桌旁跳起舞来，就这样我们有了自己的"新家"。

我迫不及待地给我的女儿罗恩打电话，想要告诉她这个近些日子里为数不多的好消息，希望多少缓和一下近两周以来笼罩在我们家每个人头上的阴郁氛围。一直以来，我都希望以万能妈妈的姿态示人，而前一阵子家里出现的事情让我一度手足无措。我给罗恩打这个电话是想告诉她，从前的万能妈妈又回来了，可拿起电话的一瞬间我有些犹豫。我的孩子们已经是大人了，他们已经独立生活一段时间。我原先总认为自己是这个家庭的主导，而孩子们只需享受这种保护即可，如今我意识到，失去家园这件事是我们每一个人都不得不面对和承担的痛苦。同样，不止我，孩子也一样需要面对茂斯的病情及其带来的连锁反应。这几个星期以来发生的种种，让我意识到家庭关系的内核悄然发生了改变。我不再有能力承担保护者的角色，这让我备感失落，我还没有完全准备好从这个角色中抽离。不过令我庆幸和惊讶的是，我的孩子们似乎并没有被这一切打得措手不及，他们完全是两个值得信赖的成年人了，已经充分做好面对一切未知的准备。反倒是我，还一度认为他们仍是不谙世事的小孩，需要我来为他们持续营造一个充满泡泡的梦幻世界。我不禁质疑起自我来，如果做不了孩子们的保护者，那我还能做些什么呢？长久以来形成的自我认知一旦抽离了这个角色，我还剩下什么呢？我一时想不出答案。

"你在想什么啊妈妈，这怎么行？！爸爸如果从山崖上摔下去怎么办？"罗恩的话一下子把我从那些无谓的思绪中拉回现实，"如果你们没有钱，怎么解决吃饭的问题呢？你们真打算一整个夏天都住在帐篷里吗？你确定？！你难道不知道爸爸有时从椅子上站起来都很吃力，如果他在山崖上滑一跤怎么办？还有，你们打算这一路上都在哪儿扎帐篷呢？你们有没有去了解过如果住露营地的话大概要花多少钱？对了，你们告诉汤姆这件事了吗？"

"我知道，罗恩，这听上去确实有些疯狂，但是你觉得我和你爸爸还有别的选择吗？坐等救济房吗？你知道的，这不是我和你爸爸的行事风格。我们需要暂时离开，只要我们两个在一起，我想一切都不成问题。别担心。"

罗恩在电话那头沉默了一小会儿，说道，"那么我寄一个新手机和一块备用电池给你们。一定要每天打电话给我，如果我打电话过去一定要回复。还有，要把这一切都告诉汤姆"。

"好，罗恩，妈妈爱你。"

然后我便打电话给汤姆。

"嘿汤姆，我和你爸爸打算沿着西南沿海小径徒步旅行。可能走下来要花两个月时间，或者三个月也说不定。"

"好。"

"一共1014公里，我们这一路上都要扎帐篷。"

"这很酷啊。"

你看，曾经那个好动顽皮的小男孩居然能这么冷静地听我讲述这个"疯狂"的决定，而那个曾经喜欢跟着disco跳舞的叛逆少女竟然像妈妈一样百般叮咛。

而我呢？我是谁？茂斯又是谁？说不定在完成1014公里的徒步旅行后我能够找到答案。

三天之后我们的帐篷到了，我和茂斯在客厅里把它支了起来，它整体看上去就像一个低矮的绿色圆顶形建筑，搭配着棕色地板，我想到了长在石头上的绿色苔藓。我们把从乐购超市（Tesco）买来的充气气垫和睡袋一并铺在帐篷里，这些铺盖每样价值5英镑。搭建工作完成后，我和茂斯就势坐在帐篷口，一边看电视上正在放着的《园艺世界》（Gardener's World），一边试着用专供露营用的小燃烧炉煮了一壶茶来喝。一切看上去似乎都还不错，可当我们要从帐篷起身时，茂斯突然动弹不得。任凭他怎么使劲儿都无济于事。后来我只得生生把他从睡袋中拖出来。

"你觉得罗恩说得是不是也有道理？我们去徒步真是明智的决定吗？"我问道。

"你想想看，这么久以来我们做的哪件事是真正轻松的呢？轻松好像和我们的人生从来都没有什么关系，不是吗？"

接着我们最后一次整理背囊。我和茂斯达成了共识——即便发现漏掉了什么东西，也索性随它去，依靠背囊里有的东西撑过整个夏天是关键。我们断然没有多余的钱再去购买任何供我们露营用的其他装备了。要知道我们徒步的时间恰好是西南海岸的旅游旺季，能够有钱买食物来吃就是谢天谢地的事情了，除此之外我们不奢望其他。我和茂斯把要打包的东西堆在两个背囊边上，很显然把它们都塞进去并不是件容易事儿，可我还是不管三七二十一打算先试试看再说。首先必须要放进去的是我的换洗衣物，我自认自己准备得并不多，可谁知这些衣服竟占了背包将近一半空间。这可不妙，我想衣服是唯一可以再精简的部分，于是我把它们全部扔在沙发上又仔细挑拣了一遍，留下了非带不可的几件，包括一件旧的棉质泳衣、三条内裤、一双袜子、一件棉背心、一条紧身运动裤、一件长袖 T 恤、一条从慈善义卖店买来的印花天丝连衣裙、一件棉背心、一对登山袜，外加一件很便宜的抓绒外套。这就是全部了。

我把这些衣服卷成一团然后塞在一个洗衣袋里。装好衣物，再接下来的徒步必备品包括：一个充气床垫、一个小煤气炉、一个微型煤气罐、一个可折叠手柄的不锈钢锅、火柴、一个搪瓷盘、一个马克杯、茶匙、一个塑料叉勺、一个小到不能再小的压缩枕头、一个折叠到足够小并能够放进背包侧袋的睡袋、一件防水夹克还有几条打底裤。最后就是其他一些零碎物件，当然它们也是必不可少的：三英尺长的手电筒、一本 A5 大小的笔记本、一支笔、一把可折叠牙刷、一管两英尺长的牙膏、旅行装的洗发水、一条蓝色速干毛巾、唇膏、纸巾、清洁湿巾、手机、可折叠的手机充电器、一瓶两升装的 Volvic 瓶装水，为了喝起来方便，我把这瓶水放在背囊最上面并用背带扣起来固定。还有我的皮夹，里面有我和茂斯仅余的 115 英镑现金，以及一张银行卡。食物当然也是少不了的，我们不可能一次带足几个月的食物，不过提前预备一些是必要的。一个三英尺深的罐子，里面装满了"半匙牌"（Half Spoon）浓缩糖，我们之所以选择浓缩糖是其相比于正常的白砂糖能够帮我们节省出一半空间。再然后是五十个茶包、两小包大米、两小包面条、一袋真空包装的橘色肉丸、一个鲭鱼罐头、一些早餐燕麦棒、两根玛氏巧克力棒。这算是我们的应急食物储备，当然一路上随着消耗我们还会不断进行补充。

把这些勉强全部塞进背囊后，我费了不少劲儿把拉链拉好，再把背包外部的带子扣起来以防其被撑开。打包好后的背囊圆滚滚地像个球一般。由于它实在太鼓，即便我坐在上面，它也没出现一点被压扁的迹象。

茂斯的背囊里装的东西几乎和我差不多，我用来放印花连衣裙的空间到了茂斯这里被替换成一条工装裤，卷到膝盖上它还可以当作短裤来穿。此外，茂斯还带了急救包，一把钢笔刀，一个 4 英尺长的望远镜以便我们在路上侦察地形。茂斯在背囊内侧还塞了一本西莫斯·希尼翻译的《贝奥武甫》，这么多年来每次旅行茂斯都会带着它。茂斯还负责携带帐篷，由于帐篷过长，茂斯把它用袋子扣在背包外部。最后剩下的就是帕迪·迪利翁的旅行手册，茂斯把它塞在工装裤的左侧口袋里。至此一切准备停当。

　　我们把打包好的两个背囊放到磅秤上，其重量惊人相似，都在8公斤左右。我仍然觉得8公斤对茂斯来说是不小的负担，不过他不由分说地拎起包打算尝试单肩背起来。可当背囊肩带压上茂斯肩膀的一瞬间，他露出了略微为难的表情，我见状先是托起背囊底部好分担一些茂斯肩膀的重量，然后帮他调整肩带好把背囊调到一个让他感觉舒服的角度。当然我做这一切的时候还没有背上自己的背囊，因为我的背囊也十足地重，背起来我的手就无法抬到茂斯肩膀的位置为他调整肩带了。再然后，我先是把自己的背囊抬到膝盖处，找好角度先把一只胳膊伸进一个肩带里，再把背包甩到背上，然后茂斯像我刚才一样，抬高我的背囊好让我的另一只胳膊伸进另外一侧的背囊。嗯，似乎这么看来这一切没我想象中困难。

　　我和茂斯面对面地站在一起就像两只搁浅在沙滩上的海龟。

　　"这简直太疯狂了。"

　　的确，尽管疯狂，可我们别无他法，不然我们就必须承受比这更难以让人负担的种种未知，而我不确定这种令人恐惧的未知究竟要持续到何时，我和茂斯都拒绝承受坐以待毙带来的不安。而若是背起行囊出走，那么也许一个夏天过去事情就会有转机。

　　"我们必须面对事实，我们不能再像过去一样，像忍者一般谨慎度日了。"

　　把背囊扔进车厢，我和茂斯便开启了前往南方的旅程。一路向前，把不愉快都抛在身后——我们真的就这样出发了，我感觉自己似乎是被包裹在梦境里，离开经营了二十年的家以及家庭生活，抛下了曾经拥有的希望和梦想，抛下了过去却不知道未来在哪儿。此行我的终点并不是什么令人向往的新生活。我和茂斯的状况有点像是眼前的大地突然裂开，我们站在裂口一头，无论如何也想不到跨过裂口去往另一头的办法。徒步旅行仿佛成为我们在险境中找到的唯一生路，我们要做的第一步便是逃离，而前方等待着我们的是什么呢？行走，唯有行走，除此之外我对前方一无所知。

无赖和流浪汉 —— 关于无家可归的种种

　　提起流浪汉，多数人脑海中都会出现这样的画面：他们会带着自己的铺盖卷儿栖身在街角，把那儿当成自己的容身之地，有的流浪汉会带着一只狗，他们希望过往的行人能够施舍一点钱供他们吃一顿饭或买一瓶酒。在经过这样的流浪汉时，有些人会感到略微不适，有些人则会表现出极端的反感。以上种种是我们对流浪汉的共感。

　　据英国专门针对无家可归者实施救助的慈善机构——"危机"慈善救助（Crisis）联合进行的调研，在2013年，英国至少有28万家庭处于"无家可归"或即将无家可归的状态。而这个数字只涵盖了那些登记在册的家庭。在这之中，只有5.2万个家庭被官方认定为是"无家可归的"，也就是说这些人已经到了亲属和朋友都不能提供住所的地步。而28万家庭中剩下的那些大多通过各种地方机构寻求救援。注意，"28万"后面跟着的单位是家庭，而非个人，如果按照个人来算的话，数字还会更多。

　　值得说明的是，来自不同渠道的有关英国无家可归者的统计数据并不那么一致。英国政府提供的数据表明，在 2013 年整个英格兰地区大约有 2414 人流落街头，英国政府收集数据的依据是夜间快照技术。由伦敦管理局（GLA）资助的无家可归者与信息网络提供的数据表明，2013 年仅仅在伦敦街头无家可归的流浪者人数便达到了 6508。英国政府针对伦敦区域内无家可归者的统计数据显示，其总数只有 543。很显然，英国政府的数据有着更好的抚慰人心的作用。而在这些数据之外，在整个英国，究竟还有多少不为人知的露宿者、乞讨者，还有那些只能靠短暂寄居在不同朋友家度日的人们？这些人并不在政府或各个机构的统计名单上，我们无从知晓有关这个群体的任何信息。2013 年，露宿在伦敦街头的人数无论是 6508 还是 543，都至少是个定数，而其他那些隐匿于城市各个角落的流浪者到底有多少呢？

在英国，警察得以依据一系列防止民众受到流浪汉攻击或侵扰的法律法规来管理或限制流浪汉。其中最主要的一项法律依据是"1824 年流浪法案"（*the Vagrancy Act of 1824*）。这项法案是英国当局基于过往几百年来对于在公共场所"形迹可疑的人"的管理经验而出台的法律约束措施。律师艾伦·默尔迪（Alan Murdie）在其发表于《人行道》（*The Pavement*）的文章中曾经指出英国政府的这类立法带有歧视性，"1824 年流浪法案使得人们不假思索地认为，任何来自以下族群的人都有可能被视作'形迹可疑之人'，他们包括吉普赛人、演员、妓女、看起来像女巫的人、艺术家、乞讨者，当然还有无家可归的流浪汉。"

在瓦特·泰勒农民起义 [1] 中，英国首次出现了有关反乞讨的法案，再后来在亨利八世解散教会的大约十年后，也就是 1547 年，当时的政府再次颁布了一系列反流浪措施。随着圈地法案的实施以及工业革命的进程，无家可归之人越来越多，也正因如此，限制流浪汉的各种立法也随之增多。到了 1744 年，英国政府颁布的反流浪法案已经形成基本完备的体系，该法案为我刚才提及的"1824 年流浪法案"提供了基本框架。1744 年的"反流浪法案"将"乞讨者、游手好闲之人、流浪汉及无赖"都认定为法案需要约束的"无家可归之人"，并且将这之中的前几类人认定为"不可救药的流氓"。早在 1713 年，就有法案规定地方政府必须向那些发现并举报"闲散或者形迹可疑之人"给予报酬，每发现并举报一人支付 5 英镑。这一规定导致了这一法案被滥用，仅仅在 1713 年一年内就有超过 500 人因被举报而被捕。

在拿破仑战争结束后，英国境内无家可归之人的数量又有所增加，这也导致了更加严格的法案相继出台——"1824 年流浪法案"应运而生。尽管该法案在之后经过多次修订，其间的一些条例仍旧以其原本的面貌被沿用至今。法案的第一节连同"1982 年刑事司法法案"被视作打击乞讨者或是"闲散人员及扰乱社会秩序人员"的重要法律依据，其将"闲散人员及扰乱社会秩序人员"定义为"那些游荡在外，或是将自己置于任何公共场所、街道、高速公路、法庭、过道进行乞讨的个体"。法案的第四节给出了"无

---

[1] 英格兰历史上规模最大的农民起义，由此英格兰农奴制走向终结。

赖和流浪汉"的定义："那些游荡在外，居住在任何谷仓、房屋外部空间、任何废弃或是无人居住的建筑物内，或是居住于露天场所、帐篷下、手推车或者马车上的，没有任何可见的谋生手段，并且无法充分说明个人情况的个体。"

在2014年，也就是我和茂斯完成西南沿海小径徒步后的一年，"反社会行为、犯罪和治安法案"（the Anti-social Behaviour, Crime and Policing Act）出台，该法案包括了保护公共空间相关的各项条例。"保护公共空间"意味着任何企图在公共空间制造对他人产生侵扰行为的人，都有可能被英国政府逮捕并下令当即"离开当地并禁止返回"。这些"保护公共空间"的条例被应用到各式各样你能想到以及想不到的场景之下，比如，在英格兰的迪恩森林，你不能去侵扰当地的绵羊，还有在公共场所你不能携带高尔夫球杆。简单来说，只要地方管理机构认定你是形迹可疑人员，那么他们就有理由驱逐你，或是干脆逮捕你。因为这个法案，大多数英国地方市议会都严格限制或禁止那些因无家可归连带产生的行为，包括露宿街头、乞讨、游荡等。对于那些违反法规的人，地方政府会责以1000英镑的罚款，而拒不支付罚款的人还会留下犯罪记录。这么一来，任谁想沿街乞讨都是不可能的了。还有，若是你在某个小镇上遭遇一只不守规矩的绵羊，那也最好不要动任何驱赶或呵斥它的念头，否则就有可能触犯法律。

人们对无家可归者至今仍存在刻板印象，大家普遍认定那些无家可归的人要么是长期酗酒者，要么是瘾君子，再或者就是精神状态出了问题。虽然这的确是存在于无家可归者这一群体当中的某些"症候"，但很多人很可能是因为无家可归在先，才被迫成了酗酒者或瘾君子。伦敦政府一来是担忧无家可归者会威胁社会治安，二来担忧其会继而影响旅游业，所以对露宿街头严令禁止，甚至连那些为贫困者提供基本餐食的施食处都全部被勒令关停。可像伦敦政府这样"一刀切"地将所有流浪者强行屏蔽在公众视野之外真是最好的办法吗？无赖、流浪汉、无业游民 —— 不管你如何定义无家可归者，我和茂斯在 2013 年的夏天成了这个族群的成员。

| 第二部分 |
西南沿海小径

徒步旅行是一件需要勇气的事，通常情况下，人们要连续几周不停地步行，每晚在不同的地方安营扎寨，其间还要确保自己吃饱喝足有精力赶路。尽管有些人一想到这些问题就不由得打起了退堂鼓，但其实只需一个细致的计划就能解决问题。

西南沿海小径路线：从迈恩黑德到南海文市。

——帕迪·迪利翁

无家可归

本来两天之后我们就可以到达陶顿市，不出意外的话，还有可能躲过最狠的一波热浪。然而，半路杀出的"天使们"拦住了我们的去路。

我们曾无数次驰骋在 M5 公路上，那时心中总有一个全力奔赴的目的地，精心设计的时间表可以帮助我们从容地安排行程。但如今，当你的行程中只剩下吃饭这一件事的时候，就很容易变成漫无目的的闲逛。

"我们每次开车路过格拉斯顿伯里都说下次再去。不如我们现在就去吧，一个小时足够了。晚上还是按计划去约维尔，到简家把车放下，待两天就走。"

茂斯的朋友简是个热心肠，她想尽可能地帮助我们。所以我们没必要着急赶路，有充裕的时间可以爬上格拉斯顿伯里山的锥形丘(the conical hill of Glastonbury Tor)，看看山丘另一边的风景。

"好啊，来都来了。"

格拉斯顿伯里山里埋藏着的凯尔特神话数不胜数，人们在这里还发现了可以追溯到铁器时代的人类活动的证据。就像英国西部 1/3 的村庄那样，它也声称自己和亚瑟王颇有渊源。我们最近经过了威尔士的一个湖边，据说亚瑟王把剑扔进了这个湖里，听起来倒是有理有据。但我还是不明白，为什么不列颠国王会把剑扔进 A5 公路边的一个肮脏浑浊的湖泊里；为什么在格拉斯顿伯里待上足够长的时间就能让假想线 [1] 赋予力量，激发出水晶商店的灵力？也许经过这次旅行后我们会开窍吧，又或者穿过康沃尔到达廷塔杰尔 [2] 也能给我们以启发，前提是如果我们能走那么远。

在漫长而压抑的旅途之后，走出货车，伸个懒腰，简直舒服极了。我们用手机拍下了萨默塞特郡湿地的照片，拍下了美国人和中国人羡慕我们的神情，拍下了他们欣赏萨默塞特山的背影，然后就走回了镇上。镇上到处都是流浪汉。他们坐在门口或门洞里，裹着毯子或睡袋，许多人正拿着碗向过路人乞讨。一个 20 出头的男孩把自己塞在白女巫 [3] 水晶店外面的垃圾桶和排水管之间。尽管他不修边幅，衣着肮脏，头发蓬乱，帽子破旧，但他皮肤光滑，牙齿整齐，目光炯炯，看上去就是个公立学校的普通学生。我们坐在马路对面，吃着水晶馅饼，看着他在乞讨市场上风光无限。那些穿着考究的过路人显然被他干净完美的笑容和标准的发音打动了。相比之下，那些不幸的同行们都只有眼馋的份儿。

"你看这个"，镇上到处都贴满了这张海报，"在'天国尽头'

---

[1] 被认为是沿古代踪迹的路线并具有超常力量的假想线。
[2] 传说中为亚瑟王的出生地。
[3] 指做善事的女巫。

与天使一起疗愈。每人 3 英镑。来体验一下格拉斯顿伯里，一起来吧！ 20 分钟后开始，过时不候。加入我们一起度过美好时光吧"。万一这不是骗人的呢，万一对茂斯有帮助呢？

"不去。"

"哎呀，走吧，就图一乐子。"

当我们在停车场徘徊，试图找到通往"天国尽头"的大门时，那个伊顿公学的乞丐男孩走进了公厕。他出来的时候，把他那件破烂外套往包里一塞，然后掏出滑板，一路滑到银行门口，任谁看都得说他是个冲浪好手。我们坐在长凳上看着他，他从银行出来后就又进了厕所，然后穿着破衣服回到垃圾箱旁坚守岗位。在格拉斯顿伯里乞讨显然是他的一种职业选择而已。

一位穿白衣服的女士应了门。

"你们好，我是米歇尔，欢迎来到'天国尽头'。我不会透露接下来将要发生什么，就让天使来指引你们吧。"然后她把我们带进了休息室。

"这里有毯子和垫子，你们找个地方躺下来，放松一下。"所有人都在这里了。房间里挤满了人，他们像沙丁鱼一样躺在地板上、沙发上、椅子上，而且都听话地盖着毯子，闭着眼睛。我小心翼翼地迈过他们，回头看茂斯，只见他一脸不屑，眉头紧锁。

"我要开始播放召唤天使的音乐了。"顿时，南美风笛和鲸鱼的叫声应声而起，米歇尔点燃火炉，屋里充满了"天堂气息"的烟雾。然后她开始召唤天使。

"加百利[1]（Gabriel）从南方飞来了，他带来了一盏蓝色的灯。让那束蓝光穿过你的脚趾。"紧接着，其他天使也带来了别的颜色，我们和他们的天使力量一起躺在一道闷热难闻的沙丁鱼形状的彩虹里。如果这就是天使的味道，那么毫无疑问，天堂就是我的地盘。我们在大学的时候对这种味道相当熟悉，具体叫什么我忘记了，但肯定不叫"天堂的气息"。

"深呼吸，把天使的力量带到你的痛处，到你的胳膊和腿，心脏、大脑，到你的肝脏，到你的，呃，肾脏。放松。"

音乐停止了，房间里安静得只能听见呼吸声。寂静中响起了一阵熟悉的鼾声，起初很低沉，然后越来越响。我用胳膊肘支着身子，其他的鱼温顺地躺着，吸气，呼气。除了茂斯，他鼾声大作，睡得正香。

"跟天使们说再见吧，现在重新回到你的身体里，回到这个世界来。"

人们都坐了起来，静静地回想着他们天使般的旅行：与鲸鱼一起游泳，与鸟儿一起飞翔，以及得到真传的神功水上漂。我也很高兴，很高兴出演了一部耗资 3 英镑巨款的电影——《天堂的气息》。

但茂斯的鼾声仍打得震天响。

我戳了戳他。

"茂斯，快起来。"

---

[1] 替上帝把好消息报告世人的天使。

"我起不来。"

"我知道你睡得正舒服，但现在得走啦。"

"不是，我起不来，我动不了，妈的。你说我是不是……瘫痪了？我怎么动不了了。"

米歇尔远远地站在边上，她递过来一杯水，又往后退了几步。她是不是怀疑她召唤来的天使起了反作用，还是觉得我们可能会起诉她？

"我的腿麻了。这不就是我最后阶段会出现的症状吗？我要是突然不能走路了怎么办，非常突然的那种怎么办？"

终于，他勉强跪了起来，慢慢挪到了椅子上。

"那是因为你平躺了整整一个小时。长时间躺着不动，一时间就会站不起来。"

"我就跟你说我不想来的吧。"

"一会就没事了。都是因为你刚才打鼾打得太厉害了，你吸入太多'天堂的气息'了。"妈的，要是这事儿发生在徒步旅行的路上怎么办？要是我们走到前不着村后不着店的地方发生了这种事怎么办。

我们开车出城的时候，伊顿公学的那个学生正坐在长凳上玩手机，他干干净净的，看起来像是衣食不断、钱财不缺的贵公子。

本来计划只借宿两天，结果在简的地板上睡了将近两周，格拉斯顿伯里天使疗愈赐给茂斯的背部疼痛感和僵硬感才逐渐消失。是时候出发了，没人愿意无限期地和我们分享浴室。在让简觉得我们得寸进尺之前，得赶紧走人了。我们把那辆小货车停在简的车道上，希望一眨眼它就能瞬间扩大一倍，这样我们就可以睡在里面了。她开车送我们到陶顿市，送走我们两个不速之客后终于能松口气了。我们和她道了别，发誓以后再也不能躺太久，发誓要远离一切路过的天使。

八月初，我们站在陶顿市的路边，背囊倚靠在脚边，这下真的无家可归了。我以前从未流浪过。虽然以前旅行时连续几周都住在货车里，但那时我知道自己总有退路，总有家可回，这给了我前进的勇气。在威尔士，有一扇门永远为我打开，即便那是我一度待腻想要逃离的地方。但这天的感觉完全不同。那扇门紧闭着，我再也推不开了。那一刻我意识到曾经为我遮风挡雨的家是我所拥有过的最安全的地方，我不想离开。

"我们找找去迈恩黑德的公交车吧。"

好啊，反正也没别的事要做，这不就是我们到这儿来的原因吗？给自己一个继续前进的理由，找一个创造未来的办法。但我没想到车票居然要10英镑一张。去萨默塞特的路上，我们给车加了油，在服务区吃了饭，还给简买了几瓶红酒来感谢她收留我们的小货车。这些开销下来，我的小红钱包都瘦得皮包骨了。现在只剩50英镑，不过也足够了。每个礼拜我们还会有48英镑的救助金入账呢。绰绰有余了。

坐在公共汽车后座上，我开始平静下来。也许是因为在密闭空间有被保护的感觉吧，我甚至还有一丝兴奋。我们穿过萨默塞特，一路向北。

背囊里还装着巧克力和香蕉，我们可以欺骗自己，假装是去海边一日游。

"你们去哪儿？我猜肯定是西南沿海小径，你们住哪儿？你们是第一天到吧？我们也是！"公交车差点被这阵震耳欲聋的美国口音掀翻。说这话的女士身材居然十分娇小，她看起来一本正经，有一头卷曲的棕发，穿一件非常古板的夹克，上面有很多实用的小口袋。

"没错，我们是今天才出发的。"

她和同她一样小个子的伙伴跟跟跄跄地踩着小碎步朝公共汽车后面跑去。那位男士显然是要去狩猎旅行，穿着一模一样的夹克和裤子，但他身上的口袋更多，鼓鼓囊囊地装着看上去很重要的东西。

"不行啊，这个点出发太晚了。你们得一大早就走。从迈恩黑德到下一个住处得走一整天呢。你们今晚住哪儿？来和我们喝一杯吧。"

"我们是背包客。"我瞥了一眼背囊，里面塞满了东西，像巨大的龟壳一样蹲在我们旁边的座位上，真的很惹人注目。"我们要去露营，所以几点出发都无所谓，过会儿搭帐篷就是了。"

"什么？包里还有个帐篷？嗯？连食物厨具什么的也都带着呢？我们身上就只有这么点东西，其他的会在晚上行李传送到我们住的民宿。"

"行李传送是什么？"

"嗨，我们不是徒步旅行嘛，一些友好的年轻人会帮我们把行李带到下一处民宿里。我们要去韦斯特沃德霍（Westward Ho!），你们呢？”

"如果我们能走到兰兹角（Land's End），可能会继续向东吧，最后一站到普尔，但我们不着急，边走边看吧。"茂斯扬起眉毛看着我，不动声色地编造着我们背后的故事。很多事情他们不必知道。

"去兰兹角啊！怎么可能一路上都野营啊，你们有点，呃，岁数太大了。"

"好吧，看看再说吧。你们可能一两天就超过我们了，我们走得相当慢。"我才 50 岁啊，他们以为我们多大了？

我们甚至还没看过迈恩黑德的地图，所以不知道从哪里开始沿着海岸走，只知道我们在北海岸，需要往西走，也就是朝着左手边的某个地方前进。我们穿过挂满水桶、铲子和人字拖的帘子，从一群喝着奶油茶的老年人身边走过，漫步下山，最后来到海边。我们放下背包，松了一口气。然后坐在长廊上，喝着茶，吃着能量棒。左边有一座拔地而起的大山，我心想那当然不可能是起点……帕迪·迪利翁说这是条平缓的小路，他可没说要爬山……完了，大事不妙了。

"他肯定说了沿这条路走下去会看到一个纪念碑。"茂斯的手指顺着眼前这条橘黄色小路比画了一下，熟练地画出了《西南沿海小径》里全国地形测绘详图中这条路的形状。"没事儿。它可能在山脚转了一圈，然后又往上爬到了某个地方。好吧。"他把地图和老花镜放回口袋。"你准备好了吗？"他看上去除了有些疲惫之外，并没有其他异样。

"反正也没别的事要做。"

寻找纪念碑的路上，人群渐渐变得稀少。终于我们发现了一个巨大的金属雕塑，是一双手拿着地图的样子，它标志着西南沿海小径自此开始。我们在纪念碑前停留了大概一个世纪那么久：我们拍照，摆弄背囊，努力让自己迈出第一步。我心中百感交集，兴奋、恐惧、流浪、肥胖、死亡……但至少只要迈出第一步，我们就有了前进的方向，有了目标。我们确实没有什么比在周四下午三点半开启1014公里旅途更好的事情可做了。

顺着一条极其陡峭的之字形小路，我们爬进了一片树林，在那儿可以俯瞰迈恩黑德全景。走到一半我逐渐明白过来，帕迪·迪利翁在低估事情难度方面显然是大师级人物。我们坐在一张长凳上，看着树枝间隙里的大海，上气不接下气。我们努力调整呼吸，并重读他的旅行指南。

"不对啊，他书里写的肯定不是这样，他说路会缓缓地往内陆拐一点，再上个小缓坡而已。"

"好吧，如果这都叫缓坡的话，到了他说'很陡'的地方，我们岂不是死定了。"

我们才走了1公里不到，就喝掉了半升水。我的头疼得要爆炸了。这时，从山顶下来的一大家子人驾车经过我们。

"包里塞了好多东西啊，你们这是要去哪儿呀？"

"兰兹角，但愿能到那儿。"

"这样啊，呃，那祝你们好运咯！"

这伙人大笑着下了山。而我的髋关节疼痛难忍，脚底也酸胀不已。笑吧，我要是他们我会笑得更大声的。

"他们真觉得这可笑吗，我们真像个笑话吗？"

"当然了，我只说要去兰兹角他们都笑成这样。想象一下如果他们知道真相会怎样？我都不敢告诉别人我们要去普尔。"

"普尔？能到庞洛克就不错了。"

绕了几个小时圈子之后，我们终于走出了树林，登上了一片荒野。那里地势平坦，小马驹们在吃草。我放眼远望，心想，对岸就是南威尔士了吧。

"就好像我们逃不掉似的。"

天色很快就暗了下来，我们突然意识到我们正站在埃克斯穆尔开阔的边境上，北边就是布里斯托湾。夜幕降临了，得找个地方搭帐篷。我们身后是一片低洼的草地，眼前唯一一小片平坦的草地是条踩出来的小路，两旁开满了石楠花和金雀花。我觉得这帐篷显然得搭在小路上。

"不能搭在路上。明早要是有人路过，他们肯定会喊我们走开的。"我只好继续往前走，髋关节火辣辣地疼。

"可能是关节炎。"

"也许是你在电脑前坐太久了。嘿！看，那边有一块平地。"

一听到这个信号，我绷着劲的肩膀立即就放松了下来，我卸下背囊。但短短几秒钟之内，脚上就爬满了蚂蚁，成千上万的蚂蚁在草地上四处逃窜，贴地飞行。

"我们还是再找找吧。"

但仔细观察的话，其实每一小块草地上都有黑压压的一大群蚂蚁。我们闯进了空中一团一团的黑云，衣服和头发上都爬满了蚂蚁。我赶紧跑出来，再待一秒我就要把它们吸到肺里去了。我停在石楠花丛里，一个个地把它们摘掉，回头一看，蚂蚁大军还在灌木丛上空盘旋着。

在石楠花上搭帐篷可不是件容易的事儿。按理说应该搭在短茎幼苗生长的地方。因为这对帐篷轻薄的防潮布来说是个巨大的威胁。它可能在第一天晚上就被刺破。但没办法，我们只能硬着头皮搭。和杆子绳子纠缠了半个小时后，手法生疏的我们终于把帐篷支了起来。

底座像羽绒床垫一样膨胀起来，我们觉得自己好像躺在放叉子的抽屉里。

"我们带强力胶布了吗？"

"没带。"

日落西沉，天色逐渐黯淡下来，南威尔士灯塔上亮起的灯光把黑夜烫了一个洞。那道光仿佛触手可及，然而它所屹立的那片土地早已在我手中悄悄溜走了。我紧紧闭上眼睛，想象自己沿着小路向农场走去，双手在石墙上摸索着，感受着火苗的热度。我不能忘记那种感觉，我必须走到哪带到哪，只有这样才能重获一丝安全感和家的感觉。

"我想我现在有点流浪的感觉了，好像一个在风中被割断的气球。我很害怕。"

"我想抱抱你，雷，但我坐不起来。"

"我们先把肉丸子解决掉吧，包里肯定属它们最沉。"

四面八方的冷风狡猾地钻进帐篷，刺骨的寒意瞬间席卷全身。难怪睡袋这么轻，什么都挡不住。凌晨4点了，我借着月光盯着灰绿色篷顶，在冷风侵蚀下，我感觉身体正迅速散热。我快冻僵了。如果能平躺，就算再冷，隔热垫也会让我暖和一点。但我平躺不了，我的后背暴露在刺骨的寒冷中，冻成了冰块，实在太疼了。我慢慢挪向茂斯，轻轻贴在他后背上，勉强借了些热气。他动了动，转过身又打起呼噜来。我把所有能够得着的东西都堆在我身边挡风，还把一件臭烘烘的背心套在头上，脚翘在背包上。还行，我还能承受。但我怎么没拿个帽子来呢？

我断断续续地打着瞌睡，梦见空荡荡的房子和喘不上气来的茂斯。我醒来时心跳加速，满头大汗，脑袋嗡嗡作响。可算是熬过了这个可怕的夜晚。太阳出来后，我的身体逐渐暖和过来。但我不能再睡过去了，我必须得出去一趟，因为我有点尿急。于是我钻过帐篷门，一个没站稳就跌到了煤气炉和平底锅上，我一边挣扎着站起来一边提上靴子。终于，我蹲在石楠丛中，呼吸着干净清新的空气，看着金雀花在柔和的晨光下流入大海，对岸的威尔士变得越发美丽动人。

"早上好，风景真好啊，是吧？"

我蹲伏在灌木丛里，脚踝上堆着打底裤，屁股晾在微风中。

"啊，今天早上，真是，美极了。"

怎么会有人这么早出来遛狗啊？

8点30分，茂斯终于醒了。他默不作声，僵硬地挣扎着。他讨厌早晨，因为他知道每天一睁开眼睛就要面对新的痛苦。在他不得不起床承认这一天的到来之前，他会尽可能地拖延，借由最后一点睡意不肯睁开眼睛，这已经成了他的一种习惯。起床之后要吃止痛药，然后喝茶，一杯接一杯。10点30分，他从帐篷里出来了。真是个铁膀胱啊。医生告诉我们皮质基底节变性会导致他大小便失禁，但目前看来，茂斯还安然无恙。

"感觉如何，能坚持下去吗？"

"这简直是地狱，但我们还有别的办法吗？"

11点30分，我们收拾好所有的东西，把背囊背到酸痛的肩膀上，爬出石楠丛。所有写到野外露营的作者都强调过，严格来讲，在英格兰和威尔士，露营属于非法行为。但如果非要露营，一定要远离公共场所。等夜深人静再搭帐篷，天微微亮就赶快离开，而且永远不要留下任何痕迹。我回头一看，那片石楠花都被压倒了。也就是说，我们把所有忌讳一一犯了个遍，但愿下次会引以为戒吧。

顺着西边的斜坡，我们一路来到了博辛顿（Bossington）。我正在心里默默比较着，负重下山是不是比负重上山要更加艰难，我试图将其中的艰辛程度分出个高下来。好不容易到达山脚时，我在心里已经列出了个清单，细数着身体哪些地方已经疼痛难忍。脚底、臀部、肩膀……然后我知道了，它们在折磨人的程度上是不分伯仲的。我之前一定是疯了，竟然以为我们可以招架得住这种折腾。

当我们到达这个田园诗般的村庄时，我似乎察觉到茶馆的招牌在隐隐约约地召唤我们，让人无法抗拒。我的理智告诉我，我们没钱去茶室咖啡馆之类的地方挥霍，然而我们最后还是去了。我们点了这个夏天以来的第一份，也是最后一份奶油茶点。其间，我脱下靴子一看，我的天，我穿着这双合脚的旧靴子才走了 13 公里，脚上就磨出了一个 5 厘米宽的水泡。是因为背囊太沉吗？尽管我再清楚不过，此时增重的话会走得更辛苦，但我全然不顾，狼吞虎咽地把司康和上面凝固的奶油一股脑儿塞进了嘴里。如果我当时知道那是我最后一次吃茶点的话，我可能会细嚼慢咽地享受一下。我撕了一块防磨脚贴贴在脚上，然后穿上了袜子。

"你们是来散步的吧。"一个身材高大的男人和他娇小的妻儿坐在我们旁边的位置，我被茂密的灌木遮住了视线。

"是的，没错。"

"你们将享受一段美好的时光。这里是风景最好的一段路了。不过，经过埃克斯穆尔的时候，别有恐高症才好。"

"那里很陡吗？"

"很陡吗？"他笑了起来。我们很好笑吗？茂斯看上去无动于衷。自他从谷仓屋顶上摔下来之后，他就一直有点恐高。

"你怎么有这么多时间？多希望我也能这么悠闲啊。"

"因为我们在流浪。我们无家可归，也没别的地方可去。所以对我们来说，徒步旅行似乎是个好主意。"

我未经思考便脱口而出，我居然跟一个陌生人说出了真相。但那个男人当即伸出手把孩子往怀里揽，他妻子也退缩了一下，随后移开了目光。我知道我下次再不能这么说了。他要了账单，结完账就走了。

我们横穿过沼泽地，那里的海水冲破了瓦状山脊，将农田变成了盐沼。在灰色天空的映衬下，光秃秃的树木被析出的白色盐结晶裹得结结实实，枝丫张牙舞爪地伸向四面八方。这样一棵枯木，仍为其他生命提供着居所。

当我们路过波尔洛克韦尔（Porlock Weir）的建筑群时，突然听到墙洞里传出一阵声音。

"在徒步旅行吗？进森林前你们得吃点薯条。"有两个人从墙上一个3英尺见方的洞里往外看，这个洞实际上是一家小薯条店的外卖窗口。

"肯定是你们吃过的最好吃的薯条。"

我们立即就屈服了。

"说说看。"

圆脸男人解释了薯条的三道制作流程，听完之后我们觉得这确实是我们吃过的最好的薯条，但也是最贵的。才走了3公里就花掉了16英镑，这么奢侈可不行。但因为身体的病痛和低落的情绪，我们无法拒绝任何能稍稍安慰我们的东西，所以每次的回答都是"好的，请给我来一份"。不过这是最后一次，否则很快我们就成穷光蛋了。

我们从波尔洛克韦尔出发，爬到了另一片树林里。茂斯很累，每走一步都很吃力。我也脸色苍白，浑身酸痛。这可能是因为我们年岁渐长身体孱弱，可能是因为意志消沉，可能是因为皮质基底节变性，也可能只是因为薯条吃坏了肚子。帕迪在书里写到，这里是第一天行程的终点。但现实是，我们用了整整两天时间方才抵达。

前方小路渐宽，远处有一个人站在空地上，好像在练瑜伽。我们停了下来，不想打断他，原以为他会抬头发现我们，让我们先过去。但他完全没有察觉到我们的存在。他个子很高，背影清瘦憔悴，面对树木繁茂的山谷正专心地做着动作。他看起来像是病了，或正遭受着自我施加的情感折磨。他扎下马步，双掌前推，然后把某种无形的，类似于天地之精华的东西压进身体内部，然后手掌依次拂过前胸和大腿。一次又一次，一次又一次，似乎要把自己淹没在神秘力量之中。

最后我们不再等他主动让行，快步走过他。他完全沉浸在他的动作里，不知道有人路过。这条小路通向山谷，一直延伸到卡布尔教堂（Culbone Church）——英国最小的教堂，但历史悠久，曾是麻风病人的聚集地。难道那人相信这里有什么玄妙的自然力量吗？我坐在墓地里，任凭骇人的寂静将我吞噬。我感觉到这个地方富有深刻的灵性，与上帝或宗教无关，而是一种长年累月积下的人类灵性。我感到身体里的某处郁结开始疏通了。也许这里确实存在某种力量。我双手捧起一把空气，撒到茂斯身上。心想，万一灵验呢。

我们坐下来，让幽绿的光线渗入我们疼痛的关节，瑜伽师这时慢慢地，一步一脚印地走下山去。他没看我们，但是停了下来。我们不能坐在这里吗？他会让我们离开吗？

"你好，我们刚刚参观了教堂，那儿真安静。"

"我知道，你们刚从我身边过去了。"

"哦，我们以为你没看见我们。我们不想打扰你。"

"我没看见你们，我什么也没看见。我是听到的。"他是个盲人。我们怎么没看出来呢？

"我们就是想走完这条小路。"

"是啊，你们还有好多路要走呢。"

"好吧，还有402公里到兰兹……"

"你们一路上会看到很多风景，遇到令人惊喜的事情，同时也会遭受不少挫折，会遇到很多你认为无法克服的难题。"他伸出手来，放在茂斯身上。"但你会战胜它们，你会没事的，困难会让你变得强大。"

我们睁大了眼睛看着对方，默默地做着口型："什么？"

"到时候会有一只乌龟和你一起步行。"

我们继续向山上走去，在路边的一块田野上搭起了帐篷，高高的树篱挡住我们，看不到远处的农舍。

"西南地区的野生乌龟并不常见吧，不是吗？"

"对啊，很少见吧。"

又是一个寒冷的夜晚，凹凸不平的草地硌得人很难受。终于到早上了。11点的时候，我们背上背包，从树篱后面悄悄溜了出来，像逃犯一样从大门偷偷溜到马路上，每走一步都要看看有没有人在看。田野中的绿色小径蜿蜒起伏，两旁是高高的树篱，几乎不透风。以前我们几乎每天都要泡澡，至少也会淋浴。但这三天里，我们每天的旅行内容就是走路和在帐篷里睡觉。我突然闻到哪里散发着一股呛人的味道，因为天气很好，田野上没有风，所以这气味格外浓郁持久。我敢肯定这不是奶牛的气味。我想，如果我们负担不起露营地的费用，就永远也洗不了澡，但这也没什么关系。我们可以每天都去游泳。但我们这几天其实没怎么去过海边，唯一一次就是在迈恩黑德波洛克的岩石海岸。当时我们脑子里嗡嗡作响，爬上树木繁茂的峭壁之后才松了口气，悬崖上耸立着成片的橡树林，海风拂过，树林沙沙作响。

沿途的植物从橡树变成了杜鹃花，我们停了下来，筋疲力尽。不知不觉中我们已经途经了第一个里程碑，现在进入北德文郡地区了。我们已经坚持走了两天。放眼望去，明媚的杜鹃花正灿烂地开着，一直漫过悬崖，看不到尽头，我们被这怒放的生命紧紧包围。难以想象，这种生命力顽强却屡遭破坏的植物，早在数千年前就已经在英国扎根生长了。确切地说，已发掘出的化石表明，它们在上个冰河时代之前就已存在。但原生植物的名额只保留给那些在冰河消退后蓬勃生长的植物。18世纪中期，它们被重新引入英国，之后迅速征服了乡村。它们光滑的常绿树叶一波又一波地野蛮生长，用独特的纹理和色彩装点了单调灰暗、光秃秃的英国冬天。紧接着，风光旖旎的春天到了，每个山丘和灌木丛都开满了淡紫色小花。在威尔士一个备受人们喜爱的山谷里，漆黑峡谷每到5月就会出现一片绝美的风景。直到有一天，全国托管协会[1]决定必须彻底铲除非原生植物。随之而来的便是连绵数月的砍伐，原本枝繁叶茂的山坡变得如战场般满目疮痍。多年后，"大屠

---

[1] 全国托管协会，负责管理并保护英格兰、威尔士及北爱尔兰的历史遗迹和自然景观。

杀"的遗迹还依稀可见，虽然偶尔会有一株白桦树或石楠花冒出尖来，但原生植物并不能凭一己之力装点整个空荡荡的山谷。即使杜鹃花的残根正在自我修复，准备以顽强的速度进行反击，但无论谁赢得胜利，山谷或杜鹃花都无法恢复往日生机，最终只落得个两败俱伤的境地。

山势上下起伏，两边都是悬崖，中间的小路只有大约1米宽。但我们还是不顾一切地把炉子拿了出来，坐在平坦的小路上泡了几杯茶。我们听到远处有几个美国人正往这边走：他们的美国口音实在是好辨认。一位女士在谈论她工作的问题，她说她无法抛之脑后。我搅了搅茶，意识到我已经没有工作要操心了，也没有家庭问题要解决，一切安好，除了我们无家可归，除了茂斯将要死去。他们停了一会儿，看上去有点恼怒。

"我们今天已经晚了，本来应该在4点之前到林茅斯的，我们比原计划晚了不少。"

他们略带抱歉地从我们身边挤过去。男人大汗淋漓，汗水从下巴和胳膊肘上滴下来。

"你确定不想停下来喝杯茶，休息一会儿吗？"

她看着我，好像我说了什么荒唐话似的。

"不了，没空。我们必须按计划来。你们都没有计划的吗？"

他们走了，但在接下来的几分钟里，随着她的声音渐渐远去，我们听到了他说他很高兴她终于回来了，还带回来这么一份完整的日记。

"你们有计划吗？"

"我们当然有，我们在徒步旅行啊，直到走不动为止。也许在路上我们会想到之后要怎么办。"

"好主意。"

我们艰难地穿过树林，天空开始下起了小雨，杜鹃浓密的冠层像天篷一样保护着我们。但我们刚一离开遮风挡雨的树林，布里斯托湾的天气就急转直下，绵绵细雨变成了咆哮的狂风暴雨。我挣扎着往前走，防水布上下扑打着，雨水在我脸上肆意流淌，我几乎看不到前方的路。体力不支的茂斯顶住狂风，克服着内心对高度的恐惧，摇摇晃晃地走在峭壁小径上。高处风大，我背着沉重的背囊难以前进，感觉自己摇摇欲坠，眼看就要失去平衡。当我们到达福尔兰岬角周围，眼前出现了一道完美的彩虹。它融合了山丘上所有的颜色，又额外带有深绿色、棕色和紫色的光环。茂斯侧着身子紧紧抓住手边的杂草，在不断扩散的黑雾和灰雾的旋涡中努力稳住自己。这时眼前出现了一条6分米宽的小路，一大团白茫茫的云在低空漂浮着。我们无法分辨出自己是在草坡上，还是在悬崖边上。突然间，我们看见一座教堂的塔楼在浓雾中若隐若现。

"我们的计划是时候宣告破产了"，茂斯瘫坐在教堂的长椅上。他的肩膀因为着了风而隐隐作痛，腿也开始不由自主地打颤，以致他屡次被绊倒。我们本来打算在施洗者圣约翰教堂（St John the Baptist）的过道里过夜，直到蓝球酒吧明晃晃的灯光吸引了我们的注意力。我们摇摇晃晃地从教堂走到酒吧，扑哧扑哧地穿过门，全身湿漉漉地搞得地板上都是水，还淋湿了一只坐在门口的狗。

吧台后面的一个秃头男人面无表情地看了看我们，又垂下眼帘瞟了一眼地上水汽蒸腾的背包，还有一个个小水洼。茂斯见状立即拎起了背囊，他总是为别人着想。

"真抱歉弄得这么乱，朋友，我们正在沿着海岸徒步旅行，结果出了点小意外。我把背包放在外面行吗？"

"沿海步行？开什么玩笑，把你的东西放下面吧。"酒保用澳大利亚口音滔滔不绝地欢迎着我们，我们瘫倒在炉火前松软的沙发上。当我把袜子搭在椅子扶手上让它滴滴水时，我突然意识到我们居然来了一家酒吧，但说实话，我们买不起这儿的任何东西。一只驴子般大小的大狗从餐厅里跑出来，嗅了嗅袜子，然后用它那张口水横流的大嘴叼了一只跑到了吧台。我一路跟着它，一手拽着我的袜子，一边跟酒保说来一壶茶，这似乎是最便宜的了。

"鲍勃，把袜子放下。好的，英式红茶一壶。看你这一晚没睡的样子，我还以为你喝了一夜的威士忌呢。"

"要是这样就好了。"我拿回那只袜子，现在是破了个大洞的袜子了。我回到火炉边，满脑子想着单一麦芽威士忌、炉火、热水澡和席梦思。我讨厌喝威士忌，但如果我们有钱的话，也可以来一杯。但很可惜，我们没钱。我们喝了两口茶，然后在炉火前打起盹来。醒来时袜子干了，雨也停了。

11点钟，外面已经漆黑一片。我们终于准备好离开温暖的小酒馆继续上路了。我们把帐篷搭在了悬崖上的一个山洞里，稍稍能挡住一点风。外面狂风呼啸，累了一天的我们顾不上许多，便倒头大睡了。

我知道这一刻总会来的。我从产生要在西南沿海小径上野营这个荒谬的想法时开始，尽管我很好奇，但我一直对它避而不谈。但这一刻，我终于不得不面对这个悬而未决的大问题了：熊会在树林里拉屎吗？现在我知道答案了：虽然我不是熊，这儿也没有树林，但毫无疑问，答案是肯定的。早上6点30分，我听见海鸥在悬崖上盘旋的声音。虽然每天清晨都会上演的靴子与帐篷盖的战斗，但今天持续了太久。我站起身来那一瞬间，突然呆住了，不知所措。不仅是因为我好想坐在一个洁白闪亮的冲水马桶上，主要是因为一阵眩晕。昨天晚上，我们摸黑在大雾中搭好了帐篷，鬼使神差地，我们搭在了距悬崖仅2米的地方。现在我的脑子里循环闪过这几个词：帐篷、小路、草皮、百米高的悬崖。我逐渐恢复了平衡，环顾四周，想找个稍微隐蔽的地方。但目之所及，只一个开阔的山坡，山坡上有一小丛金雀花丛。我等不了了，就它吧。我疯狂地试图用我的鞋跟挖洞——我们没带铲子，它太沉了，而且当初我想怎么也能找到公共厕所吧。匆忙之中我的指甲在紧身裤的腰部划了个口子，我蹲在棘手的尖刺金雀花丛后，骤然如释重负，就像《猜火车》里的伦顿钻进厕所后一样。

遛狗的。又是遛狗的。

"早上好，看来你们找到露营的地方啦？"那个澳大利亚的酒保，沿着小路朝帐篷走来。我没法站起来，因为金雀花也没那么高，所以我急需蹲着，低声说："早上好。"

"好吧，不打扰你了。旅途愉快。"

"谢谢。"

那只狗把他拽回原来的方向。完事后我用枯萎的金雀花在上面搭了一个富有艺术感的小帐篷，我脸上尴尬的红晕慢慢消褪。我看着他消失在林茅斯湾上空升起的大片透明云层中，云层渐渐向岬角移动，眼看着就要追上那几公里外的暴风雨。云层散开，我们面前出现了一大片平坦的草地。前一晚我们就是从那里在大风中径直走过来的，不过这也不重要。毕竟我们没有从悬崖上掉下去就是万幸了，小山洞还是挺好的。我回到帐篷里，看见茂斯已经醒了。

"你今天起得真早。"

"是那遛狗的人把我吵醒的。我那时候想，肯定是你的括约肌失控了。"

据说，这条海滨小路是由海岸警卫队建立的。他们在巡逻寻找走私者时，会仔细搜寻每一处海湾。但是，就像旅游指南或宣传手册里描述的诸多古代历史遗址那样，这条小路早在人类踏足这片土地时就已然存在了。一开始，出资方英格兰自然署[1]着眼于这条道路的整体建设，意图将四散各地的景点连接成线，形成距离最长的国家级步行路线。1978年，也就是我离开学校的前一年，这期项目终于在北德文郡竣工。那不久后，我顶着一头浓密的头发，系着漂亮的领带，自由自在地奔向了我们无法预见的未

---

[1]　英格兰自然署（Natural England），是英国政府旗下负责确保英国自然环境的非政府部门公共机构，其保护范围包括：土地、植物、动物、淡水、海洋环境、地质、土壤。

来。这条小路和我们俩一起被扔进了这个世界，难道我们注定要相遇吗？

西南沿海小径据说每年能创收 300 万英镑。而我们靠救助金也只有 48 英镑一周而已，所以指望我们拉动当地经济肯定是不可能的了。我本来是非常吝啬于打开钱包的，但顶着劈头盖脸的狂风暴雨，跋山涉水终于走到了林顿（Lynton）之后，我别无选择，必须买点吃的了。

我们站在街角的一家杂货店外面，我数着手里的硬币，正想着要买点什么比较划算。此时，一个穿着明黄与蓝色相间冲锋衣的女人牵着一条凶恶的大白狗从拐角处走过来。我正站在店门和拴着一只黑色拉布拉多犬的栏杆之间，狗正等着它的主人。其实我不应该站在那儿的。那只巨大的白狗显然很讨厌其他狗。它扑向那只正在安静打着盹的拉布拉多，人家似有若无地盯着正要从商店里拿出来的狗粮罐头。大白狗一跃而起，飞掠过我背上的背包，一下把我甩到墙上。硬币从我手里蹦出来，一个个骨碌碌地滚下了山坡。我扑倒在地，试图抓住一枚一镑硬币，但它滑过我手指，没作停留，一路溜进了下水道。而茂斯正追在一枚两英镑硬币后面跑，它在上行的游客脚边滚来滚去。我趴在柏油路上，看到他试图弯下腰去捏住它，就像一个在高高兴兴玩耍的小男孩。

"我捡到了，我捡到了！"

"干得好，伙计"，山顶上有一辆冰淇淋车，"茂斯，我想买一个冰淇淋"。

那个牵着白狗的女人用脚踢了踢我。我仍然躺在人行道上，手放在排水井盖缝隙里。

"你怎么了，喝醉了吗？"

我一时被她的提问惊呆了。

"我很好，倒是你的狗有点不正常。"

"我的狗怎么了。你们这些流浪汉应该学会控制自己。在街上打滚，真恶心。"

我把手从排水沟里伸出来，站了起来。那只黑色的拉布拉多犬抻直了身子伸了个懒腰。一个流浪汉。一个无家可归的流浪汉。几个星期前，我有自己的房子，自己的生意，一群绵羊、一个花园、一块土地，雅家炉[1]、洗衣机、割草机也一应俱全。我自尊自重，有勇气承担后果，我有我自己的骄傲。但顷刻间，我对人生的幻想就像那1英镑硬币一样迅速地消逝了。

茂斯回到我旁边，一路上又捡了零星几个铜币。

"我们还剩多少钱？"

"9英镑23便士。"

"我们的钱什么时候到账呢？"

"我想应该是后天吧。我们还有两包米饭和一些小菜，你觉得怎么样？还是说煮面吃？"

"除了面条什么都行。"

我们走出了商店，背囊又稍微重了一些，但钱包轻得几乎只有自重了，我们还剩2英镑70便士。但没关系，我们每人拿了一

---

[1]　用于烹饪和取暖。"雅家炉小说"趣指描写英国中产阶级妇女生活的小说，因她们喜用此炉而得名。

个玛氏巧克力棒。

我第一次在食堂见到茂斯是高中六年级，那年我 18 岁。他穿着一件白色无领衬衫，用玛氏巧克力棒蘸着茶吃。我完全被他迷住了。后来，我和朋友们一起从三楼的窗户探出头来，看着他穿过操场。他穿着齐膝马靴，旧军大衣在风中飘动。别的我记不清了。那几个星期以来，他躲在书架后面、商店门口、灌木丛里，远远地看着我，这之后他才来和我搭话。我满脑子想的都是他，还有性。后来他跟我说话我才发现，他脑子里想的，也和我差不多。

十几岁时的迷恋发展成了友谊，让我们直到成年后都还沉浸在它的激情之中。我不知道人的一生还能这样度过。我过着从未想象过的生活：张开双臂站在大风呼啸的荒原上，在音乐节上一边吃着披萨一边摇头晃脑，在为期数周的核裁军运动集会上尖声反抗。他带我进入环保卫士一样的生活，他滔滔不绝地说着，我也不知疲倦地回应着。许多年过去了，我们的腿缠绕在一起，无休止的闲聊和笑声一如往常。我们的朋友用情侣装来彰显他们的关系，但我们什么都不需要，那些肤浅的东西与我们无关。三四十岁的时候，我们周围的夫妻都陷入了伴侣关系的灰色地带，生活也只是以形式化的周末购物或观看比赛来消遣，然后不可避免地以分手告终。可我们却一直生活在一种仿佛永不消逝的激情之中。

他一瘸一拐地走着，但记忆里他吃着玛氏巧克力棒的样子仍能让我瞬间振奋起来。几个月前，医生给他开了一种叫普瑞巴林（Pregabalin）的药，用来缓解他肩膀的神经疼痛，这对我们产生了巨大影响。茂斯的身体每况愈下，这无疑是我们的又一大损失。我们虽然仍是最亲密的朋友，但一种难以明说的生理差距正在出现。

"没什么比玛氏巧克力棒更好吃了。"

"这倒是真的。"关于巧克力棒的美好回忆让我忘记了关于狗的一切。

出了林顿，山路越发狭窄，好像一直贴着悬崖边走，直到尽头出现了一个直角弯道。这是我们到目前为止路过的最惊险的地方，我们屏住呼吸，紧张地绕过拐角，不想又碰到了另一个澳大利亚人，正迎面走来大踏步地前进。

"嗨，伙计们，包看着可真沉啊，这是要去哪儿？"

"兰兹角，如果我们能成功的话。"我们始终没信心不留余地地说出来这个目标。

"哇，嗯，干得好。心态决定年龄，这话不假。祝你们好运。"

我一直以为我保养得很好。我都五十岁了也没几根白发，皱纹也没几根。"他以为我们多大岁数了？"

"无所谓啊，我们觉得自己多大就是多大。"

"也是，没错。"

"有时候我感觉我有 80 岁了。太他妈累了，我浑身上下哪哪都疼。"茂斯扔下背囊，蹲在岩石上。"我分不清自己是半睡半醒，还是完全清醒。我感觉我的脑袋里一团糨糊，一步一步跟走在糖浆里一样迈不开腿。这是我们做过的最愚蠢的事。唉，我想就地躺下。"

我坐在他旁边的小路上，惊愕得说不出话来。随着时间的推移，这种疾病在茂斯身上开始慢慢现形。它悄无声息地蔓延开来，不像那些突如其来的疾病会给人立即带来痛苦。当时见完医生后，我有过几次完全崩溃的时刻，但不多，因为我还没有准备好面对它。多年来，我们一直在接受和应对这些预示性的小病小痛，但诊断的真实性还有与慢性疼痛相伴而生的精神折磨，都一起被刻意掩盖了起来。现在，我们来到了这里，背着背囊坐在岩石山谷里，病痛再也无处可逃，无所遁形。大海冲击着悬崖底部，白浪滔天，溅起的浪花直冲城堡岩。我们静静地看着，黑岩与白浪交织，有节奏地呼应着，一遍又一遍，永不停歇。一群野山羊在灌木丛和岩石的掩护下，在附近的小路上跳来跳去，长长的羊毛恣意飘动，渐渐地，它们走下山去，行动轨迹清晰地描绘出了这条崎岖山路真实的样子。

我惊呆了。

"哇，你看到那些山羊了吗？角有那么大！"

"终于不想巧克力棒的事儿啦？坐在这里干什么，我们走吧。不过我们很快就得停下来，我累坏了。"

我把他从地上拉了起来，继续前进。

在我们身后，一条柏油马路穿过空旷的公园，通向一幢乡间别墅，门前绿草如茵。那里是洛克斯谷酒店（Valley of Rocks），客人络绎不绝。

"我知道时间还早，但我们得快点搭好帐篷，我太累了。"

房子附近的一个标语牌上写着这是一处基督教庄园。任何人都可以住在这里，在上帝的指点下振作精神，重新做人。最低价格是120英镑一晚，而且绝对禁止露营、生火、闲逛或遛狗。还有，绝对禁止流浪汉进入。

我们走出公园，来到一个山谷里，可以听见此起彼伏的喊叫声和笑闹声。在我们下方的山谷里，有一个基督教青年营正在为晚上的娱乐活动做准备。露天帐篷里的DJ正诱惑一群青少年参与到趣味问答当中去。不知他们是不是基督徒，但明显能看出这一群少年，还是对偷偷溜进羊苋草丛这种事更感兴趣。因为烧烤的烟太大，他们就搬到了小路上来烤香肠。瞬时间，一阵饥饿感涌了上来，这还真是头一次。

我们踩着羊苋草丛往前走着。终于找到了一块空地，我们把帆布背包扔过栅栏，在草地上搭起帐篷。在夕阳余晖的照耀下，我们从克里克角（Crock Point）看去，远处的杜提角在淡粉色晚霞和深蓝色海域的映衬下显得格外动人。我们一边吃鲭鱼罐头拌米饭，一边听着海浪拍打岩石的声音。

"剩下一点鲭鱼就着面包吃了吧。嘘，那是什么？"

"妈的，我敢打赌是农夫，他们要把我们赶走。"

当我们准备收拾帐篷继续赶路时，一阵杂乱的沙沙声越来越近了。树丛被撑裂开来，两个十几岁的孩子从树篱里挤了出来，头发上插着小树枝。

"呃，你们好，我们刚去了……海边。现在要回营地了。"

"很好，你们最好快点，否则汉堡就要被抢光了。"

步　行

我们早就料到会遇上极端天气。英国的天气不就这样吗，狂风、骤雨、浓雾，甚至偶尔还下阵冰雹。但唯独没有高温，没有那种炙烤着的、令人窒息的热浪。到了午餐时间，我们终于爬出了伍迪湾的阴影，周围再无遮挡，于是我们暴露在阳光直射下。我们分着吃了一根谷物棒和一根香蕉，向西眺望着英格兰最高的悬崖。它高达800英尺，连绵起伏的山体一路延伸到海拔1043英尺大刽子手悬崖，它是整个西南沿海小径的最高点。到那里的路途可谓层峦叠嶂，道阻且长。就连帕迪也承认这些山峰陡峭得毫无人性。大起大落，一如我们的人生。这就是为什么一开始我想从普尔出发。

天气越发炎热了。

"我们买防晒霜了吗？"我的鼻子热得发颤。

"没。"

"那我们要等天气凉快点再出发吗？"

"这样的话，天黑之后我们就会被困在悬崖上了。如果我们能在这里找到一块平地就太幸运了。"

"亲爱的，要是我们才 30 岁，肯定会喜欢这种经历的。"

"可惜我们老了，你能感觉到吧。"

"好吧。"

我的双腿像灌了铅一样沉重，每迈出一步我好像都能听到髋关节在吱吱作响。转过直角弯，我们来到了峡谷另一边的海崖上。我似乎能感受到从岩石路面上反射出来的一浪接一浪的腾腾热气，这让我们本就通红的脸颊变得越发灼热干燥。蔚蓝的海风吹来，穿过我后背与背囊之间的空隙，我张开双臂，想象自己正飞向天际。站在高处带给我的自由动人心魄，眩晕中夹杂着一丝兴奋。我的眼睛水汪汪的，皮肤刺痛，像是在燃烧，远处的威尔士海岸好像更加遥不可及了。茂斯向里斜着身子，贴着峭壁往前走，但我的血管里流淌着石楠花和咸咸的海风，我正和海鸥一起自由翱翔。

在开始下一个云霄飞车般的峡谷之旅前，我们在一块光滑的岩架上遇到了第一批背包客。他们看起来非常年轻利落，朝气蓬勃，一水儿的蓝色登山短裤和干净整洁的背包。因为他们也是背包客，所以我备感亲切，决定必须要打听打听关于他们的一切。

"你们在哪儿露营？营地还是野外？"

"在野外。但这也太夸张了，一直到 6 点钟左右，我们满脑子想的都是找一块平地落脚。但昨天我们哪儿也没找到，最后就在林茅斯酒吧前的那块草地上凑和了一晚。"

"你们要去哪儿？"

"科姆马丁，所以今天我们就要回去了。我们只有周末有空，而且我以前从来没有野外露营过，我已经等不及回家好好冲个澡了。"那个女孩有一头富有弹性的棕色头发，在我眼里她简直干净得一尘不染。我突然感到很不自在，就向下风处走去。

"你们呢，你们要去哪儿？"

我看向茂斯，我们要去哪里呢？昨天以后我就不确定了，但他好像还挺笃定的。

"兰兹角。不过谁知道呢，看天气吧，天气好的话我们也许会走得更远。"

"太棒了吧！真羡慕你们有大把时间。"

我们看着他们沿着悬崖大步走出去，经过海岬时我向他们挥手致意。她居然羡慕我们有大把时间。茂斯把手拎在腰带上稍作休息，我顺势扶上他的手臂，有点烫手，我低头一看，他T恤袖子下露出晒伤的粉红色皮肤。年轻时他的皮肤就是这样，只是现在肘部以上开始变得松弛，皱皱巴巴的，我以前都没注意过。我们真的还有时间吗？

茂斯有一顶绿色的帆布帽子，戴在他头上活像个蛋糕盒。但怎么说也比没有强，我怎么就忘了也带一顶来呢？我感觉我的头皮都要烧着了，鼻子一阵一阵地痉挛。我们原以为晚上就能到达大刽子手悬崖，但显然我们离成功还有很长一段路要走。好一个望山跑死马，远在天边的地标仿佛拐个弯就能到了，但殊不知，在拐弯前我们还要征服多少个峡谷、海湾甚至荒原。

"我的头要着火了。你有手帕之类的东西吗？"我们向霍尔兹顿走去。虽然已经是傍晚时分了，但日头依然毒得很。

"早说呀——我以为你那么多头发根本用不着帽子呢，我包里还有顶旧的麻料帽子。"

这顶破帽子边沿只有1英寸，是很久以前我们在伊比沙岛的一个嬉皮士市场买的。我抱着聊胜于无的心态把它扣在脑袋上，谁承想顿时滚烫的热气直冲天灵盖，其保温效果堪称一流。

我坐在一根弯曲的山楂树枝上，望着远处的刽子手悬崖，夕阳西沉，藏在它身后。帐篷搭在低矮的金雀花和石楠丛中，茂斯坐在那里记着笔记。我们吃了米饭和豌豆罐头，稍微垫了垫肚子。我的脚蹭着光秃秃的地面荡来荡去，一不小心就被树枝抽了一下。我顺势低头，偶然瞥见一块碎石，真是件完美的工具。我拿着它在地上挖了又挖。完美。

"茂斯快来，过来看看我做了什么。"

他跪了下来，然后又慢慢地站了起来。

"是什么？我什么也没看见。"

"白痴，你看，这是一蹲厕啊。"

"天呐，还真是，哈哈，我先来啊。"

我热了热最后一袋肉丸。明天就会有钱了，就可以在科姆马丁买口粮了。

"今天的第二顿饭，我们要变成霍比特人[1]了。"

听到东边传来的"扑簌扑簌"赶路的声音时，天几乎黑透了。

---

[1]《魔戒》中提到，霍比特人一天要吃六餐。

一行四个二十多岁的男孩背着鼓鼓囊囊的大背包轻快地走过我们身边。

"我们有同伙了。你看到他们的装备了吗？他们肯定带全了所有东西。"茂斯看着他们走过。我知道他在想什么，他年轻的时候也像他们一样。

"我打赌他们是要去科姆马丁，趁酒吧还没关门就赶紧赶过来。"

"别说了，别在我们只能喝水的时候提'啤酒'两字儿。而且剩下的水只够明早沏茶了。"

一路下山到科姆马丁，就能看见海滩上漂亮的德文郡小村庄。据说这里有全英格兰最长的乡村街道，蜿蜒3公里多，一直延伸到狭窄的山谷里。我们在海滩附近闲逛，四处搜寻着一个目标：自动取款机。然而除了小饰品店和咖啡馆，什么也没看到，什么也没找到。我们试着去了旅游信息办公室，希望他们能给我们指个路。一进去，三位老妇人在柜台后面站成一排，她们抬头看着我们，窃窃私语，露出一丝微笑，然后向我们点头致意。

"茂斯，你去问问，你可是妇女之友。"

"你就恭维我吧。"

我们把包放下倚在门边。

"女士们，能不能请你们帮个忙。我们一直在找自动提款机，但似乎运气不太好。你们能给指个路吗？"

她们拖着双脚挪动了几步，一边互相推搡，一边咯咯笑着。

"当然，我们很乐意帮忙。到左边的杂货店去，阿米蒂奇先生会给你现金，但他们绝对猜不到会有人来。"

"不好意思，我不姓阿米蒂奇。"

两位女士交换了一下眼色。

"不是，你当然不是，但没关系，这是我们的秘密，我们一个字都不会说出去的。"

离开的时候，茂斯困惑地回头看了看，却看到那三位女士正向他挥手。我们背上背囊就离开了。

背囊里装着补给，钱包里装着仅有的 25 英镑，我们手里端着薯条，大热天坐在海滩上，靠着岩石，鼻子就要被呼出的热气融化掉了。这本来可以是很平常的一天。因为我们住在威尔士，离海边很近，所以经常来海滩放风。孩子们整日地埋在沙子里玩，一不小心就会把充气橡皮艇炸掉。记忆中还有一些其他碎片，金枪鱼三明治、在沙滩上挖洞、跳进深水潭……他们在自由的环境里长大，可以在森林、山脉和海滩上漫步。即使现在，他们都已经离家好几年了，每当我踩在沙滩上，心头还是会浮起一阵轻微的失落感。但我知道我必须克服这种情绪，不然整个夏天的每一天我都会生活在沮丧之中。

一个小男孩提着一桶水跌跌撞撞地跑上沙滩，准备挖沙堡的护城河。他的妹妹抓住把手，想挡那个倒水的人。他们的父亲不知从哪里突然跳了出来，抓住男孩，上来就一通打。

"我告诉过你，不能和你妹妹打架。"

那男孩扭动着身子跑开，躲在一块石头后面。母亲站了起来。

"你有必要这样吗？"

"得给他点颜色看看。"一个愤怒的父亲，对他的孩子言传身教，养育了一个愤怒的男孩。奇怪，海滩似乎有同时唤醒人类最好和最坏一面的魔力。

"我本来想说去游会泳吧，但我现在觉得应该继续前进了。"茂斯站起来，掸去了他背包上的沙子。

"是啊，该走了，阿米蒂奇先生。"

我们艰难地越过陡峭的山坡，穿过村庄，天气越来越热。装着新补给品的背囊重了不少，我拖着它走了一路，所到之地尘土飞扬。我低着头跟着茂斯的脚步沿着小路往前走，他几乎也是趿拉着步子蹭着走。这天气简直热得让人受不了。出乎意料的是，前方薄雾中若隐若现着一片宿营地，宛如沙漠中的绿洲一样给人希望，它正好搭在海岸小路上。

"要住吗？我们问问多少钱一晚？我们可以休息一下，今晚就不用费劲找地方野营了，还可以洗个澡。"茂斯脸上的表情告诉我，他不是在征求我的意见，而是在乞求。

"我们先问问看。"

宿营地上住着很多家庭，孩子满地跑，一些自行车支在帐篷边，还有一些老夫妇们，牵着各自的宠物狗，这里真的有很多狗。

"一顶帐篷要 15 英镑。"

"15 英镑？我们的帐篷很小，挤在角落里就行。"

"一口价，无论大小。"

"但我们没有车要停，我们只是沿着海岸线步行。"

"好吧，你应该早说的"，营地服务员指着门边的一张硬纸板说，"背包客每位 5 英镑"。

10 英镑。够我们吃一个星期干粮了。茂斯坐在塑料椅上，用一块蓝色的波点手帕擦着脸。

"好吧，就住一个晚上。"

淋浴的水很烫，也没有时间限制，我可以放开了洗个痛快。我在氤氲的蒸汽中放松了下来，不知为什么，也许因为疲劳，又或许只是一秒钟的放空，我无法停止哭泣。我仰起头，任由流水淌过脸颊，似乎脱了一层皮，流下了一层汗、一层苦涩、一层悲伤、一层失落、一层恐惧。但只有一层而已。我哭哭啼啼地抱怨着，心想，我不能放任这些情绪控制我。

我用超薄的快干毛巾快快地把自己擦干，然后在小小的盥洗包里翻找牙刷。一没拿稳，牙膏、发绳和卫生棉条都散落到地板上。卫生棉条？我震惊地捡起来。出发时我装了一些，以为很快就会用到，但当我把它拿在手里时，我突然意识到，最近的生活太过于兵荒马乱，以至于我都没有注意到其实已经有三个多月没用过它了。真的吗？让一个无家可归的更年期妇女背着背包走完1014公里。开什么玩笑。不过也好，经过这么一番超负荷的负重运动，至少我不用担心得骨质疏松症了。

一番梳洗后，我和茂斯都精神抖擞，整装待发。但通往伊尔弗勒科姆（Ilfracombe）的小路却千回百转，斗折蛇行，再加上令人头昏脑涨的高温，很快我们就又变得和前一天一样又累又脏了。但小镇仿佛迎来了季中旅游高峰，婴儿车、老年助行器和身穿涤纶衣服的人们穿梭不停。当然，飘散在大街小巷的还有食物的香味，这对我们简直是一种折磨，而且每个角落的香味还不尽相同。然而，在营地挥金如土的代价就是我们现在只能望梅止渴。

一对戴着草帽的老夫妇牵着一只查理王猎犬从旁边走过。

"我们来这儿这么多年，从没见过这么不像话的事情，这么做是不对的。"

在港口的尽头，人们正围着雕像拍照。旅行前不做攻略的好处就是，它总能给你一些意料之外的惊喜。

"天啊，这可够大的！"眼前一座高达20米的巨大青铜铸像耸立在港口上空。许多人一边发出啧啧声，一边摇着头匆匆走开。茂斯从地上拾起一张传单，肯定是有人匆忙离开时丢掉的。

"上面说她的名字叫维里蒂[1]，是达明安·赫斯特（Damien Hirst）的作品。怎么会放任他做出这么个东西来？他在这里不是应该早买下画室和房子了吗？"

"那它究竟代表什么呢？"

"很明显，真理和正义。"

"正义？我告诉他什么是正义。"这座雕像是一个孕妇，右半边的孕肚完好无损，左半边的横截面暴露在世人面前，展露着胎儿在子宫里的样子。她高举着一把剑，另一只手将象征正义的天平藏在身后。"难怪会把天平藏起来。把真相藏在能分散视线的东西后面，这不就是英国司法的真实写照吗？谁都可以是正义的一方，只要他有能力颠倒黑白。"

---

[1]　Verity，意为"真理"。

"就是这么回事。"一位老人坐在我们旁边的长凳上，穿着擦得锃亮的皮鞋，很是潇洒利落。我们停下来聊了一会儿。他是一名退休的廓尔喀士兵，后来留了下来，一生都在为英国和女王效忠。"但现在我不那么肯定了。我们就住在附近，女儿想在花园里给我们建一座平房，我们老了以后就住在里面，她住在我们的房子里，这就可以照顾我们了。但市议会觉得这不符合小镇的风格。我的一个朋友告诉我，赫斯特正计划在他拥有的位于小镇边缘的一个农场上为数百户人家建造一个住宅区。如果这座雕像真是他设计的，那我们可以肯定这住宅区不会是维多利亚式的别墅。而且，我也认为他百分之百能拿到规划许可。"

"我觉得他不会。"

我们分着吃了一袋薯片，然后尽快离开了伊尔弗勒科姆。我们在山上扎了帐篷，下面的小镇依然灯火通明。今天真是累得要命。要不是这么疲惫的话，我们这一天也都会忙着欣赏迷人的景色，一刻不停地"咔哒咔哒"地拍照。但我们只能一门心思地专注于脚下，想着快些赶路。

"你看那是什么？"我看到大海里有一团东西，以前从没见过。

"一团什么？"

"西边，沿着海岸往前，大陆尽头那边。"

"看起来像个岛。"

"难道已经到了伦迪岛了吗？我敢打赌，我们离威尔士越来越远了。看，陆地的尽头就是海岸线由西向南的拐点。"

"都走了这么远了啊。"

　　我们沿着悬崖边漫步，这里的野花都没过了脚踝，这本该是件惬意的事儿，但是从刚刚经过布尔角开始，茂斯的脚步变得越发缓慢，他甚至抬不起腿来，一步一步拖着，慢慢地也走了几公里。太阳落山的时候，我摘了一些野生百里香和蒲公英的叶子，把它们拌到米饭里吃。第二天早上，我们到了伍勒科姆，这是我们徒步旅行的第九天。按照帕迪·迪利翁的计划来说，我们四天前就该到了。但他的时间表对我们来说似乎毫无借鉴意义。比起在海滩上踩着软绵绵的沙子一步一陷地走，踩在悬崖上的坚实地面于我们而言是一种解脱，这省劲多了。顺着悬崖走，就到了百格角（Baggy Point）。即便现在头脑一片混乱，身体疲惫不堪，眼前的景色仍旧美得令我无法呼吸。走了很久，伦迪岛的景色尽收眼底。远处威尔士的海岸线蜿蜒向北，逐渐消失不见。我能坦然接受，放心地让它在地平线上消失吗？还是我仍然需要它停留在视线范围内给我一丝安全感？我不知道。往西走，至少得走 64 公里，就是哈特兰码头那里，海岸线将再次陡然拐向南方。夕阳西沉，我们在野花丛中搭起帐篷，又掐了很多蒲公英就饭吞下。

　　“小时候我妈妈不让我吃这些，她说吃了会尿床的。”

　　“就你现在每天晚上进出帐篷的次数来说，我觉得多吃两口也没什么差别。”

　　“我们坐巴士到河口转转怎么样，就不去巴恩斯特珀尔和比迪福德了。”

　　“可以是可以，但还得过几天才能收到足够的钱，而且布劳顿洞穴看起来真的很好玩。那里巨大的沙丘里堆满了由风吹来的贝壳。"

"好，但如果你的腿太疼或者太累的话，我们就一起去坐公交车，好吗？"

"好。"茂斯的脸被晒得通红，却依旧难掩倦容。

白色的粒状沙丘顺着托河口滚滚而下，这是一种像珊瑚一样的细沙，一点也不像沙子。托河口似乎是个无底洞。它是英格兰最大的沙丘生态系统之一，植被覆盖率高，各种昆虫在此繁衍生息。行进途中我并没有仔细欣赏周围的景色，我的注意力几乎全部集中在因为干燥而大块脱皮的鼻子上。其中至少有1公里半的路上，我都保持斗鸡眼的姿势撕着死皮。茂斯蹲下来用手搅和翻看着贝壳沙丘，又看看他的脚。忽然间，我们仿佛从沙漠的阴霾中解脱出来，眼前是一位装备齐全的突击队队员，一位真正的身着迷彩服、持枪的士兵。我从未如此近距离地接触过这么多迷彩图案，也不知该作何反应。是双手抱头倒在地上，是立正站好，还是赶快跑开。

"恐怕今天不能再往前走了，你们得掉头回去。"

"我们不能回去，我们要向前走。"这么说太蠢了。但茂斯似乎并不担心。

"嗨，老兄，你们在这儿干什么？演习？"

"是的先生，所以你们不能过去。"

卡车后车厢的帆布帘一掀开，20多个士兵鱼贯而出，迅速卧倒在沙丘上。

"我们回不去，茂斯身体不好，我们要去布劳顿坐大巴。要是往回走我们就赶不上了。"我看上去应该够绝望了吧。

"稍等一下，我看看有什么办法"，几秒钟之后，大兵拿着水壶回来了。

"待在这儿别动，我们会带你们一起出去的。但你们没看到'沙丘关闭'的路牌吗？"

"没有。"

"待着别动。"士兵们把他们的装备扔进卡车。举起他们巨大的背包和腰带，仿佛它们什么都不是。他们也把我的背囊拿走，和他们的堆在一起。离近点看，那个士兵看起来还是个男孩。

"这是什么？你管这个叫背囊吗？感觉就是个手提包。"他们都笑了，然后又拿走了茂斯的。

"小菜一碟。我们洗澡时候的负重都比这个重得多。"

当我们被塞进卡车后座时，耳边响起一阵刺耳的笑声。帆布帘子放了下来，我们挤着坐在一起。他们或许比很多人更自律，身体状况也更好，但很快我就发现，他们只不过是一群过得很开心的年轻人。挤在高温的车厢里，我意识到这些孩子随时都可能进入战区。几周内，他们中的任何一个人都可能受伤或死亡。年轻的生命甚至尚未开始就结束了，到底为了什么呢？

"我们去哪儿？"

"不能说，先生。事实上，最好别对任何人提起这件事。"卡车行驶在柏油路上，但还是一路颠簸。不过很快它就停了下来。

"好了，你们走吧。"

我目送卡车离开，它拐了个弯就消失了。但我为车里那些慷慨的人们祈祷，希望他们能永远像刚才一样充满生机。公共汽车把我们带到巴恩斯特珀尔，然后我们又搭上了另一辆向西行驶，去韦斯特沃德霍的大巴。我觉得自己作弊了，但不明白为什么会有这种心情。

我们到了韦斯特沃德霍。它的灰暗使我惊讶，预料之外的景象又让我不知所措。因为它名字里的感叹号[1]让我期待会看到什么精彩的东西。但目之所及，所有事物的浮夸程度都不及名字本身。帕迪说，这个小镇是以查尔斯·金斯利（Charles Kingsley）的小说命名的，包括这个感叹号。也许那本书更有趣吧。

这个见光死的地方让我们感到有些疏离和迷失，茂斯表现得有点不高兴。尽管我们的钱包在不断缩水，茂斯也必须要来杯啤酒振奋一下了。我们坐在一间阴暗的酒吧里，俯瞰着下面的水泥人行道，当海浪冲破海堤，孩子们就在那里玩躲避海浪的游戏。茂斯默默地喝着他的啤酒，我拿了一杯冰水来冰一冰我的额头。

"酒吧问答，朋友们，来参加吧，很有趣，还有奖品。"一个穿着西装背心的圆滚滚的小个子男人硬塞给我们笔和纸。"只要50便士就可以参加，有机会赢得10英镑的头奖。来吧，不亏。"

"好吧。"

"茂斯，那可是50便士啊。"

"50便士能买什么？万一我们赢了呢。"

那小个子男人很快就组织起了三个阵营，我们肯定会输得一

---

[1]　韦斯特沃德霍的英文名称是"Westward Ho!"。

败涂地了。

"那么，让我们从电视类的题目开始吧。"

"我跟你说这就是浪费钱。"

"接下来是体育类题目，在一级方程式赛车比赛中……"

我们在这儿干什么？

"黑猪号的船长是谁？"

茂斯跳上座位，在纸上潦草地写下：普格瓦什船长 [1]（Captain Pugwash）。

"最后一题，什么东西曾在 1961 年升起，又在 1990 年倒下。"

我会这题，我会这题，是柏林墙。也许我不应该为区区 50 便士就发脾气。

"获得 10 英镑奖金的人是……酒吧里的一家人！"

他们拿起那 10 英镑，立刻回到吧台又喝了一轮酒。

"排在第二位，将拿到 5 英镑奖金的是：背包客。"

我们跑去拿我们的背囊，领取我们的奖金。

"优胜者要再来一杯吗？"

我在栏杆下面踢了茂斯一脚，他眯着眼睛瞥了我一眼。

"不了，对不起，我们得走了。"

"嘀嘀哩嘀嘟嘟嘟"，我们哼着小曲儿蹦蹦跳跳地回到了小路上。海浪冲破我们前后的海堤，但不知怎么地没打着我们。小酒馆的胜利鼓舞了我们，我们甚至毫无根据地认为事情可能会朝着

---

[1] 《普格瓦什船长》是一部由约翰·莱恩创作的海盗题材的英国连环儿童漫画。

有利的方向发展，我们一边哼着《普格瓦什船长》的主题曲"滴滴哩滴"，一边逃离了韦斯特沃德霍。短暂的兴奋过去之后，我们又要面对无处扎营的难题。所以最后只能在黑暗中，踩着斜坡上的一片欧洲蕨和荆棘，勉强歇下脚来。在重力作用下，我们半夜醒来，发现连人带睡袋一齐滚到了帐篷门口，蜷成一坨。我们贴在地面上，海浪轰隆隆地打在沙滩上，海离得很近了。但与其说是听声音听出来的，不如说是直觉。我们把帆布背包堆在帐篷门边，把脚搁在上面，绷紧膝盖，我们几乎是站着的。

在灰蒙蒙的晨光中，我们在荆棘丛中蹒跚而行，膝盖打不了弯。我意识到，我们是在一块由石头和黏土构成的悬岩上露营的。那是一块悬崖边的、即将垮塌的土地。

热气渐渐升腾到悬崖之上，在前往格林克利夫（Greencliff）的路上，我们仿佛被裹在一件透不过气来、令人窒息的斗篷里。层层叠叠的黑岩裸露在空气中，看起来这片黑岩起于比迪福德，一直延伸到悬崖边缘，然后化身狭长的岬角蜿蜒入海。它曾被开采出来用作燃料，散布在这片海岸上的石灰窑则是最大的客户，他们把威尔士的石灰石变成肥料和建筑材料。现在，比迪福德黑岩被用作艺术家的颜料，因此各大时尚艺术画廊赚得盆满钵满。

气温越来越高，我的鼻子红得发亮，新皮在旧皮脱落之前又被晒伤了。茂斯绊脚绊得更厉害了。他摔了一跤，还擦破了胳膊，这还是头一回。不知是疼痛所致，还是劳累过度，茂斯抖个不停。

"我得停下来了，你能把水壶递给我吗？"他咕咚咕咚地喝着水，好像喝多少也解不了渴，在壶里还剩下一点水的时候他停下了。昨天我们在韦斯特沃德霍的酒吧里灌满了水，但大部分都在昨晚喝掉了。现在离可以接水的地方已经很远了，除非我们往内陆走，希望能敲开本地人的门，请他们施舍些水给我们。

"我们继续走吧？看情况我们一会儿会路过巴巴库姆悬崖附近的一条小溪。"

"我尽力走。"

我们慢吞吞地往前挪动，茂斯走得越来越慢，我也越来越焦虑。当我们穿过干涸的河床时，下午的天气已经酷热难耐，像是要烧出火星来。没有树荫，没有遮挡，只有崖顶、大海和天空。3点钟的时候，茂斯扔下他的背包，躺在地上。

"我受够了，我受够了，我做不到，我一直在发抖。"

"你中暑了吗？还是太累了？"

"我想回家，睡在自己的床上，再也不醒来。"

我躺在他旁边的草地上，望着天空。想都别想。不要让这种想法冒出来。我坐起来，找到眼镜，看了看帕迪的地图。

"我们快到一个小峡谷了，名字应该是佩珀库姆。那里有条小溪，还有树荫，我们可以避避暑。冷静一下就会感觉好些"，温度持续升高，我能感觉到身上所有水分都在快速蒸发，我就快变成一张羊皮纸了，"不行，不能一直待在这里"。

"我走不动。"

"好吧，那把包留在这儿，我去看看。"我离开茂斯，独自去探路。没了背包的重量，我感觉靴子里仿佛装了弹簧，肩膀上绑了气球，但内心的焦虑很快又占了上风。不要让这成为现实。别让茂斯的状况变得更糟，求你别。

　　沿着狭窄的山谷两旁青翠的树木和矮树丛，朝着哗哗的水声和大海的方向走去。我蹲在这条清澈流淌着的救命水旁，把冰冷的溪水泼在我灼热的皮肤上，我确信我听到了脸上嘶嘶的响声。我一遍又一遍地用手捧着水喝，然后把两升装的瓶子灌满，再爬上山。

　　"你得下来。树下凉快很多，到那里你就会感觉好多了。再走半个小时，净水药丸起作用之后，你就可以喝到新鲜的溪水了。"我没告诉他其实我刚喝了一品脱 [1] 的冷水，而且压根没考虑细菌的事儿。

　　我们在绿荫下打了一个下午的瞌睡，直到一个黑毛球跳进小溪里，然后"扑腾扑腾"又跳进去五个。

　　"就是这样，孩子们，跳进去凉快凉快。"那群西班牙猎犬的主人们站在桥上，衣袋、帽子、手杖样样齐备。幸好我已经打完水了。

　　"呃，你们好啊。多么惬意的一个下午啊。你们一定走了很远的路吧？"

　　"今天没走多远，天气一直很热。"

　　"是的，挺暖和的。那你们要去哪儿？"

　　"兰兹角"，我还是说不出口我们要去普尔，只是想到它都觉得可笑。

---

[1]　品脱（pint），1 英制品脱 =568.26125 毫升。

"兰兹角？哦，兰兹角啊。"那个高个子，反应很快的男人看着旁边的女人点了点头。"我听说你可能从这边来。我们是从南德文郡来的，明天就要回家了，所以很遗憾我们不能见到你了。太不巧了。好了，该走了，希望你们这趟旅行能赚多一些。我们走吧，男孩们。"一股黑色的浪潮从小溪中一跃而起，在小路欢快地上蹿下跳，朝着内陆进发。

"赚钱？我们遇到了些什么奇怪的人啊。"

"太奇怪了。我们到海滩上去吧，这些树下面越来越冷了。"说出口的那一瞬间我就后悔了，因为通往海滩的是条极陡的下坡路，这意味着我们最终还要一路爬回来。

黑岩上散布着许多光滑的，被海水侵蚀过的石头，被低潮期的海水持续冲刷着。我们坐在灌木丛生的树荫下，躲避着傍晚的阳光。尽管是夕阳，但对我们已然通红的皮肤仍有杀伤力。唯一安慰的是，带有阳光余温的鹅卵石让酸疼的肌肉稍稍有了一丝缓解。海浪来来回回拍打着海岸。茂斯浑身颤抖，身上却热得像着了火，他的关节很疼，而且一阵阵地感到恶心。

"如果这就是我的结局，如果我要死了怎么办？"

"你不会死的，可能就是中暑而已。不管怎样，这个病不会在下午发作的，起码能挨到晚上呢。"

茂斯知道黑暗即将来临，所以他时刻保持警惕，默默等待着那一刻的到来。草丛里的每一次沙沙声都是他的死敌。我们知道变故不会突然发生，在触底之前我们还有很长一段下坡路要走。我们俩都很紧张。在我们离开农场之后，在我们打包行李准备出发的时候，我以为我们会一起走一段很长的路，这会给我们一些空间来思考问题。现在是时候了，该谈谈我们所感受到的巨大的损失了，是时候冷静地面对一个因为皮质基底节变性而被彻底改变的未来了。但我还没来得及想太多，我们主要谈论的只是食物、高温天气和下雨天。我拖着步子，沉重地走着，就好像我的头被蒙在纸袋里，什么也思考不了。只是偶尔把它拿出来晃一晃，看看里面有没有东西。一只脚踩在另一只脚的前面，我竟从这种机械的运动以及茫然的状态中得到了一种奇怪的满足感，我不想思考。但看到茂斯挣扎前进的时候，脑子里突然跳出来一个想法：把他拖到这里来是不负责任的，我这样做是多么愚蠢啊。很明显，他的病情正在恶化。如果我们不来徒步旅行，他就不用每天忍受这种撕裂肌肉般的折磨了。我几乎不敢看旅行指南。仅从我瞥见的那些细节我都可以看出，旅行很快就会变得更加困难了。如果我提议的这次疯狂的旅行会加速茂斯的病情呢？那完完全全是我的错。毕竟我们的咨询顾问曾告诫过我们："不要累着自己，不要走得太远，在楼梯上都要小心。"但在那些筹备步行的日子里，我满脑子想的都是要离开威尔士，要逃离那个地方，忘掉我们已经失去家园，忘掉家人们分散在了全国各地，忘掉茂斯生病的这个事实。我曾经听过斯蒂芬·霍金的一次演讲，他说："我们的过去决定了我们是谁，没有它，我们也就丢失了自我。"也许我想要失去我的身份呢，这样我就可以创造一个新的了。

"你今天吃普瑞巴林了吗？"茂斯的医生给他开了这种药，不是为了抗抑郁，而是为了缓解神经疼痛。它似乎很有效，但我不知道它是如何能在减轻疼痛的同时，又不产生抗抑郁的效果。

他看起来确实慢了些。痛苦的确少了一点，但茂斯也不太像他自己了。

"没有，我在百格角（Baggy Point）吃掉了最后一片。我忘了说，你还有吗？"

"我没有啊，你全放在你包里了。"

"我没有。"

"妈的，你为什么不早说？我们得再买一些。我们可以回韦斯特沃德霍，然后坐公交车去巴恩斯特珀尔，看看你的医生能不能把处方给寄过来。"

我们怎么会忘了带药呢？我印象中只记得装药的小袋子被放在货车车斗里，然后想着一会再装到背包里。但是遇见"天使"后就完全忘记了有这么回事。往内陆走可能会有小镇，在不远的地方可能也会有药店，但这只是我们的猜测。帕迪·迪利翁伟大的指南中包含了地形测量图，它覆盖了整个西南沿海小径，非常全面详细，再没有比这更好的版本了。但缺点是，这本指南只介绍了方圆1公里内的内陆情况。我们的世界瞬时只剩下了这条狭窄的通道，左边是1公里陆地，右边是潮湿的无边无际的大海。这条小径途经了英格兰大部分海岸线，去绝大多数地方都不算远。然而，就像海浪冲刷着比迪福德黑岩一样黑白分明的事实是，文明只存在于那些有财力居住于此的人之间。对于我们这种以天为盖地为庐、口袋比脸还干净的人来说，到哪里不是遥远的流放呢？

"药在货车里。我们可以请简把它们寄过来。也许可以寄到克洛夫利。"

"不行，简休假到八月底。就像你说的，只是中暑而已。咱们喝点茶吃点东西吧。我会没事的。"

"你不应该停药的。一停药就可能会恶化，会让你身体变得更糟的。"医生怎么说来着？"无论你做什么，都不要停止服用普瑞巴林。停药会导致许多不良反应，一开始可能会头痛、恶心、腹泻和出汗，然后会一步步到最后失眠、焦虑、抑郁，直至自杀。运气好的话，这还是最好的结果了。"

茂斯吃不下饭，吐出一些米饭之后，他开始不停地喝水。我们在树篱后面的一块平地上把帐篷搭好后，他颤抖地越来越厉害了。他抽出一件压箱底的干净 T 恤换上，我蹲在水塘旁清洗着脏 T 恤上的呕吐物。

今晚没有月亮，帐篷里漆黑一片，连个模糊的轮廓都看不到。茂斯的每一声呻吟和呜咽都让我心神不宁，我一听到任何声音都赶快打开手电筒，查看他的情况。但我好像什么也做不了。

"水，我要喝水。"

凌晨 4 点钟，手机早就没电了，就算有电这里也没有信号。为了寻求帮助，我不得不把茂斯留在这里，一个人去找找附近的人家。但我不想离开他。我打开手电筒，也不管浪不浪费电池了。

"那个味道，那个恶心的，闻起来像狗屎的味道是什么？"

"我什么也闻不到。"

"很臭。"

我只能闻到干净 T 恤上洗衣粉的味道。

"是荷花和甜瓜的味道。接着睡吧。"

"臭死了。"

我拿着手电筒在帐篷里晃来晃去，检查所有的东西是否都放好了。这种熟悉感缓和了我的恐慌情绪。这一路上，帐篷的绿色圆顶成了我们的家。每天晚上，填满我们的小家是第一件要做的事情。首先是启动自动充气的床垫，然后在上面依次铺好小羊毛毯、放好睡袋，最后再把我们自己扔上去。然后我们会整理门口的帆布背包。我们把背包打开，把烹饪设备放在门口，然后把衣服铺在裸露的防潮布上以抵御寒冷，最后把手电筒和挂在入口拉链上的绳套系在一起。终于搞定了一切，我泡了杯茶，茂斯读着薄薄的一本《贝奥武甫》，这是我们带的唯一一本书。渴望仪式感是人类的天性吗？在我们入睡前，营造一个安全的环境难道是种本能吗？如果没有这种安全感，我们还能安然入睡吗？这是我在陌生的海岸上，在这个移动小帐篷里能够紧紧抓住的一切了，而且我身边这个垂死的男人即将面临停用中枢神经系统镇静剂的困境。这种药在美国是五级管制药物，但在英国尚未归类。

为了不让茂斯发抖，我躺在他身边，整夜不停地开关着手电筒查看他的情况。我整夜没睡，眼看着一缕微弱的光线照进了帐篷。他终于平静下来，安稳地睡着了。我悄悄地从睡袋里出来，拉开了门上的拉链，却不想被门口的小火炉绊了一跤，咣当一下从帐篷里摔了出来。手电筒的电量倒是挺充足，可真需要它照路的时候，一点忙都帮不上。

早上 9 点，茂斯终于睡醒了，当时我正往擦伤的腿上贴 3M

创可贴。虽然他不再发抖，但头痛欲裂，关节和肩部也都疼得更厉害了。我去小溪里取水，然后泡了两次茶，这几杯热茶倒成了救命稻草。按理说，这种热腾腾的液体对紧绷神经的抚慰作用应该是无价的，但现在它填满的，是一个本该储存食物却空空如也的洞穴。我懒得拆掉帐篷，茂斯也没力气去做。等有人来赶我们走的时候我再收拾吧。岩石潭是一个完美的洗涤场所，我把石头当搓衣板，用水和洗发水搓洗衣服，这样的话它们会更好闻，但是干了以后难免会黏黏的，而且还有咸咸的海水味道。我用一把小指甲剪把膝盖处撕破的打底裤剪成了一条短裤，然后把所有的东西都铺在石头上晾干。

比迪福德黑岩形成的岬角就像陆地的一条触角，伸向海里，嶙峋突兀于碧波之中。光滑黝黑的岬角与岩石海岸的狭窄缝隙形成了一汪汪黑水潭。阳光从水面反射回来，仿佛潭底岩石触手可得。但当我探出手去摸那块光滑、冰冷的岩石时，却出乎意料地发现，原来水潭深不见底，漫无边际。没有鹦鹉螺化石，也没有螃蟹，只有一个深不可测的神秘洞穴，里面可能藏有未知岩洞和神秘生物。一想到我的脚下可能有这些东西，我不禁被吓了一跳。我在海滩上四处寻找浮木，在傍晚气温开始下降时生起了一小堆篝火，慢慢地往里添柴，茂斯这时正蜷缩在我旁边的睡袋里，无声地颤抖着。唉，又是浪费电池的一晚。

天刚亮时，我在晨曦笼罩的海滩上漫步，捡到了很多浮木。我爬到岩石顶端的草地上，看见粉红色海石竹中，有一个用零碎的木块和被冲上海岸的塑料做成的遮蔽物。有人在里面放了些板凳，还在周围挂了些海草。我正摆弄着海草上的贝壳，就看见茂斯犹犹豫豫地爬过岩石向我走来，手上还颤颤巍巍地端着两只杯子。我接过他手中的茶，让他也坐了进来。

"欢迎回家，雷。你觉得我们的新住处怎么样？"

"太棒了，我一直想住在光线充足的海景房里呢。"

"我们是不是该回威尔士去，找个地方宿营，再向议会讨个栖身之所？还是我们就待在这里，把这个小屋修得再好一点，然后住在海滩上？我的意思是，这一切结束后，我们到底要怎么办呢？"好吧，这个尚未讨论过的伟大议题，可能会迟到，但绝不会缺席。是啊，我们要怎么办？

"我不知道。"

我们闲坐在遮蔽处和树篱的阴影下，看着一群翻石鹬在海边嬉戏。它们是小巧而美丽的涉水鸟，有白色的胸脯，斑驳的栗色脊背，细长的橙色小腿，灵巧地在黑岩和海藻之间跳跃着。它们强健的尖嘴迅速地挑拣着石头，在下面寻找食物。这里一定是它们在向北或向南迁徙路上的一站，又或者它们可能只是在夏天出没的非繁殖鸟类。茂斯疼痛难忍，浑身发冷，于是他躲进睡袋里，在太阳下断断续续地打盹。我趁这个工夫，收集了更多的浮木和干海草用来生火。太阳落山时，我意识到我们再也看不到威尔士了，我们与它渐行渐远。现在对岸唯一能看到的陆地就是伦迪岛，离它倒是越来越近。炉火噼里啪啦地烧成灰烬，威尔士也消失了。我们孤单地站在德文郡的海滩上，没有家，也没有重新得到一个家的希望。对我们不离不弃的，只有酸痛的双脚，和脚下无尽的小路。

茂斯整夜都在呻吟，关节处的疼痛越来越严重，最后他睡着了。难道最后一片普瑞巴林的药效过了吗？我躺着注视他，直到我自己的眼皮打架他都没有醒来。中午时分，茂斯终于醒了，他好像更加清醒，也更强壮了一点，他吃掉了一根燕麦棒，准备继续前进。

"我们不能再待了，剩下的食物只够坚持一天了。我们去克洛夫利吧。我敢肯定在那儿可以买到补给品，最多不超过9公里。"

我们从海滩上爬了上去，又回到那条跌宕起伏的小路上。但茂斯很快就体力不支了，而且就在我们到达巴克斯米尔斯（Bucks Mills）十分钟前，那家小店才刚刚打烊。所以我们走回了树林里。连一半的路程都没走完就不得不停下来。偶然间，我们在树林里瞥见一点绿地，便爬过矮树丛，卸下背囊，让它们滚过一片电栅栏，最后降落在一片郁郁葱葱的绿色角落里，这个角落三面都是树，地势略微倾斜，路人完全看不见我们。于是我们在这里搭起了帐篷，狼吞虎咽地吃完了最后的口粮，剩下四块消化饼干当作明天的早餐。没关系，明天我们就到克洛夫利了。

饥 饿

第二天早上，我坐在帐篷外，沐浴在柔和朦胧的晨光之中，泡上一杯茶，拿出最后几块饼干，蘸一蘸送入嘴中，又解决了一顿早餐。我穿着由我操刀的最新剪裁的短裤，但腿却有点瘙痒，可能是因为全手动盐水洗衣的缘故吧。

"茂斯，出来吧，茶泡好了。"我的腿正痒得难受。

"哇，看看这双腿，太美了！"他病糊涂了？我的腿是还不错，但也绝对没有那么惊为天人吧。

"看，瓢虫。"

我以为令我发痒的会是一层汗津津的盐粒，但低头一看，我的腿上爬满了瓢虫。我站起身来发现身上也有。再定睛一看，它们无处不在，趴在帐篷和炉子上。茂斯站起来检查自己身上，果然他也没能幸免。它们的小脚丫扑腾着，向着天空奋力飞去，从我们慌乱张开的双臂中飞走，去寻找生命中的第一顿早餐。在大自然中度过了一生的我早就了解到，瓢虫父母会在蚜虫数量众多的地区产下数百个卵，这样，当它们孵化成虫后，就能吃上一顿现成的饱饭。它们太特别了，铺天盖地的闪闪发光的红色奇迹占据了我的全部视线，以至于让我认为，它们一定有特殊的意义。某一天清晨，我们就站在那里，看着成百上千的小生物第一次展开翅膀，从我们的指尖飞起。这一刻我不再相信科学，我坚信神话中所说的瓢虫会带来好运。我甚至感觉自己正置身于玫瑰色的光晕之中。我看着茂斯身后升起的粉红色光环，我相信奇迹一定会发生。

"你知道吗，我今天感觉很好。"

"是因为那些瓢虫吗？"

"不是，我想是因为我没再吃那些药片了。那感觉就像刚从雾中走出来，是很痛苦，但我倒要看看没有它们会怎样。而我现在真的感觉很好，人都更精神了。一会吃点布洛就行。我们去克罗维里吃点东西吧。我饿死了。"

"我还是觉得是因为这些瓢虫。"

骤然间变了天，大雨无情地透过树叶的缝隙簌簌落下。霍比车道的砂砾小路绕了无数个弯道蜿蜒而上，好像永远也到不了克罗维里。一路上，目之所及的一切都能勾起我们的食欲，甚至看到成群的野鸡在树林边上吃食槽里的谷物时都羡慕不已。我们已经饿了一个星期了，头晕眼花，我感觉我的胃已经开始缩小。我们可以把野鸡食煮一下吃吗？

克罗维里是一大片住宅区。房地产公司持房屋所有权并对外租赁住房。而这家公司则归属于拥有它近三百年的家族后人名下。克罗维里主要以陡峭的鹅卵石街道闻名，这条街道一直延伸到海港，沿途经过风景如画的别墅区。但我们并未有幸一见，一路走来，只看到连绵不绝的公路、森林和酒足饭饱的一群群野鸡。

"那部电影里的演员住在这里。你知道吗，他的妻子死于运动神经元疾病。"

"太让人伤心了，是哪个演员？"

"你还记得吗，那部电影讲的是从兰兹角走到约翰奥格罗茨的故事。但他们身边有看护人员住在一起，住在一所房子里，而不是在小路上。我不想死在帐篷里。"

"你不会死在帐篷里的。你觉得他真走了这么远吗？还是只是为了拍电影做做样子？"

我意识到我有点羡慕那个演员。当然不是因为他失去了爱人，而是因为他们仍然拥有一个家，一个充满回忆和共同生活痕迹的家。他可以闭上眼睛，想象着她仍坐在椅子上看书，或正往窗外看的情景。可我呢？

"你不觉得我们假装还有家可回，假装享受这次'平常'的旅行是很受虐狂的行为吗？"在我们脚步的惊吓中，野鸡四散开来，又在我们经过之后重新聚集到一起。一股强烈的饥饿感袭来，我头疼不已。

"当然是了。"茂斯停了下来，被眼前的景象惊呆了。"那是什么鬼东西？告诉我那不是幻觉。"

"不是幻觉，那是只很大的火鸡。"

"为什么一只灰色的大火鸡要和一群野鸡一起聚在树林里？"

"我不知道。"

"我闻到了汽油的味道，我们一定是到了。"

我们避开了写着入场费每人 6.5 英镑的牌子，沿着克罗维里的鹅卵石街道走去，有背囊的重量加持，我们在下坡路上很难刹住车停下来。这家店并不是真正的商店，更像是一家为游客提供糖果和冰淇淋的网红小卖部。

"想吃东西的话，就得去酒吧，或者去游客中心。"

我们继续往下走，来到港口，坐在清朗的细雨中。

"如果我们在酒吧里买一份薯条，也许他们会帮我们从卡里提点钱出来。"

一个满脸雀斑的年轻人穿着黑色的衣服，走过海港的石拱廊，好像要去酒吧开始工作了。他正吃着巨大的康沃尔馅饼。我太饿了，我甚至想伸手去捡掉在地上的酥皮。他只是个年轻人，他不会介意的。

"伙计，你从哪里买的馅饼？这个店里什么也没有。"

他看上去有点吃惊，没想到一个臭烘烘的中年流浪汉会和他搭话。他一边嚼着东西，一边打量着我们。

"在游客中心。"

"我们想着去酒吧呢。那里的饭定价合理吗？"

"不合理。我在这个酒吧工作。他们要价很高。甚至连我都要收费。所以我总是在上班前去游客中心买个馅饼。告诉你们，卖馅饼的是一个粉红色头发的女孩。"他笑了笑。

"噢这样啊，好的伙计，谢谢你的提醒。在这附近很难找到一家便宜的酒吧。"

男孩似乎感觉到我们是志同道合的人，于是坐在了旁边的长凳上。

"没错，我不会让一分钱落入这附近上层阶级的口袋里的。他们够有钱的了。这里就是这样。一切都归'他'所有，住在山上的那位。"

"那你不喜欢这里吗？我以为这里很宜居呢。"

"好吧，我是上流社会里的坏孩子。我很快就要参军了，是时候离开这里了。"

"不过住在这里肯定有很多开心的事吧？我是说，这里的田园风光很不错，而且还有那个粉红色头发的女孩。"

"也不是，反正她也不理我。我有空就会去打猎。"

"你还打猎吗？快告诉我火鸡是怎么回事？"

"什么，森林里的火鸡吗？倒是没有多少人注意过这些。人们养火鸡是为了鼓励野鸡来吃食。圣诞节打猎时，如果你能抓到火鸡把它装进袋子里带回，就有机会赢得奖金。靠自己打猎来的食材做一顿大餐，也可以赢得一瓶威士忌。我们有一次在树林里跋涉了一整天，才挣了 5 英镑。好了，我得走了。祝你们旅途愉快。"

"祝你在军队里好运。"我担心也许他的选择只是换了一种等级制度而已，但他似乎觉得生活已然赋予了他可以应对一切的韧劲。

当我们到达山顶的游客中心时，几乎累得要趴下了。我一整天只吃了一块饼干，头晕目眩。

这家大餐厅看起来生意很好。我们在银行里取了现金，把防水布搭在椅子上晾干，也给手机充上了电，然后决定点一份菜单上最便宜的东西。可那个粉红色头发的女孩一脸抱歉地看着我们，解释说他们五分钟前就关门了，所以不允许她再售卖任何东西。

"好吧，如果我们只要一壶热水可以吗？"

"我不知道。"她回头看了看。"如果你能往小费罐里放些钱的话，那就可以吧。"

"买两个馅饼都不行吗？我们一路沿着海岸线步行，食物早都吃光了。我们原以为能在商店里买到的……"

"哦不，你在商店买不到吃的。现在我们关门了，所以我也不卖馅饼了。去坐下吧，我给你送水来。"

我们坐下来等着，衣服冒出腾腾热气。

"怎么办？我们必须得买到食物。"我们旁边的桌子被一家人搬到了别处，只留下几盘没动过的沙拉。我正想鼓起勇气把两个盘子搬到我们的桌子上时，那个粉红色头发的女孩走了过来。

"等老板走了，你们可以带走一些馅饼。本来卖不掉的话，我就得把它们扔掉。但这太浪费了，还是你们留着吧。我不能让你们饿着肚子走。这就像让我奶奶站在树篱下挨饿一样。那就不对了。"她的奶奶？天啊，我的脸看起来一定很粗糙吧。

"太谢谢你了，那真是太好了。"也许我能为她做点什么，作为回报。"我们在这里遇到了一些非常不错的人，比如那个在酒吧工作，在这里买馅饼的男孩——他人真的很好，非常健谈。"

"我知道，但他要参军了。我真的不想让他去。"

"也许你应该告诉他？不然你们彼此永远不知道。我想他可能对你也有同感。"

"是吗？"

"肯定的。"

我们带着一袋馅饼离开了，出去的时候在小饰品店买了四包软糖和一瓶当地酿造的梨酒——用银行卡付了钱，这样我们就能顺便取出一些现金。

港口上的那个男孩使我心烦意乱。我理解他对村镇里上流人士和对我们的感觉。我的父亲是一位租佃农场主，住在乡下的大宅子里。我从不需要父亲对我解释"他"是谁。当我还是个孩子的时候，就看到村里的人向地主脱帽致意，对他和所有与他有关系的人都毕恭毕敬。我很同情这个男孩的不屑。正是这种教育促使我参加社会主义集会，反对人头税，反对美国在格林汉科门（Greenham Common）部署的巡航导弹，反对一切。当我的父母试图撮合我和一个农场主的儿子结婚时，正是这种反体制、反控制的叛逆感驱使我尽已所能地奔向茂斯，以及茂斯所坚信的"自由是我们拥有的最重要权利"的信念。我放弃了和一个有几英亩土地的男人结婚，放弃了有安全感的生活，在这件事上，妈妈从来没有真正原谅过我。直到她去世，她都认为茂斯不值得我放弃这一切。我们在夕阳的余晖中穿过树林，空气中弥漫着灌木丛的酸味，我几乎能听到她的嘲笑声。

"我敢说你现在一定后悔了，我的孩子。"不，妈妈，我不后悔。

小路顺着树林的边缘延伸到一片开阔的草地上，树苗周围的铁丝网将这里标记成一个鹿园。远处那座大房子的灯光亮了起来。

"你说'他'是在穿衣服准备吃饭吗？"我想象着那里有温暖的炉火和干爽的衣服。

"你是嫉妒啦。"

"没，我真没有。我们在这儿宿营吧，这儿太完美了。"

"这点条件还不值得冒险，明天早上一定会有一个地产商开着一辆路虎过来，叫我们滚开。"

"那我们就早点起呗。"

树林里的猫头鹰整晚都在"欧欧"叫着，草地平坦且柔软，可我还是睡不着。我试着数了数，可能有四五只，也可能是同一个在不停地转着圈飞。不管"他"住的那所大房子有多么舒适，他却听不到猫头鹰翅膀在橡树枝桠间拍拍打打的声音，也听不到它的爪子在山毛榉树皮上的摩擦声。他把头枕在枕头上，呼吸间不是荨麻的芳香，也不是金雀花的刺鼻臭味。但话又说回来，他起码有枕头啊。

当我终于醒来的时候，茂斯已经起床了，正在一张纸上写着什么。

"你在干什么？"

"写一封感谢信。你觉得怎么样？"

我在靴子里找到眼镜，读着那张皱巴巴的纸条："亲爱的先生，我们在鹿园露营度过了一个愉快的夜晚。对此我们十分感谢，一定会将您的热情好客转告我所有的朋友。"

"我打算把它塞到苹果酒瓶里，然后固定在铁丝网上。他们一定会找到的。"

"不是说要'不留痕迹'吗？"

"这不是垃圾，这是一封感谢信。"

早上 8 点 30 分，这是目前为止起得最早的一次。我们把瓢虫赶出帐篷后，再次上路。

角 落

从早上到午饭前一共走了 6 公里多，只吃了一把从树上摘下来的接骨木果。我们再也没有多余的力气了，只能直接躺在了烈日下滚烫的草地上。对于我流浪生活的心路历程，我可以说个三天三夜。伦迪岛就在正前方，我们朝着它走了好几天，但我们马上就要改变方向，寻找新的参照物了。我们静静地坐在山顶上，沉迷于最喜欢娱乐项目：看着别人和曾经的我们一样误入歧途。那两个人影渐渐从视野中消失了，我们吃了一些软糖补充能量。一天三顿饭，早餐是乳脂软糖，午餐也是乳脂软糖，不难猜出晚餐应该还是乳脂软糖。汗湿发臭的衣服已经风干，差不多要动身出发了。我们背起全部家当，这时两个年轻的背包客迎面走来，他们好奇地问我们要去哪里。

"兰兹角？真棒，这路上的背包客越来越多了。"他们脱下书包，随即一起倒在草地上。"嘿，我们以前见过你们，你在大剑子手附近扎过营。你们怎么跑到我们前面来了？"

是啊，我们是怎么跑到他们前面的？他们在帆布背包里翻找着，里面塞满了年轻人放纵叛逆的青春，他们把所有东西都塞进超市的袋子里，每个口袋都鼓鼓囊囊。背包背带是用汽泡纸捆扎的，睡垫是用绳子吊在包上的。

"你们昨晚在哪儿宿营的？我们没找到更好的地方，就在游客中心前面的绿茵广场上睡了一夜。"

"我们宿在了鹿园，那里挺不错的，就是猫头鹰有点多。我记得在大刽子手悬崖那会你们是四个人吧？"

"当时是的。后来一个人在伍勒科姆就不干了，我们索性就在那休息了几天。另一个人走到格林克利夫也放弃了。实在太他妈热了，他受不了了。我们陪他一起走到韦斯特沃德霍坐巴士到巴恩斯特珀尔，把他送走以后，我们去了超市囤了些补给，然后又坐巴士回到韦斯特沃德霍，不得不又重新走了一遍格林克利夫。"

"格林克利夫简直是个噩梦。我们差点就放弃了。不过去超市可真是有先见之明。除了一袋馅饼和软糖，我们在克罗维里什么都没买到。"

"我们在山顶走错了路，然后就被一片荆棘困住了。"他脱下袜子，检查着脚上的水泡，从脚踝处剔出刺到肉里的荆棘。

"嗯，我们看到你了。"和这两个年轻人在一起很温暖，他们随意洒脱，悠然自得地享受着生活。我突然很想我的孩子们，他们差不多大，正是无忧无虑的年纪。我咽下眼泪，用消毒湿巾和水泡贴帮他处理伤口。

我们在烈日下聊了一个小时，路上的故事如一根根无形的纽带将我们连接起来，给予了彼此勇气与慰藉。乔希（Josh）和亚

当 (Adam) 比我们晚几天从迈恩黑德出发，但不知怎么的，正是因为他们途中的种种变故，也多亏了我们走不快，我们才得以相聚于此。他们的下一站是比尤德，第二天就要回家了。我们接下来要往南走个几步，最多几公里。今日一别怕是再也见不到了。但这并不重要。

"你们真的要去兰兹角吗？真希望我们也有时间。我得回去了，三天后要搬家。"

"没错，亚当的女朋友以为他只离开一周。你完蛋了兄弟。"

"管他呢，她过一会就没事了。"

"我相信她不会怪你的。如果可能的话，我们就继续到普尔去。"这漫漫长路似乎永远走不到头，但光是说出来，就感觉更近了。

"你们这走运的家伙。"

我们用几袋咖啡换了他们一袋蒸粗麦粉食物，然后挥手告别。他们渐渐走远了，我们慢慢地跟在后面，在午后炎热的阳光下手拉着手，慢慢地走着。虽然我们无家可归，濒临死亡，但奇怪的是，在那个汗流浃背，几近脱水的时刻，我竟感到了一丝微弱的、绝地逢生的幸福感。走运的家伙。

哈特兰角是地质学家的最爱，相比其他岬角自然是与众不同的。这海岸上的岩石不断变化。该沉积层形成于3.2亿年前的浅海，由砂石、页岩和泥岩层组成。大约2.9亿年前，冈瓦纳构造板块从南部向上移动，与北部的劳亚板块相撞，它们在瓦里斯坎造山运动中相遇，形成巨大的岩石隆起。因此而形成的山脉贯穿葡萄牙、西班牙西部、康沃尔、德文郡、威尔士南部和西部以及爱尔兰。哈特兰角处的悬崖表面本是砂岩罗纹，之后这些罗纹在外力作用下被挤压上升形成了 V 字形的岩石褶皱。这场已有千年之久的板块活动，在我们脚下依旧清晰可见，栩栩如生。

但目之所及，我只能看到一根棍子上顶着一只足球。一个巨大的足球，站在一根棍子上，出现在我们面前。

"振作起来，雷。旅游指南上说这是雷达站，用来管制空中交通的。"

"我得坐一会儿。"

"你是不是软糖吃得太多了？我想你是吃太多甜食了。你需要一些真正的食物，但在我们走到哈特兰码头的酒店之前恐怕什么都买不到。这样的话我们一天至少得走 16 公里，不知道我们能不能做到。"

"我一会就没事了。我们还有半袋软糖和一些粗麦粉。"

我一直很喜欢彩旗。它让我想起童年时期快乐舒适的花园聚会和露营旅行。哈特兰角一个小咖啡厅里悬挂着的彩旗是我见过的最完美的旗子。那里堪称彩旗绿洲，有心形的，也有印着食物图案的。这家食物供应店出现在我们面前时，惊喜程度堪比某天早上醒来，突然发现是我的生日。

"我们可以每人花 4 英镑买一个帕尼尼吃吗？还是只买一个，一人一半？"拜托说一人买一个吧，茂斯，拜托拜托。

"你得多吃点，谁知道我们下次能买到食物是什么时候呢。买两个吧。"

　　马苏里拉芝士、罗勒叶和番茄汁的香味恰到好处地融合在一起，入口的那一瞬间，我仿佛置身于微风徐徐、海鸥盘旋的天堂。我背对着那个奇怪的足球雕塑坐着，海风吹拂着我的脸庞，我默默远眺，极力想分辨出哪里是布里斯托海峡的尽头，哪里又是浩瀚无边的大西洋起点。我们所在之处是个疯狂的角落，潮汐、气流和构造板块在元素混战的怒吼中来回碰撞着。这是个有开始、有结束、有沉船、有岩崩的地方。站在栏杆旁，冷空气随着一阵冰冷的、新鲜含氧的嘶嘶海浪扑面而来，脸上湿漉漉地蒙上了一层细密的水珠。我强打起精神。我们还活着，我们至少还活着。

　　"我们走吧？"人生的拐点正处于无尽变化、逐渐成形之中。尽管它还不见踪影，但我依稀能感觉到它即将到来。我们朝左转弯，向南前进。庞大的足球渐渐淡出视线，我的目光停留在一望无际的大海上，久久不愿移开。

　　我们行走在起起伏伏的路上，越往南走，植被就愈加低矮，坚韧地扎根在浅层土壤中，与大西洋力量作着顽强的抗争。怪石嶙峋的岬角不断落入水流湍急的山谷中。前方有一块裸露的岩石，叫作"牛犊岩"[1]。虽然我从未见过这样的牛犊，但眼见一个接一个的岬角迎面而来时，它又变得像一个目送我们远去的老朋友。太阳穿过飞掠的云层向西落下，光线暗淡下来，我们爬到了悬崖顶部一块没有任何遮挡的平坦草地上。透过一座废塔的门道，我看到落日余晖映照在斯托克城教堂的塔楼上。我们考虑着要在靠

---

[1]　英格兰伊尔克利的古迹地标。

近塔的位置露营，希望它可能保护我们少受些风吹雨打。但是光线太暗了，我们无法得知它的牢固程度。所以我们就面对着大西洋搭起了帐篷，海风畅通无阻地冲上悬崖，不过我们已经累得顾不上挑挑拣拣了。

　　夜里，我被暴雨声惊醒。雨水轰隆轰隆地落在紧绷的篷盖上。我半梦半醒的，睁开眼睛却看不太清。只有南边有水噼里啪啦落下的声音，不过它不应该是从北边或者西边，直接从海的方向吹来吗，可雨水没有打在帐门上。声音停了下来。倾盆大雨正洗刷着帐篷后部，然后又停了下来。奇怪。我从门里探出头来，想看看那些莫名其妙的云，我想它们一定正飞快地飘过我们上空。但事实上我一朵也没看到。此刻曙光初照，水天一色，我看到那不是云。雨水的源头正带着一种自鸣得意的神情，带着金属口套往东跑去，领头的那只狗似乎也很满意。解开疑惑后，我可以起来泡杯茶，或者去洗掉帐篷上的尿，但手头的水不够同时做两件事。所以我选择去喝杯茶，并期盼着尿快点干掉。

～⌇～

　　一个大腿抽筋、行动迟缓的早晨证实了帕迪·迪利翁可能是超人的猜想。书上说，他早餐吃生海草，穿迷彩图案的睡衣，没有好看的电视节目就去跑马拉松。这几件事综合起来一想，我断定他肯定是特种空军部队的退役军人。他的指南中第九天可以到达的地方我们硬是走了 17 天。他理所当然地认为他的读者们在走完这将近 25 公里"最美丽"同时也"最艰难"的路程后，肯定还有精力去欣赏之后的瀑布美景。虽说我同意他说的，在潮湿多风的天气里行走会"很累"。但在其他天气里我们就像在公园里散步一样轻松吗？算了，好在一路上有足够多的溪流，可以让我们把水瓶灌满。他说得对，那里是最美的地方。开阔的岬角没有树木，有的是被水流撕裂的参差不齐的岩层，还有从哈特兰角延伸到远处，然后在地平线上逐渐消失的灰蒙蒙海岸线——那里是走私者的天堂。气温不断上升。在没有遮荫的悬崖顶上，我的脸颊开始变得如皮革般粗糙，这次蜕皮完成之后，我将收获第三个全新的鼻子。

偶然进入了一个阴凉的峡谷，走过一座木制人行桥，一个出人意料的欢迎标志提醒我们来到了科诺，这是它康沃尔语版本的名字。当我们进入另一个山谷时，已经是晚上了。爬上另一边的陡坡，我们毫不犹豫地把帐篷搭在流水附近的一小块草地上，然后睡了半个小时。8公里，6块软糖，一天就这样结束了。我由着茂斯摆弄着他的背囊，独自顺着溪流的流向走去，尽头是一处两米高的山壁，溪流顺势而下顺着岩石斜坡流入大海。我脱掉满是汗水和灰尘的衣服，爬下斜坡，头顶冰冷的溪流瀑布从崖边倾泻而下。

我曾在佩珀库姆的海里游过泳，但自从11天前在科姆马丁的宿营地洗过澡以后，我就再也没有在干净的水里待过。沙尘、析出的盐结晶和一股令人作呕的恶臭被一同冲进了大海。我的皮肤又红又黄，而且还总蜕皮，胳膊和脸颊上的皮肤都变成了晒干的皮革，腿上又红又肿。我的头发摸起来就像海角上粗糙的草，大脚趾也被我的靴子压扁了，现在只剩原来一半厚，却有原来2倍宽。悬崖像锯齿形的鳍状岩石伸向大海，保护后面的海水不受湍急海浪的影响，形成了一个平静的水池。太阳似乎被卡在了岩石的黑色缺口处，无法按时西沉。浪花拍打着鳍状岩石，精疲力竭地继而从容地溜进后面的海湾。我爬回我放衣服的地方，环顾四周检查有没有人路过。当我把硬挺的破烂衣服重新穿上时，我想我听到了板球解说。在帐篷里，茂斯把脚搁翘在岩石上，端着一杯茶，听着小收音机，我原以为放在储藏室里没带来呢。

"你怎么做到把它背了一路的？它有一袋糖那么重啊！不是……你为什么带着它？"

"这样我就可以听板球比赛啦。"

"好吧。"我很不自在。收音机似乎出现得很不合时宜，当艰苦的野外生存成为我们的日常生活时，这种非生存必需品倒活像个入侵者。"比赛怎么样？"

"还有五轮比赛才结束，他们正在讨论光线。有可能打成平局。真可惜，我们本来能赢的。"

我们躺在帐篷旁的草地上，看着海鸥成群结队地飞过。英格兰队赢得了灰烬杯，但这场比赛是平局，乔纳森·阿格纽感到很"丢脸"。

天快黑了，海鸥还在不停地飞来飞去，它们的叫声不似白天那般聒噪沙哑，而是更悠长、更安静。

"你觉得它们要去哪儿？"

我们看着海鸥从我们头上俯冲飞下悬崖边，然后飞向海湾，加入数百只在平静水面上漂浮着的海鸥的行列，它们被鳍状岩石保护着。

"他们睡在水面上，那是他们的安全地带。"

"这里也很安全，不是吗？我们也被保护着。如果可以的话，我愿意住在这里。"茂斯停顿了一下。

"当一切结束后，如果你愿意，你可以把我带回这里来。"

"你这是什么意思？徒步旅行结束后吗？"

"不，当所有一切都结束的时候。"

他动了动，我周围的气流随之变化，在黯淡的光线中，我身上每一寸皮肤都在细细感受着他的存在。

"我们要不要游泳？"

深海的水很凉，但衣服上还有阳光留下的余温。茂斯在黑暗中漂浮着，双手推开身前灰暗的海水，慢慢向远处游去，在周围寂静的海水中上下浮动着。月亮偶尔带着不受干扰的好奇心照向他，白发苍苍的茂斯在月光下闪闪发亮。我们失重地悬在盐水里，一切都离我们而去，消失殆尽。剩下的只有海水、月亮和低声细语的我们一起分享着此刻的大海。

海鸥们安静下来，调成了夜晚模式，寒冷潮湿的夜色也终于把我们赶进了帐篷。我们的故事永远不会终结，我们永远不会被打倒。

| 第三部分 |
强推力

事关一往无前的勇气这回事，

命运是不会平白无故赠予每个人的。

——《贝奥武甫》

为什么?

罗伯特·斯蒂芬·霍克（Robert Stephen Hawker）曾以浮木搭建过一个小屋，就位于康沃尔郡莫文斯托教区的岩壁边上。小屋看上去不怎么牢靠，似乎随时有散架的风险。霍克打造的这个小屋是英国国家名胜古迹信托[1]拥有的体量最小的古迹。罗伯特·斯蒂芬·霍克作为莫文斯托教区的牧师对整个康沃尔郡和郡上的居民一直都报以诚挚的感情。霍克是个诗人，在其众多诗篇中最有名的要属那篇《西部人之歌》（*The Song of the Western Men*），这首诗歌又名《特里劳尼》，主要展现康奈尔郡的民众对于营救被关在伦敦塔内的特里劳尼主教[2]的决心和热情。在诗中霍克写道："两万个康沃尔人知晓我们缘何会如此行动！"事实上，至今我也不是很明白霍克诗中那些康沃尔人"缘何会如此行动"，我是说去拯救特里劳尼，但我却能够明白他们为何会如此深

---

[1] 英国国家名胜古迹信托（National Trust）是英国的国民信托组织，其主要负责管理并维护英国境内包括英格兰、威尔士及北爱尔兰的古迹以及自然名胜。
[2] 也有说法认为霍克在诗歌中提到的特里劳尼并非布里斯托主教乔纳森·特里劳尼，而是其父约翰·特里劳尼。

爱康沃尔这片土地。我同时也理解了为什么当年霍克情愿偏安一隅，整日待在他那位于岩壁后的小木屋里。面向大海，头抵远空，我想只有如此这般，这位诗人的灵魂才能真正被释放。

这么说来，霍克在莫文斯托确是自由的。我大约能够在脑海中勾勒出当年他穿着紫色外套、黄色斗篷，戴着粉色帽子行走在海边岩壁之上的样子。说起来如果要找出什么我和霍克的相似点，不怎么样的衣着品位大概是我首先能想到的。如果能有时光机这种东西，那我倒是很希望能结识霍克。住在海边小木屋的霍克拯救过不少在附近海域沉船的水手，对于其中那些不幸丧命的，他会遵从基督教的传统将其葬在自己的墓园。我和茂斯抵达霍克的小木屋时的状态和沉船的海员相差无几 —— 我们原本乘坐的那艘叫"生活"的小船被巨浪撞了个粉碎，而我和茂斯抓着浮木飘到了莫文斯托，站在这儿，在霍克的小屋前，顶着烈日，我们希望在这位乐善好施者的旧居前获得哪怕一点点心灵上的庇护与慰藉。

依着霍克的性子，若是他当真见到我和茂斯，看见我俩这副饥肠辘辘的样子也一定会施舍我们些食物吧。到达小屋的当下已是我和茂斯靠着软糖充饥的第二天，可糖分并不能帮我们维持体力。我感到头晕目眩，饥饿感令我有些神志不清。我们的确可以到莫文斯托镇中心的某个咖啡屋买点儿什么来吃，但我们想尽量避免这种开销，既然已经开始了所谓的软糖充饥法，那么就坚持到底吧。反正我想我们很快就会抵达比尤德（Bude）的。

从霍克的小木屋往前走了差不多16公里，我和茂斯就知道自己做了件蠢事。刚刚我们身后不远处有个可以接水的地方，但我和茂斯不想走回头路，总想着前面不远处总是有可以喝水的地方，所以便继续赶路了。可我们没料想到在被日光暴晒的岩壁上行走是件极易消耗水分的事，太阳从我们的头顶投掷下炽热的光束，经由皲裂的土地和不远处的海面再反射回半空。没有一丝风，包裹在我和茂斯四周的只有热气还有挥不去的扬尘，以及令人感到窒息的雾气。高温难耐，我和茂斯很快喝光了剩下的水，我们因着热浪感到无力，拖着沉重的步子艰难向前。岩壁上倒是有一处水源，但原本应该是溪流流经的地方现在只有暴露在外干枯的土地裂口。这时口渴的感觉胜过了饥饿感——水，我们迫切需要喝水。

"愚蠢，愚蠢，你怎么能这么愚蠢！"我一边在烈日下拖着沉重的步子行走，一边埋怨自己。

我怎么会愚蠢到认为自己可以完成这漫长的徒步旅程，甚至想借此营造一种假象——假装自己并非无家可归，假装法院的判决是错误的，假装一切仍然照旧，假装自己从未被推至绝境。而在当下我只能愚蠢而无助地不停催眠自己，告诉自己并不需要喝水。

我越想越觉得绝望 —— 愚蠢，愚蠢，你怎么能这么愚蠢？

想到这儿我哭喊着把水壶猛地掷在地上。我为自己做出的一系列错误决定感到生气，是的，所有错误的决定。老天啊，为什么不让我死个痛快呢，就现在，像如此这样折磨我是为什么？！这些年来你就像一个令人恐惧的刽子手一样，你从不急于将我一刀毙命，而是每日每日用冰冷的刀锋剜除我的心，割我的喉，将我一点点肢解。有时我盼望着死亡，甚至觉得自己已经是一具行尸走肉。是的，我一度认为唯有死亡才能让我求得解脱。只有死才能让我们摆脱痛苦，摆脱"没事，没事，一切都会过去的，这不是你的错"这样徒劳的安慰。过往的日子里，我和茂斯不知吐露过多少次那些负面情绪，倾吐的对象包括法官、医生、不交心的表面朋友，以及彼此之间。这些情绪有关于痛苦，有关于自怨自艾，有关于厌恶。而当下，干渴的感觉甚至压制住了这些曾让我坐立不安的负面情绪。干渴的痛苦让我和茂斯忘记了双膝的酸胀，忘记了脚上因水泡摩擦带来的隐痛，忘记了被暴晒后皮肤的灼伤感，以及割伤和淤青带来的不适。"水，我需要水，我马上需要喝水"——这成了唯一的念头。

又向前走了一会儿，茂斯把背包扔在地上。

"我们必须往鸭池海滩那边走。"

"我不懂，为什么……我是说为什么必须要往鸭池海滩。"我不解。

"因为地图上显示那儿有一大片蓝色带状态区域，所以那儿大概还是有水源的。退一步，就算那一带也像这儿一样干涸。鸭池海滩附近有大量民宅，我们可以去向那儿的居民求助，总有人会给我们水喝的。"茂斯解释道。

在这一点上有时我实在对茂斯喜欢不起来——我是说看地图的能力上，他比我强太多，这让我显得有些无能，可我对此心悦诚服。

"对了，这附近应该有厕所，我们去找找看。"

前往厕所需要我和茂斯顺着斯蒂普尔角的最边缘前进，由高温产生的雾气让能见度变低，我并不能看清前方的路。走了一小会儿我和茂斯便瘫坐在草地上，我们感到双腿无力，胃里泛起阵阵恶心的感觉。瘫坐于此不仅因为我们体力殆尽，还因为不知道前进的方向。狭窄的小径原本该沿着近乎垂直的陡坡一路向下，可恼人的热气让它在我们眼前戛然而止。到稍微能看清一点时，我和茂斯起身向前。这条通往厕所的小径另一侧便是峭壁，其走向诡异，在一段直路后突然转向左下方的海岸方向，再然后越变越窄，窄到海鸥扇动翅膀的声音伴着风声几乎擦着我和茂斯的耳朵而过。我们绷紧了神经，小心地向前挪动，地势太过险峻，我们只得抓着身边的高草作为支撑，一不小心打滑时脚下的石头便会咕噜噜地滚下峭壁。待走到小径尽头时，我的肌肉抽筋，膝盖酸软得要命。

经过体力和精神上这一番折磨，我和茂斯失望地发现我们要找的厕所区域竟被上了锁，附近也没有任何一处可供我们装水的溪流。

"愚蠢，愚蠢，你怎么能这么愚蠢？！"——我再一次埋怨起自己来。

我们把背包扔到一边，彻底瘫坐在了地上。

"我打赌你现在肯定想吃冰淇淋"，我对茂斯说道，我的声音嘶哑至极，听上去令人不悦的程度就像是一群苍蝇猛然从你面前飞过的那种嗡嗡声，但此时我们哪还顾得上声音悦耳不悦耳。

"虽然没有水，但你可以吃个冰淇淋。"

"那是自然，吃冰淇淋当然好。可哪儿有冰淇淋呢，我没看到这附近哪儿有卖冰淇淋。"茂斯用尽全身力气回应我道。彼时我们两个没有一丝力气移动，只是闭着眼睛有一搭没一搭地说着话。

"路的那一头有一辆冰淇淋车"，我回应道。

再然后我们慢慢起身，走到了小径上的那辆冰淇淋车前。这冰淇淋车之所以不易被察觉，是因为它并没有像寻常冰淇淋车一样靠着播放轻快的音乐来招揽生意。

"我们只剩下四个大黄味儿的棒棒糖了。"负责贩售冰淇淋的先生对我们说。

我们把四个棒棒糖全部买下，并向那位先生道谢。"你们要到哪儿去呢，打算背着这么重的行囊再走下去吗？今天可是足足有38摄氏度，现在可能好一点，大概34摄氏度。"

"我们从迈恩黑德出发，目的地是兰兹角，或者可能比兰兹角再远一点儿。"我一边说话一边想着刚才他提起气温有38摄氏度这回事儿。

"当真，你们当真要一路走到兰兹角？"这位先生眯起眼睛，用略带迟疑的眼光上下打量我和茂斯，"你们有安排好今晚的住处吗？"

"没有，我们打算住在帐篷里。无论如何我们今天是到不了比尤德的，所以夜里必须在中途的什么地方支起帐篷来了。"

"这样？我在附近租了个农场，离这儿差不多20分钟的车程，你们愿意的话，就到那儿的果园里扎帐篷吧。"

就这样我和茂斯坐上这位叫格兰特的先生的车子后座前往他家。车子穿过镇中心，落日投射在路边高大的树上，在我们脸上撒下明灭的阴影。格兰特大约四十来岁，看上去是个有些高傲冷峻的人。我坐在后座打量起他来，阳光照在他的光头上反射出混合着其肤色的粉色光芒，他脚上穿着白色袜子，外面是一双凉鞋。格兰特说他和他妻子还有一些住家员工一起打理租来的农场。闲谈中他对我和茂斯这一路上的经历表示出极大的兴趣，他很想知道我们都遇见了什么人，又有什么人曾经像他一样为我们提供住宿。

"我们那儿有超大份的千层面，还有各种其他食物。对了，还有啤酒。如果你们愿意，欢迎和我讲讲你们的经历。"一听到千层面和啤酒，我和茂斯瞬间来了精神，一点儿也不感到疲惫了。

格兰特家是一座以石头建成的房子，旁边就是他说的果园，果园附近有一条小溪以及一片令人备感清凉的绿地，一切美得如画一般。果园的草地修剪得很平整，我和茂斯在一棵苹果树下把我们的帐篷支了起来。

"请进，先洗个澡，然后喝些啤酒。"

格兰特的房子颇有些年代感，里面凉爽极了，踏进去的瞬间，我的胸口一阵紧缩，刚才暴露在烈日下的疲倦感一下子不见了。

房间内有着宽敞的墙壁，低矮的横梁，还有明火，这一切都让我想到了我从前的家。"想想别的，想想别的什么事"，我对自己默念道，要知道令思绪收放自如可真不是件容易的事。

"穿过后门廊便是淋浴间，洗好澡后来见见我家的'女孩儿们'", 格兰特说道。

　　进到浴室, 我先是就着水龙头喝了好一阵子水, 然后站在花洒下, 张着嘴任由水从我的头顶流下。我用主人家要价不菲的洗发水反复揉搓着自己沾满了尘土的头发, 这也是我几周以来第一次有机会用到护发素。虽说我应该是把污垢全部清洗干净了, 可从我身后硕大的镜子看过去, 流水似乎一点儿也没把我的疲惫和狼狈洗刷干净。

　　洗澡后我来到厨房, 屋子里多了三个年轻漂亮的女性前来欢迎我和茂斯。她们的出现一下子让我从之前"这是我家"的错觉中醒了过来。我先是和格兰特的妻子握了手, 她身材高挑, 一头卷发充满魅力; 然后是一个留着利落波波头的, 皮肤白皙的保姆; 最后则是一个身材轻盈, 有着精灵气质的格兰特的私人助理。面对这三位身材姣好容貌年轻的女性, 我越发确切地感觉到自己的无精打采和衰老, 蓬乱的头发、像龙虾外壳一样褶皱横生的面庞——50 岁的中年妇人无疑了。趁我们和这些女性打招呼的空当, 格兰特在一旁的餐桌上开啤酒, 他仍然穿着那双白袜子。他似乎察觉到了我对于这几位女性的好奇, 不过他没说什么, 在和我对视一眼后抬了抬头眉头, 然后继续自顾自地倒酒。

　　格兰特的个人助理拉着茂斯的胳膊把他带到餐桌边, 然后挖了一大勺千层面到他的盘子里。我则独自喝着啤酒。说实在的平素我一直不喜欢啤酒, 可那天我觉得格兰特家的啤酒好喝极了。喝过一杯啤酒后, 我又来了一大杯冰水, 彼时茂斯已经在喝他的第三杯啤酒了。口渴的问题解决后, 我如饿虎扑食一样大口往嘴里送千层面、沙拉还有蒜香面包，这期间其他人一直在聊天，而我只是在有人要给我盛东西吃时不断说着"好，谢谢"。

那个金发的私人助理在我还狼吞虎咽之际走到了茂斯身边，双手滑到了茂斯肩膀上。

"在来格兰特这儿工作前我是个运动理疗师 —— 你要按摩一下吗？我发现你的肩膀看上去很紧。"

金发女郎说这话的时候我才发现趁着我吃千层面时，茂斯已经从饭桌移到另一间屋子的沙发上了。

"讲讲你自己吧格兰特。"我一直笃信格兰特一定是个有故事的人，果不其然。他告诉我们他在十几岁时就离开家，一个人背着背包穿越欧洲各国到处游历。他说自己就靠着塞在口袋里的一块面包和几片奶酪一路往前，一直撑到了意大利。再后来格兰特就在一个葡萄园住下，一过就是几年，他很享受园子里的生活，以及夜里躺在草坪上看星空的日子。之后他回到了家，租了一个废旧仓库，做起了进口葡萄酒的生意，这些葡萄酒就是他在旅途中尝到过的那些。格兰特靠着葡萄酒生意发了家，成为千万富翁，吸引大量年轻女性为自己工作 —— 就是我前面提到的那几位。格拉特说她们之所以愿意前来完全是被自己酒庄葡萄酒的质量吸引。

格兰特讲到这儿的时候，他太太正要起身离开房间，临走时她丢下一句，"别理会他说的这些，他那些关于葡萄酒的知识都是在夜校学的，至于葡萄酒生意，也是他爸爸给他找相熟的商人朋友牵线搭桥才能够做起来"。

对于妻子的这番话格兰特不置可否，他只是在她出去后略带不满地转了转眼球。

"到我退休时我一定要写一本书，我想我一定会是个好的作家。飞蛾，我是说你先生……飞蛾是不是他为了这次旅行特意给自己取的化名之类的……我是说飞蛾如果想要出书的话，完全也可以用我的故事做素材。这很棒，不是吗？"

在听过格兰特的故事后，我不禁思忖起他向我们讲述这段经历的动机。人们在说故事的时候首先需要说服的人是你自己 —— 不管故事是真是假，你都需要说服自己"这就是真的"，然后你才有可能让人也买你的账。格兰特之所以要讲一段自己游历欧洲的故事，是为了塑造一个符合他自己意志的形象 —— 这是他所乐见的 ——独立、勤奋、不向逆境屈服，而不是出身富裕之家，靠着父亲关系出头的公子哥。我和茂斯也讲了我们的故事，我们的故事也并非完全真实，而我们篡改事实的目的和格兰特不同，我们更多是出于一种自我保护的意识。人们对于无家可归之人的第一反应大多是"酗酒""毒品""精神问题"这些标签，这些标签让他们产生恐惧。我和茂斯第一次被问及此次徒步旅行的缘由时我们如实作答，说自己无家可归，可一切不是我们的错云云。当下对方立刻陷入沉默，气氛变得极度尴尬，很显然我们一下子和那些令人担忧恐惧的标签自动扯上了关系。这样的事情后来又发生了几次，每一次局面都在我和茂斯吐露实情后变得糟糕。于是，我和茂斯索性就编了一个听上去更"可口"的故事：我和茂斯在人到中年时决定开启一场冒险之旅。我们卖掉了房子，一路随风而动，目前我们追着西风的方向一路来到了这 —— 往往讲到这里对方总会问我们的下一站是哪儿，我和茂斯会说"看看风往哪儿吹，我们的下一站就朝着哪儿去"。这充满浪漫主义情怀的回答总是会引得对方啧啧称赞，"哇，这可太棒了，你们太有创意了！"这先后两个故事版本的差异在哪儿呢？其实就在一个单词上——"出售"，如果告知对方我们是主动"出售"房产，那么这便意味着我们拥有一大笔钱，徒步旅行只不过是我们兴之所至。而如果不提及"出售"二字，我们自动会被认定是身无分文的社会最底层人士。我们选择了前者。毕竟这对参与谈话的双方都有利，我们会因此感到轻松，对方也会。

我和茂斯越重复这个谎言，似乎就越能忘却痛苦。谎言说了千遍，我不免错以为那些失去的东西并没有真正被夺走，或许长此以往，我和茂斯真的能够依赖谎言，与伤痛和平共处？我不晓得。其实有关茂斯生病这件事，我也一直在进行自我催眠，我总是在想，说不定医生根本就诊断错了，这谁说得准呢。前行至此，我才明白此次徒步并不仅仅是留给我和茂斯一段时间来梳理思绪，规划未来，它更像是一次修行，一次漫长的冥想，一次充斥海风、灰尘和日光的精神洗礼——每一步都有回响，有时这回响赐予我们力量，有时它又让我们沮丧。因这每一次向前的脚步，我和茂斯能够依稀看到我们活下去的理由和未来的样貌。带着盐分的海水这一路不仅打湿我和茂斯的躯体，它也不停冲刷我们的回忆，将其棱角磨平，使其不再尖锐。

"事实上我先生的名字叫作茂斯，他不是个作家。"

"好吧，嘘……再多吃点千层面"，格兰特对我说。他一边说着一边给我倒了一杯浓郁的茄紫色的葡萄酒，倒好后他拿起酒杯晃了晃，光是闻着酒香，我就已然感到有些眩晕。

　　一杯酒快要下肚时，我发现格兰特的妻子和保姆都已不见了。我和格兰特到了另一个房间坐着，茂斯则趴在沙发上继续享受那位金发女士为他按摩肩膀，那位保姆同时还在帮茂斯的脚底涂抹着某种精油。然后我找到了格兰特的妻子，她正坐在椅子上手持着一部数码相机，翻看里面存储的照片，然后拍下沙发上的茂斯和正在喝葡萄酒的我。

　　"女士们，请从我客人的身边离开好吗。我想听他讲故事，也说不定他在睡前会作首诗来给我听。"

　　格兰特说这话时我已经差不多喝下了两杯葡萄酒，但我意识尚存。我知道茂斯可不想作诗，他自然是更乐意享受按摩的。可既然主人已经发出邀请，茂斯自然不由分说地爬起来然后套上他的 T 恤。

　　"诗歌？你是说要我作诗？"

　　"别那么小气嘛，我们都知道你会作诗啊。我要为这首诗搭配的照片都拍好了。"

　　"说真的，我实在不太明白你的意思。"

　　"没关系，来，来喝一杯，然后和我们讲讲你的故事。对了，你说实话，你的名字不叫茂斯对吧？！"

　　"我的确叫茂斯，这当然是我的真名"

　　"好好好，但是我想我们的宣传册上会把你的名字写成西蒙。"

　　"伙计，随便你们叫我什么都好，就凭你们这么热情的招待。"

"还有，你们不介意我们使用你们的照片吧？看看，这些照片用作宣传简直再妙不过了。"

"妙？啊，说实在的我真想不出像我这样一个糟老头坐在沙发上的照片妙在哪里，我是说对于你们这样经营葡萄酒的公司来说，不过我完全没问题，你们尽管拿去用好了。"

"所以你们的下一站是哪儿。"

这时我已经喝光第三杯葡萄酒，眼前的一切逐渐模糊，困意袭来，我的头已经快要挨到桌面，我想我马上要睡着了。茂斯这时喝下了他的第二杯葡萄酒，可看得出他并不比我清醒多少。

"比尤德。我们明天会到比尤德。再然后是博斯卡尔斯……再然后是哪儿，说真的我现在想不起来了。"

"你们会去米纳克剧场吗？"

"米纳克剧场？那是哪儿？"

见我们不知，格兰特和女士们交换了眼神，接着他拍了拍茂斯的背，说道，"西蒙你可真是幽默。快，为我们作首诗，然后你就可以去睡了"。

"说到诗，我父亲旧时在建筑工地上工作时总会背这么一首诗"，茂斯深吸了一口气，坐回到椅子上开始背诗。

男孩站在燃烧的甲板上

所有人都逃了出来

唯独剩下那只山羊……

这首诗我已听过无数次了，当下的我可没空欣赏诗歌，我只想倒头大睡。

"你可真是太有趣了，天，这首诗，你的经历，加上这些照片，这将是多么迷人的故事啊。"

我终于能够睡觉了，躺进帐篷不过几秒钟我便睡着了，在松软的草地上，馥郁的苹果树下。第二天我和茂斯是被树上掉下的果子砸醒的。格兰特特意前来果园告诉我们厨房已经备好了培根三明治。

临走前格兰特还有他的妻子、员工纷纷和茂斯合影，还往我们的背囊里塞满了培根三明治、苹果和水。格兰特开车把我们载到海边的小径处，打算和我们作别。

"西蒙，昨晚趁我喝酒时你和格兰特的保姆在另一间屋子里都做了些什么？"

"另一间屋子？你是问昨天在果园里怎么样？我一直待在果园里睡觉。还有，谁是西蒙？我昨天酒喝得太多，什么都不记得。"

"在果园里？你别想搪塞我！"

"哦你是说我和那些女士们。可能是因为我的这顶帽子，我戴帽子的样子看上去很像我来自爱尔兰的爷爷。或许格兰特家的女士们在我身上看到了爱尔兰诗人的气质。还有，她们说我的双手看上去就像艺术家。"

"呵，艺术家？！"

"是啊，她们说希望邀请我去伦敦，到那儿给她们的朋友读诗。"

"呵，为什么？因为她们不识字吗？"

"不，读诗，是朗诵诗歌！"

"你哪会读诗，好吧，如果你硬要把《贝奥武甫》也算进去的话，再不然就是你爸爸那首老掉牙的山羊之诗。"

"我一向对诗歌都有种莫名的情感。"

"我可不这么认为，对诗歌有莫名的情感？！别搞笑了！"

"你这个人啊，把我想得太低级了，我和那些女士们聊的可都是些高雅话题。"

"是不是要我叫你拜伦你才满意呢，再不然我也像他们一样，称呼你为西蒙？"

"你尽管羞辱我好了，嗨，我们这些诗人总是不被你们这些世俗之人理解。"

"别鬼扯了。"

～～～

帕迪·迪利翁当年用了一天时间从哈特兰码头（Hartland Quay）行走至比尤德，要知道这可是西南沿海小径全程最艰险的路段。我和茂斯走完这段路花了整整三天！虽然时间有些久，可无论如何我们挺了过来，我们克服了崎岖地势带来的种种困难。我和茂斯原本以为在尖锐的石路上负重前行是不可能完成的任务，可由于地势改变，暴露在外的是圆形鹅卵石，这大大减轻了我和茂斯的痛苦，所以我们还算顺利地走过了这段路。

这三天我和茂斯仍在海边扎营过夜，每天早上从帐篷里爬出来仍是很艰难的事。因为长期暴晒，我的脚踝已经开裂，长期行走导致我的骨骼酸痛难耐。自徒步开始，由于一直和背包摩擦，我的臀部一直处于破皮的状态。大脚趾也受了伤，不过我尽量不去想受伤这件事，而是不断回忆起在格兰特家做客的场景——千层面、红酒、按摩，还有培根三明治。令我感到高兴的是，茂斯的身体状况似乎有所好转，他现在可以很轻松地从帐篷里爬出来，完全不需要我拉他一把或是搀扶他起来。茂斯很明显地瘦了很多，所以活动起来灵活了不少。我心里暗自思忖，是不是茂斯的病情有所好转，当然这也可能是我一厢情愿的猜想和奢望。

西南沿海小径与比尤德连接，我和茂斯打算到比尤德中心区的银行取钱，然后找个超市买足下个星期的干粮。我们一路上脑子里想的都是新鲜的面包和水果，所以即便走到比尤德市中心花了整整一个小时，我和茂斯也不觉得累。对比伊尔弗勒科姆（Ilfracombe），比尤德是安静小城的典范，西南沿海小径环绕着比尤德城郊地区。我和茂斯在遇到的第一个自动提款机前停了下来。把卡片插入后，我像往常一样等待着机器吐钱出来，可在查询余额时我一瞬间陷入了呆滞，机器显示账面余额只有 11 英镑。怎么会只有 11 英镑？！

━━━∽∾∽━━━

"怎么办茂斯，我们的钱去哪儿了？！"

茂斯忍不住爆了粗口。

我拿着机器吐出的 10 英镑，绝望地按照指令退出，取卡，大脑几乎一片空白。

我和茂斯前往银行柜台，听银行柜员为我们解释账户存款为什么会只剩这么一丁点儿。我们被扣掉的钱是一笔保险金，我和茂斯本该取消继续支付保险，可我们竟然忘了，所以保险公司进行了自动扣款。

"但这保险金我们已经不再需要了，我是说我们过去投保的资产如今已经不属于我们了。请问这样的话能不能把这笔钱退给我们。"我几乎是在哀求那位为我们办事的银行职员，虽然我知道没什么用，可还是想试试看。

"很抱歉，这是您和保险公司之间的事情，我们无能为力。"

愚蠢，愚蠢，我怎么会这么愚蠢！我们为什么会忘记取消保险呢？！

"您知道有关这份保险的任何细节吗？我想如果你能提供更多的资料，也许我们可以协助你们把那笔钱退回来。"银行职员继续说道。

遗憾的是我和茂斯并不记得任何有关这份保险的信息，即便我们记得，退款也需要时间，至少几周时间。没办法我只好询问银行职员自己能不能把账户上仅剩的 1 英镑零钱取出来。

这时我暗自埋怨自己为什么不把旧家的家当全部卖掉，这样我们上路时就会多一笔钱，也不至于遇到今天这样的窘境。那些旧家具现在仍被存放朋友家的谷仓里。其中有一个我们从拍卖行买来的松木橱柜，如果卖掉我们大概能得来几英镑，那是我们在布置第一个房子时购入的。还有一张餐桌，那张餐桌见证了罗恩的整个幼年和少年时光。婴儿时期的罗恩只愿意睡在那张餐桌上，别的地方哪儿都不肯。孩子们上大学离开家的前一晚我们也都是在那张餐桌上吃饭的。我们曾经一起围坐在那张餐桌边畅想未来，也曾因为一夕之间的家庭变故瘫坐在它边上一起沮丧。对，还有我爸爸的椅子，还有茂斯和家人的合照，它们全都堆在谷仓里。虽然我们一时用不上它们，可当时我们无论如何也不忍心将这些物件连同有关他们的回忆一并售出。

"我们到底在干什么？！"我靠着银行外墙瘫坐下来，再也忍不住泪水。"我们彻底输了，一败涂地，我们没钱，没食物，无家可归。你生病了，你必须吃东西。天杀的。为什么我总是把一切都搞砸？！不断地犯错。我把你拖到这儿是为了什么，你何苦跟着我受罪呢，你本该在更安全更舒适的地方养病，而不是拖着巨大的行李过着苟延残喘的日子。我们的出路在哪儿？到底在哪儿？"我忍不住地抽泣，因为情绪太过激烈，我浑身都在抽动，"还有，想想格兰特家那些年轻貌美的女孩儿，我曾经也那么漂亮，我曾经也是有吸引力的。我不怪你，现在我又老又丑又胖，我真的不怪。那些女孩儿围在你身边，谁会不动心……你说说看你为什么现在眼里根本没有我？！"情绪失控的我开始胡言乱语，当下的我觉得自己可怜极了。

茂斯伸出手臂揽住我的肩膀，就像他平常一样。

"你还在想那晚在格兰特家另外那个房间我和那群女孩儿之间发生了什么？天呐，她们真的只是帮我按摩肩膀，仅此而已。她们跟我说起自己在格兰特家工作有多么开心，说她们的工作便是到世界各地采购各种葡萄酒，举办各种社交聚会，她们对这样的工作和生活不能再满意。她们还给我拍了照片，想要放在社交媒体上作宣传。虽然我不知道她们具体要放在哪个社交平台上，但对我们来说没有差别。刚刚我就看出你吃醋了，你还假装不在意。"

"胡说！"

"我眼里当然有你啊。只不过因为疾病还是别的什么，我觉得自己已经和以前不同，以前的自我逐渐消失不见了。"茂斯略带沮丧地说道。

"不会的，别难过。不过我还是又胖又丑。"

"你最近已经瘦了不少啦，而且你哪里丑，从来都没有的事。"茂斯安慰道。

"接下来的一周我们必须每天吃面条了！"

"我知道，可我们会挺过来的。我们只要能挺过鸭池海滩这段路，我们就能挺过任何事。不过这回我们可要备足水，没水喝可实在太可怕了。"

就这样，我和茂斯拿着仅有的钱买了几包单价20便士的面条还有大量瓶装水离开了比尤德。我们经过一处有少量游客的度假景点，一处供退休女士使用的网球俱乐部，一片造型奇异的岩石，一座位于岬角上的灯塔，再然后我们又回到了海边。身无分文的我和茂斯的心情异常沉重。在天快要黑的时候，我们停在一片刺蓟花田的角落歇脚，然后煮了一些面条来吃，最后就在原地支起帐篷休息了。

绿色／蓝色

　　当我和茂斯从比尤德前往威德茅斯沙滩公园时，在路边长满金雀花和刺蓟的田地发现了一张堆满书籍的桌子，每本要价10便士。无人叫卖，桌子上有个投钱箱，一切全靠自觉。我和茂斯只带了一本《贝奥武甫》，这个无人看管的书摊确实激起了我们的购买欲望。在一大堆看上去就很无趣的平装书中，茂斯抽出一本精装版的《鲁滨孙漂流记》。我们从仅剩的一些钱中拿了几便士出来，可这几便士实在重量太轻，有不够数的嫌疑，所以我们把一块从海边捡来的粉色鹅卵石一并投进箱子里。带着新买的书，我和茂斯向沙滩方向走去，与众多的冲浪者和无数游人堆起来的沙堡为伍。

　　我们发现咖啡厅的热水是免费的，于是在沙滩附近一个咖啡厅站了一会儿，享受了一下里面窗明几净、空调充足的环境，然后要了两杯热水。走出咖啡厅，我们把随身携带的茶包放进热水里，如此一来我们便有了茶喝。我们坐在咖啡馆的户外座位上，一边看着海滩上玩耍的游客，一边忙着打电话取消之前害我们白白损失一笔钱的财产保险，打这一通电话几乎花掉了我和茂斯所有的电话费余额。

打电话的当口，我们看到几个背包客沿着海岸走来。海滩上的人各式各样，其中有的人看上去悠然自得，有些可能是因为冲浪或者什么运动受了伤，一瘸一拐地在沙滩上跛行，还有一类人总是在四下打望，像是在寻觅什么。而我说的这几个背包客则有些不同，他们俨然是一支队伍一般。每个人都穿着专业的徒步行头——速干T恤，有着大大小小口袋的速干工装裤，还有帽檐宽大的丛林帽。他们的背囊看上去轻巧极了，不过从这些背囊的尺寸判断，他们一定也是长途徒步的背包客，绝非普通的露营者。

这4个背包客坐在我们边上一桌，每人从口袋里拿出一些钱来准备排队买些喝的。

"快点儿，约翰，你也太磨蹭了吧。"说话的这位在努力克制自己对同伴保持礼貌，可从他的语气听得出，他们急着赶路。

茂斯以后仰的姿势靠在椅背上前后轻微晃动着椅子，他问道，"小伙子们，你们是沿着西南沿海小径徒步吗？"

"没错。"

"棒极了。你们打算走完整段路吗？看样子你们是从普尔方向过来吧？"

"你猜对了一半。"

队伍里的所有人都盯着仍然在喝东西的约翰。

"快点约翰，我们必须要出发了"，有人催促道。

很显然，这些年轻人并没有心思继续和茂斯搭话，可茂斯却仍然自顾自地要把聊天进行下去，"我猜你们每天都要走上好几公里吧"。

"是啊，我们花了三天从帕斯托走到哈特兰码头。"

"哇，那么你们今天的目的地是哪儿？"

"就在哈特兰码头了。"说话的这位年轻人瞥了一眼我和茂斯的背囊，迅速打量了一番我们身上皱巴巴的衣服，问"你们是来短途徒步的吧？在这儿只待一天？"

"不，我们从迈恩黑德一路走过来。"

"坐公交？"

"不，我们沿着西南沿海小径一路走过来，晚上我们就在野外支帐篷睡觉，我们要往兰兹角去。"

这一行人中年纪较长的一个很显然被茂斯这番话惹恼了，他说道，"如果天气一直是这样还算可以，不过你们这样上路完全就是对自己不负责。如果变天了怎么办？你们想过后果吗？"

"变天了穿上外套就可以了。"

"约翰，你太磨蹭了，我们走"，这次对谈彻底结束，那人彻底不再理会茂斯。

这群人一起往海边的岬角走去，所有人都低着头，专注地盯着计步器。我和茂斯也要动身了，茂斯起身帮我背背包时，我发现他的肩膀似乎比之前看上去要舒展一些。

"嘿，记住，我们不是逃兵，我们也没有逃避任何事，我们应该为自己感到骄傲，我们要继续下去。"

"你说得对。"

在向前走了3公里多后，我发现我把我的抓绒外套落在了咖啡馆，没办法，我和茂斯只能回头去找。回去的路上我暗暗祈祷可千万不要有谁把我的外套拿走。还好，负责收银的年轻人帮我把外套收了起来，看到我回来寻找，他说道，"服务生捡到了这件外套，他说这是一对上了年纪的背包客夫妻落下的。我们觉得你们很了不起，我是说像这样子徒步。祝你们好运！"

离开咖啡厅时，我和茂斯一下子有种容光焕发的感觉。因刚刚听到的那一番话，我们得以重新定义这次因无家可归而起的旅途，踏上并努力完成这段旅程是很了不起的成就，尤其是对于不再年轻的我和茂斯。

当地人习惯把"威德茅斯"说成"威德玛斯"，这是因口音所致。从威德茅斯往前的那一段路程实在是令人痛苦不堪。西南沿海小径的这一段一连串地势起伏剧烈的岬角所连接，我们几乎看不到平坦的地势，一路上，不是头顶蓝天不断向上攀爬，就是向下俯冲直面鲜绿色长满草的陡坡。蓝色——绿色——蓝色——绿色，这一路上迎接我们的唯有交替出现的蓝绿色背景。爬上一段陡坡，我们支起帐篷，煮面，睡觉。再然后我们顺势而下，行至平坦处再将支帐篷——煮面——睡觉的流程重复一遍。

在到达克拉金顿港附近后，我和茂斯在附近一带闲逛时遇到了两个正在喝奶泡茶的女士，那是早上差不多10点30分的时候，我们在远处盯着她们看了好一会儿，直到她们把手里最后一块沾满草莓酱的面包放进嘴里我们才离开。我因看到别人享用美味而感到满足，虽然自己吃不到有些可惜。我暗自安慰自己，这倒是帮我减肥了，说不定以后这能被开发成一种新的减肥理念。再然后，不由分说，等待我和茂斯的仍然是蓝绿色块交替出现的崎岖路程。

我和茂斯到达博斯卡斯尔是在下午 4 点 50 分左右，我们本打算到户外商店去给茂斯买一副新鞋带，不巧的是，我们赶到最近一家户外商店时恰巧是打烊时间。没办法，茂斯只能把脚上已经残破不堪的鞋带勉强打了个结，然后继续走路。很多人都应该听说过博斯卡斯尔这个小镇，不过使其出名的原因不是别的，而是2004 年那场洪水。当年的洪水来势凶猛，冲毁了当地的商店，卷走了停在路边的汽车和一些当地居民。总之那是一次损失惨重的灾害。我原本以为因这场洪水，人们会更加积极乐观，并且敞开怀抱欢迎游客到来，以重振当地经济。可事实恰恰相反，这里的商店每一家都很早就关门了，而且每家商店前都码着沙袋，人们害怕洪水再次侵袭。镇上一家炸鱼薯条店的营业时间倒是比较久，可我和茂斯身上的钱连一包炸薯条都买不起。我们唯一能做的就是在小镇附近一处山脚下支起帐篷来，煮面，睡觉，清早醒来再煮面，收起帐篷，蹲在长满蕨类植物的野地里如厕，然后继续前进。前路没有变化，仍旧是蓝绿色块交替出现的崎岖路程。

～∽∽∽～

帕迪·迪利翁能够惯常以菠菜做早餐，只穿一件粗糙的拉毛衬衫便睡在布满钉子的床上。他之所以能够忍受这一切，在我看来，是因为他忍耐过比这些还要难耐的事，那便是用一天时间从比尤德走到博斯卡斯尔 —— 就是我和茂斯吃尽了苦头的这条蓝绿交替的路段。

海岸附近伫立着各种奇形怪状的礁石，它们丝毫不因大西洋的冲刷而变得圆滑温顺，反而越发凌厉骇人。一处叫"女士之窗"的礁石算是这一带的知名景点，其造型像窗户一样，或者你可以把它想象成一道拱形石门，海浪不时拍打着从"窗口涌入"，形成一道独特的风景。白天日光毫无遮蔽的暴晒使我浑身被汗水浸透，夜晚我又因着与白天极大的温差浑身发抖。起风的时候黑云从西方迅速向我们这边移动，我知道不久可能就要下雨了。路途的险峻让我感到体力不支，我全身酸痛，头痛至极，中途我停下来在野地里小便，竟然发现自己在尿血。可我别无他法，即便这样也只能继续前进。

走到洛基山谷附近时，我们看到一家人穿着夹趾拖鞋艰难地在附近的巨石上攀爬。眼看一场大雨即将来袭，我和茂斯以最快速度躲到一块礁石下，刚站定，电话就响了。是罗恩，她当下应该是在前往克罗地亚的路上，她在那儿找了一份暑期实习，可由于错过了长途巴士，她现在被困在了威尼斯。要换作以前，我和茂斯绝对会立刻打钱给罗恩要她买张机票过去，确保她能安全抵达。可现在我和茂斯就像两个帮不上忙的朋友，我们躲在礁石缝里，无助、无望，没有头绪地和自己身在异国、孤身一人的女儿通话，这成了我们唯一能做的事情。罗恩在电话另一头不停地讲述着自己的遭遇，她越说越慌张，还没等她说完，我听到了手机发出令人沮丧的"哔哔"声响，我们的手机马上要没电了。

"没事了。长途车到了，我本来以为我错过了，还好，是晚点了。爱你，妈妈，一路上注意安全……"

结束了和罗恩的通话，我蹲在岩石上抽泣，茂斯抱着我，抚摸着我的头发，直到我稍微平复下来。

帕迪·迪利翁说过，"当你经过卡米洛城堡酒店时，无视它"。当我经过位于廷塔杰尔卡米洛城堡酒店时，我却怎么也不能无视它，它就像黑暗中的一块绿洲，我需要在那儿短暂地歇歇脚。

我和茂斯走进酒店大堂，把背包放在角落，并且跟工作人员要了一杯水。

"你必须看医生，你先待在这儿，我出去看看这附近有没有露营地，我把帐篷搭起来，然后回来找你。"

"我不需要看医生，喝点水再睡一觉就好了。我和你一起去找露营地，本来是我应该照顾你。"

"好了好了，我不是罗恩也不是汤姆，不要把我想成是你的孩子。你先待在这儿休息一会儿。"

我蜷在酒店的大厅里闭上眼睛。不一会儿，我眼前出现了一个骑士的身影。我半睁开眼睛企图确认这是不是真实发生的，可还没看得真切就继续昏睡了过去。再醒时茂斯已经回来了。

"我刚才看见了一个骑士，是出现幻觉了吗？"

"你是做梦了吧，你是不是还梦到了亚瑟王，你见到了他，还跟他说了各种有的没的。哦对，这条路的尽头有一个露营地，我已经把帐篷搭好了。走吧，那儿的淋浴房可以用，没人会查你有没有手牌。"

"我们没钱再付费了。"

"我知道。"

〰〰〰

　　入夜，风推着灰暗的云层从西面快速向我们这里移动，马上要下雨了，在这之前，积雨云已经在不远处的德文郡上空垂悬了好一阵子。我站在帐篷外漆黑的夜中，想要将自己融入旷野之中。夜风入喉，我感到自然的野性在我身体里打转，我因此觉得自己成了宇宙中的一粒分子，进行着再生循环运动。屏息、呼气、屏息、呼气。

　　我出身于农夫之家，长大后仍在田间劳作，所以对土地有着深厚的情结。每到8月底，我都会把自家绵羊赶到操场的角落里，把每一只抓过来，翻转，然后给它们修剪蹄子、除虫等。同时，犁地翻土也是这时节要做的工作，8月底正是播种玉米的时候。我们会在秋天为来年开春做准备，一入冬基本就是农闲时节了。自从失去自己的房子，我和土地之间的联结就被硬生生切断了，现在的我仿佛被连根拔起，迫不得已四处游弋。当然，我心中仍时时惦念着在田间地头劳作的光景。

　　小时候，我被父母差去草场上看即将生产的母羊，小羊出生后我还要负责把小羊和母羊安全带到棚子里。在母羊生下第一只小羊后我意识到她马上要进行二次分娩，所以我就躺在附近潮湿的草地上等待它完成生产。我记得当时我头顶上是大团快速向前移动的灰白色云朵，不远处便是那只母羊。在母羊生下第二只小羊的那一瞬间，它的第一个宝宝刚刚挣扎着从草地上站起来。那时我就是大自然的一部分，我和草地上的虫子还有天空上的云朵都是一体的。即便这一切都是我幼年时代发生的事，一幕幕场景至今仍旧时常在我脑海中出现。我从来不畏惧自然和野性，相反，我认为那才是我的避风港，是我的归属地。

我对土地的依恋延续到我的孩子身上。他们从小便如暴风雨中的树苗一样生长，没有温室阳光的呵护，却因为严酷的生长环境出落得坚韧顽强。如今我们的农田没有了，我的孩子们因土地而生长起来的坚强意志会不会也一并消失呢 —— 我一直对此抱有隐隐的担心。我站在露营地上接受着风雨的洗礼，一瞬间明白，因土地而生的顽强性子早已成为我身体的一部分。我不惧怕任何狂风，因为我和它一样来势汹汹，我是生生不息的扬尘，是在汹涌海潮间翱翔并发出响亮鸣叫声的蛎鹬。即便我所有的物质财富都散尽，我仍然不会失掉我强韧的内核，这正是我获得新生的依托。

〰〰〰

我和茂斯的帐篷搭在露营地的角落处，并不惹眼，在那儿睡了两晚后，我的精神和身体状况都有所好转，尽管我仍然感到有些微虚弱，可我确信自己可以再次上路。离开营地时，我和茂斯摆出一副坦然的样子，头也不回地从前台经过，没有任何人怀疑我们。

〰〰〰

就这样我们把廷塔杰尔和有关亚瑟王的那个梦留在了身后。

我们一路向前，在圣玛特里亚纳教堂（St Materiana's church）稍作停留，还喝了不少水。罗恩又打来了电话，她被伦敦一家公关公司录用了，公司要她马上入职。听她这么讲我还有些担心她要怎么从威尼斯到伦敦。罗恩告诉我她现在已经在前往伦敦的火车上了。真好，我的女儿已经不需要我担心了。

挣　扎

　　在草地铺上石板，便形成了路 —— 这种最粗糙的道路彰显着人类的智慧，只要有需求，人类便可以利用手边的随便什么打造出生存必需的任何条件。康沃尔海边有着蜿蜒的石墙，除了石头，各种废弃材料也成了堆砌石墙的"主力军"。威尔士也有这样的石墙，这种石墙两面都微微向外突出，内层混杂着黏土，上面往往还长满了低矮的灌木生植物，威尔士人把这样的石墙叫作克拉德（clawdd）。和威尔士的石墙不同，康沃尔沿海石墙上的石头是以"之"字形叠在一起，墙面以歪歪扭扭的姿态向远方延伸，让人错以为它连接着另一个世界。在那个世界里，人们以别样的生活方式生存繁衍，世代以驯服海洋为生。我们沿着石墙和大海的中间地带向前，兀自享受着这只属于我们的空旷。

　　沿着石墙走了一段路，我们进入了通往特雷巴尔惠斯海岸的入口处。头顶大片洁白的云朵令人心旷神怡，可狂风掀起的波涛又让人感到有些畏惧，海浪汹涌地向海滩移动，没有一点儿要温顺下来的意思。我和茂斯在附近一个极小的咖啡馆里逗留，咖啡馆出售炸薯条，1英镑一份。还剩下5英镑75便士，我和茂斯用这剩下的钱点了两份薯条，还要了两杯热水。我们坐在离海边有些距离的地方，以免被海浪打湿。周围是零星前来冲浪的年轻人。冲浪者们在海上披荆斩棘的样子让我联想到海神波塞冬，我是说脚上绑着牵引绳的波塞冬。

吃好薯条继续向前，等待我们的是小径极为陡峭的一段。我几乎一路都处于爬行姿势，鼻子几乎要贴到路面。这一段附近住着一些居民，其后院的花园里扔着弃之不用的渔网和浮标。行至最高点，我们遇到了同样在徒步旅行的一对背包客夫妻。他们正吃着甜馅饼，边上一只不知是惠比特、勒车还是灵提的大狗正等着吃夫妻俩投掷的甜饼屑。说真的他们手里的甜馅饼非常大。夫妻二人身边放着的是巨大的两个背囊。

"嘿，背包客！"其中的丈夫边吃边和我们打招呼，差点儿呛到自己。很显然，在这附近一带发现"同类"令他感到有些惊喜。

"你们也是！"我和茂斯停下来同这对夫妻交流了一下各自的线路。他们从廷塔杰尔出发，预计花一周时间到达目的地。当他们问起我们的目的地是哪儿时，茂斯底气十足地说是兰兹角，或者比这更远。这对夫妻听到我们的计划后表现出了极度吃惊和佩服的样子，我和茂斯因此暗自得意，之后的步子也变得格外轻快。

途经一片开阔草地时，我和茂斯采摘了一些饱满的白色蘑菇，还在低洼处摘了一捧仍然不怎么熟的黑莓。一只科利牧羊犬突然出现在我和茂斯的视野里，它对着一小丛灌木不停叫着，我和茂斯伸手摸了摸它的脸，它停了一会儿又开始叫起来。科利牧羊犬并没有主人陪伴在身边，我们担心会不会是主人从高处的岩壁不小心掉了下去。我和茂斯回头才发现这一带别有洞天，身后的峭壁另一侧是一个看上去封闭的海湾，竟有不少游客在附近的沙滩上休息。我有些好奇他们是怎么抵达那里的，目之所及没有一条小径和其连接，或许是坐船？我正想着，一个男孩儿突然从一处灌木丛中跳了出来然后奔向沙滩，他身后跟着的就是刚才那只科利牧羊犬。我笃定一定有一条秘密通道供人们抵达这片沙滩，可我没什么精力当真去探索这条秘密通道究竟在哪儿，我和茂斯还是继续赶路。我们就这样一前一后，沿着并不平坦的地势一直走到了日落时分。余晖将海边的天空染上了色彩，是桃粉色、柠檬黄、淡紫色掺杂在一起的温柔色彩。我和茂斯在邦德峭壁附近搭起帐篷后，仍旧煮了面来吃，不过今天的面里加了蘑菇。我们一边吃面一边看着天空转黑，繁星出现，周围是海鸥在夜色中扑着翅膀发出悠长的鸣叫声。

第二天一早我们收拾帐篷时，一群穿着多功能登山短裤的老年人朝着我们所在的方向走来，很显然他们也是徒步旅行来的。

"振作起来，我们的下一站可能更艰难。"茂斯一边说一边向我做了个极为老派做作的表情，我立刻把头别过去，懒得回应他。

"请问沿海小径在哪儿？"其中一个满脸通红喘着粗气的男士问道。

"你现在走的就是沿海小径。"

"不，不可能。我是说沿海小径，在海边的那种，我们打算徒步至廷塔杰尔。"

"没错，这就是通往廷塔杰尔的徒步小径，它的确不在海边，这条小径大部分时候都是在悬崖上的。"

"好吧，这么说这途中还有和这里一样崎岖的路段咯？"

"还有六七处吧，我也不是很确定，只是个大概。"

"好吧，既然这样我们还是别往前走了，从这儿返程吧。"说罢，这群老者悻悻地掉头离开，其中一个嘴里嘟囔道，"既然这样它就应该叫西南悬崖小径，叫什么沿海小径嘛！"

艾萨克港长久以来都是作为康沃尔郡北部的一个小渔村而存在的，直到今天，仍有零散的渔民在附近捕捞，对他们来说艾萨克港的面貌如往昔一般。可由于电视剧《马丁医生》的热播，艾萨克港成了热门景点，每年总是会有数以千计的游客专门来探访这个剧中马丁医生居住并且行医的海边小镇。

当天，艾萨克小镇狭窄曲折的街道上挤满了前来参观《马丁医生》取景地的游客们，人们争相以剧中马丁医生的房子为背景拍照，我和茂斯缓慢穿行于其中，忽然一只狗从人群中蹿了出来，那只狗就是我们前不久在山崖上遭遇过的吃甜馅饼的夫妻的狗——就是那只我搞不清它究竟是惠比特、勒车还是灵提的大狗。狗的突然出现吓到了不少游客，有些人吓得扔掉了手里的电话还有冰淇凌筒。

"西蒙，哦，西蒙，快，快抓住那只狗！"

恰好在附近的茂斯抓住了那只狗的项圈，把狗控制在自己身边，直到那对甜馅饼夫妇从人群中穿出来。

"我就知道是你，我们果然没看错。"

"谁？"

"就是你啊，我们刚才叫你名字你不是答应了吗？"

"只是之前好像有谁这么叫过我。"

"当然，当然，你妈妈不是从小就叫你西蒙吗"

"停停停，你说的西蒙全名是什么？"

"西蒙·阿米蒂奇。"

"西蒙·阿米蒂奇？！是谁？从科姆马丁（Combe Martin）起我们就一直听到有人谈论这个名字，但我们完全不知道他是谁。"

"天呐，你可真是太低调了。好吧，看来你是真想隐瞒自己的身份。不过我们还是认出你了。一想到我们居然和你这样的大诗人走在同一条徒步路线上我就觉得兴奋。"

茂斯把狗交还给这对夫妻，我们继续穿越层层游客往前。来到小镇外缘的一处小山丘前，遇到了一群打扮入时的中年女性。

"西蒙，西蒙，我们能在马丁医生的房子前合照吗？天呐，没想到在这儿竟然能遇见你，真是一石二鸟的好事，我们太幸运了。"

"哦西蒙，感谢，我们这趟《马丁医生》之旅简直太值得了。祝你们接下来的徒步之旅一路好运。"

和这群女士告别后，茂斯一言不发地沿着开满金雀花的陡坡一路向前猛冲，远远把我甩在后面，直到我大喊一声叫他停下，他才在原地站定。

"你在生什么气呢？！"

"我不知道，西蒙·阿米蒂奇到底是谁？随便吧，是谁都好，反正不是我。"

　　很显然，不管是那对甜馅饼夫妇还是那群中年妇人，他们一定是看过了格兰特——就是那个酒庄主人在社交媒体上发的照片，认定茂斯是什么西蒙，于是就有了以上我们的遭遇。

～◦～

　　在随地势起伏生长的金雀花间穿行，我和茂斯身旁的大海卷着浪花向远处奔涌。此时海浪的翻涌声在我听来并不沉重刺耳，而是温和却有力的。我和茂斯一路上感受过的疼痛、饥饿、口渴、疲惫似乎都融在海浪里，化成了让人振奋的节奏。海风拂过水面，一并吹散了我们的执念和苦痛，海鸥翱翔着引领我们向前。我们经过了另一处海港——奎因港（Port Quin），这里曾是一个渔村，现在渔民早就纷纷搬离了，他们以前的家变成了一桩桩海滨度假屋。有传言说这里的渔民搬去了加拿大，因为在那儿能捕获更多、更好的鱼虾。渔民们用来抓捕龙虾的龙虾篓倒是被留在那些度假屋的花园里作为装饰，它们中的大多数早已锈迹斑斑。回望来路，我和茂斯已经走了好一段距离，离最终的目的地越来越近，下一站是另一处海角。

　　从科姆岬（Com Head）沿路而下，太阳随着我们的轨迹一并下坠，并在穆尔斯岛上投射以温柔的光芒，这光芒带着9月的气息。一只隼在我们头顶盘旋了好一阵子，直到我们完全从科姆岬下来，它才在我们前方不远处的一处栅栏上落脚。接近傍晚时的余晖照在它身上反射出赭石色的光。在经过它时，我和茂斯十分当心，生怕一个不留神惊扰到它。这家伙似乎察觉到了我和茂斯的胆怯，它拍着翅膀腾到高空，盘旋了一阵子，又在我们身后的一块巨石上停了下来。我们没有再理会它，只是径直向前走。在经过一块耕地附近时，我们察觉到其边缘处可能有一个露营地，但是在耕地里的麦子被收割后，地面总会留下短短的一截截茎秆，以我和茂斯帐篷地垫的厚度是绝对不够的，于是放弃了在这块田地上扎营的想法，继续前行，在暮色苍茫时抵达了拉姆普斯角附近（Rumps Point）。

很久以前，这里有一座堡垒，从堡垒处往后看可以目及廷塔杰尔岬角，远眺则是广阔的大西洋。若是亚瑟王当真存在，我总觉得这里才是他修建城堡的理想之地，而非更东边的那片并不怎么开阔的地界。在这儿，他大可以将四面八方尽收眼底，无论敌人从哪个方向来都躲避不了他的视线。这是一处神秘之地，藏着无数被人忘却的故事。在一处看上去饱经风霜的土垒边，对着几卷草堆，我和茂斯在附近支起了帐篷，在帐篷的斜前方是一个兔子洞，从痕迹判断，显然有不少兔子会时常出没。安顿好一切后，我和茂斯爬至拉姆普斯角最远处，太阳已经不见了踪影，只留下我描摹不出具体是什么色彩的微弱光亮，提示人们它刚离开不久。

当天夜里，我和茂斯吃掉了最后一包面条。我们身上还有水，但再没有吃的东西了。我在想抓只兔子来吃或许是个办法。猎兔子对我来说并不是什么了不得的事情，小时候我时常跟着爸爸到田地里去打野兔，一抓就是上百只，因为这些野兔专吃我家田里的玉米，几乎一周时间就可以毁掉我们辛苦种植一年的庄稼。我们把猎来的兔子收拾清理干净，一部分装在冰柜里冷冻起来，另一部分卖给肉铺。我们以兔子肉为原料做炖菜、馅饼、烤串、肉酱、汤，还有三明治，到最后我们全家人甚至一闻到兔肉味道就难受。躺在黑暗中，我想自己也许可以做一个罗网来捕兔子，可转念一想，首先我压根没什么气力去抓兔子，即便抓到了，我们也没有大火力的炉子来煮兔肉。半夜我在帐篷里听到外面窸窸窣窣的响声，那是野兔撕扯和咀嚼青草的声音。从兔子喘气的动静判断，抓一只便能做一大锅炖菜。

第二天清晨我在黎明的粉红色天光中醒来，发现帐篷外到处都是昨天夜里野兔留下的孔洞。在帐篷最外层的防水棚下一团团新鲜的粪便也是野兔们的"杰作"，这些野兔没被我惊扰到，仍然在我们四周活动。当下我大可以随便抓一只然后扔到锅里来煮，经过一夜我和茂斯急需填填肚子。可我们没有这么做，茂斯在口袋里找到一小块沾满毛屑的软糖，将其一切为二，这便是我们的早餐了。

在离开拉姆普斯角，站在远处回望时，我和茂斯才发现，我们扎营的地方处于一处巨大石洞之上，而那个兔子洞恰恰位于石洞边缘，再往前一点便是陡然下降的断崖。我在想，曾经有多少兔子从这么高的地方跌入海里，又有多少被浪头卷走不见了踪影。岩壁下振聋发聩的海浪不知能不能对这些小家伙起到警示作用，让它们意识到再往前一步便是险境。

我和茂斯在绕过一处岬角时经过一座纪念碑，碑上写着"致坠落的人"。我实在没有精力去仔细研究碑上的小字。坠落的人？

是在战争中牺牲的士兵？是那些不小心失足坠崖的人？还是像我和茂斯这样从生活中坠落，从希望中坠落，且被社会所遗落的人？

细想来，这个纪念碑必然是为了纪念在战争中丧生的人。丧生便意味着你不再有机会自怨自艾……想到这儿我抽紧了背囊的安全扣，强迫自己不要再胡思乱想，然后继续前行。生活是当下，是眼前的每分每秒，这是我和茂斯目前仅有的东西，也是我们唯一需要的东西。

小径向前延伸至波尔齐丝（Polzeaths），那是座让人难辨新旧的小镇。与其说是小镇，倒更像一座大型建筑工地，海岸边的一切都在进行翻新和扩建。绵长的海滩从我们眼前延伸至远方——从戴默湾（Daymer Bay）到洛克（Rock），尽头处有轮渡可乘坐。潮水退去后的卡梅尔河变回了细窄的样子，河上有特别供船只和摩托艇行驶的水道。虽然不知道坐轮渡要花多少钱，不过我敢肯定我和茂斯手里仅剩的那几枚硬币是绝对不够的。即便如此，我仍然怀着侥幸心理，心想万一这里的轮渡很便宜呢。真的，如果再要我绕路到韦德布里奇我是绝对吃不消的。

茂斯把背囊扔在地上，人也跟着坐在了沙滩上。

"我觉得头有些晕，不知道我们的银行卡什么时候才能有钱转进来。"

"明天吧，我也不确定，我们接下来只要喝足够多的水，我想是能撑下去的。"

"我不知道，我总感觉身上说不出的难受。"我看着茂斯，他似乎瘦了一些。尽管茂斯是个身高接近 1 米 9 的大块头，可他现在看上去无力极了，我看了看钱包里剩下的几枚硬币，然后径直向海滩上的小吃屋走去。

小吃屋前堆满了各种塑料桶、渔网，前来度假的父母和孩子忙着选购饮料和小吃。我在货架前努力思索着如何能够以最省钱的方式买下需要的食物。算来算去，我唯一负担得起的就是糖果了，我把货架上的糖果仔细比较筛选一番，力求选出性价比最高的那一款。最终我决定买下 6 根乳脂软糖条，每根要 25 便士。1 根这样的软糖条能够帮我撑过一天。挑完软糖后我站在小屋的冷柜边从中拿了一瓶可乐，那一瞬间我立刻脑补了它美妙清凉的口味，可我负担不起，只好把它放回去。走到等待结账的队伍末尾，我打算为我接下来这几日的"干粮"付账。负责收银的女孩儿忙着开合收银机的抽屉几乎顾不上抬头，孩子们在队伍四周跑来跑去，一边笑着一边叫着。排了一阵子队伍并没有变短的趋势，我站的位置离门口很近，我死死捏住手里的几枚硬币，左思右想决定一走了之。

穿过沙滩我来到茂斯跟前，摆出一副轻松镇定的样子，可心里生怕有人发现我刚才逃了单，我的脑子里像跑马灯一样不停闪过"小偷，小偷，小偷"的字样。

"来，起来，我们去轮渡那边看看，看看究竟要花多少钱。"我将茂斯一把拽起，拉着他急不可耐地离开原地。

"你想要吃点儿什么吗现在？"

"不了，前面那儿大概有阴凉处，我们在登船时说不定还可以搞到水喝。"

茂斯并不知道发生了什么，我心里焦急地默念道"茂斯，走快点儿，走快点儿"。小偷，我竟然真的做了一回小偷，就是曾经人们认定无家可归者可能会从事的职业之一。外表落魄，时常填不饱肚子，好了，这下竟做了小偷。我可是完完全全成了被社会厌弃的那种人。

"吃一块糖吧，边走边吃，这样我们还能走得更快些。"

轮渡附近没有可以接水的地方，不过令人略感欣慰的是，轮渡的票价只要 2 英镑每人。我和茂斯支付了船票后剩下的钱刚好够我支付刚才我没有付款的乳脂软糖条。但是挣扎再三，我还是把已经掏出来的硬币又放回钱包里。

在河口另一边，帕斯托（Padstow）的面貌隐约可见。这个古朴的小镇原本的支柱也是捕鱼业，但现在前来此处的游客都是冲着名厨里克·斯坦因（Rick Stein）的海鲜餐厅来的。每年都有大量游客乘着巴士抵达帕斯托，他们前往附近的海滩，沉浸在街头艺人的吟唱声和海岸风光中。因为里克·斯坦因的餐厅，仅仅这个小镇消耗的北大西洋鳕鱼就占到其总存量的一半左右。里克·斯坦因的名字几乎"占领"了整个小镇，以其名字为招牌的餐馆、炸薯条店、酒吧、酒馆、烘焙屋随处可见，这些店都宣称自己和斯坦因有着某种渊源，当然没人确定到底是真是假。我们坐在海港处，双脚挡在礁石边上，不远处有几个年轻街头艺人卖力演唱着一首又一首摇滚民谣，他们脚下是打开的吉他琴箱，里面撒着过往游客留下的硬币和纸币。

"要是那时候我带上吉他就好了。"

"你又不怎么会弹。"

"你以为那些孩子会弹啊，他们多半放的是伴奏。"

附近游客手中食物飘来的咸香味对我和茂斯来说完全是种巨大的折磨。连续吃了一周面条，我们的食欲减退了不少，只要肚子里填点儿什么东西进去，便不再感到饥饿。可但凡闻到尤其是油炸食物的香味，我想任谁都是无法抵御的。看着周边的人肆意享受着美食，我和茂斯的饥饿感越发明显。

"走吧，我们不能再看着别人吃东西了。"

"走之前我们去取款机查查账户，万一这个月的钱已经到了呢。"

"有这个可能吗？"

"您的账户余额为32英镑75便士，今天您能够提取的金额为30英镑。"虽然这余额并不是我们料想中的数额——48英镑，但这不重要，我们已经不在意那16英镑到底去了哪儿，甚至32英镑和30英镑之间的差额也不重要了，我和茂斯握着刚刚取出来的那几张现钞，视它们为珍宝。

拿到钱后，茂斯又买了不少布洛芬止痛片，然后我们回到海港附近，买了一包里克·斯坦因餐厅的炸薯条来分着吃。

"你觉得怎么样？"

"还行，吃上去是炸薯条的味儿。"

再然后我们起身，穿过海港层层叠叠的人群，在一辆冷饮车前停了下来。我和茂斯要了一个冰淇淋，你可能觉得此刻冰淇淋对我俩是过于奢侈的消费，可没办法，只有在这儿消费点儿什么，我们才有可能要到饮用水喝，我和茂斯手上的水壶早已空了。

"谢谢，您能装满我们的水壶吗？"

"不好意思，你可以买一瓶我们这里的瓶装水。因为我们这里在售瓶装水，所以不能免费为你加水。"

这是第一次有人拒绝我和茂斯要水喝的请求，我们两个当场呆住。后来经过港口边上一处酒吧时，我们在酒吧的卫生间把水壶灌满，然后便离开了小镇。

当晚我们把帐篷搭在了海港附近沙滩的低洼处，希望能够避开潮汐以及那些来海滨遛狗的人。蛎鹬沿着海岸盘旋，身后是潮汐袭来又撤退在沙滩上留下的痕迹。沙滩远处，一群燕鸥安静地蜷缩在一起，更远处，分散的鲱鸥也慢慢聚到了一起。每种生物似乎都有自己的领地，按照自己的意愿选择落脚地对这些小鸟来说并不是什么难事。

当下是九月，还不到九点天就黑透了。从此，我和茂斯在帐篷里要度过更为漫长的黑夜，也要忍受逐渐变冷的天气。这之前我们都没在沙滩上搭过帐篷，夜里的沙滩凉极了，坐在上面实在有些令人难以忍受，可我和茂斯也没有别的办法。我身上穿着的长紧身运动裤外又套上了一条短的紧身裤，两件背心外套了一件长袖 T 恤，然后就是我的抓绒外套，我甚至把麻质遮阳帽都戴了起来。我和茂斯各自只有一条睡袋，是那种极其轻薄的款式，几乎起不到什么保暖作用，穿着里里外外好几层单衣，蜷缩在睡袋里，我们仍然瑟瑟发抖。

次日天还没亮我就醒了，帐篷里实在太冷，我想在帐篷外活动一下或许能暖和一点。刚出帐篷，一只狗"嗖"地一下从远处跳过来，分不清拉布拉多还是西班牙猎犬又或是梗类犬，把我们支在帐篷外的炉子弄倒了，然后又跳进了帐篷，在里面翻弄了半天。当这只毛球从茂斯身上跳过时，茂斯一下子被惊醒坐起。

"嘿伙计，我们这儿可什么都没得吃。"

这时毛球的主人在帐篷外吹了一声口哨，它循声跳出帐篷，跑到主人身边。

"这里不是露营地，知道吗。你不能在这儿支帐篷，这可不好，这里是公共场所，你不能在这儿睡觉。"

"是，你说得没错。不过……早上好，又是美好的一天啊！"

狗主人不再理会我们，自顾自地向远处走去，那只毛球则紧随其后。我和茂斯试图把帐篷上的水汽和沙子清理干净，不过折腾了半天也只不过把帐篷内壁的沙子抖掉了，而这只是沙子，整个帐篷内壁仍旧湿乎乎的。我和茂斯没耐心再折腾下去，干脆把还半湿的帐篷卷起来塞到包里，趁着熹微的晨光，我们再度启程。海面上已有零星的海鸟出没，刚才那个遛狗的人大概马上就要回到家开始享用早餐了，绕过斯塔普耳角，在海风的迎接下，我和茂斯再次回到了海之边界。

海上的舞者

在前往冈弗尔岬的路上，若非刻意留心，你很容易错过斯塔普耳角。可不知怎么的，我和茂斯的直觉牵着我们一路向西走，这直觉如同脐带一般将我们和无尽的旷野联结在一起。一路向前，唯独特里弗斯岬（Trevose Head）渐渐变得清晰，周围成片的岬角则消失在南方迷雾中，我想它们中的大多数都是从未被开发过的处女地。

一路上大片的红荆树生得极为繁茂，连在一起几乎形成了一面绵延的高墙，丰满的枝桠就像要戳破云层一样。相比生长在东面的金雀花和蕨类植物，红荆树的气质更加柔软温和，看上去更讨喜，不过其内在却极为坚韧隐忍，无论是风和日丽还是狂风呼啸，它都能从容应对。一条长椅上，一个衣衫褴褛的老人坐在上面，他身边堆满各式各样的破旧物件儿和塑料袋，苍蝇绕着这个小型垃圾堆不停地打转。

老人一动不动。他让我想到那种被乌鸦叼去然后丢弃的兔子，其尸体边上飞满了苍蝇，爬满了蛆，腐烂后的尸体很快会以另一种方式融入自然。我们站在这位老人的尸体旁陷入了沉思，思索着自然界的循环往复，思索自己和这种循环的联结。

"滚开"，老人说话了，原来他没死。

"你需要什么食物吗伙计？我这儿有些面包。"

"滚开！"

"要么巧克力棒？"

"放在椅子上，然后尽快滚开。"

茂斯把我们的干粮分了一半给这位老人，便离开了，毕竟我们不想和苍蝇待在一起太长时间。想了想我还是不愿和这种等待着腐坏的自然循环产生任何联结。若再作停留，便是徒然浪费时间了。

〰〰

在经过哈林海岸时，我们成功从海滩救生员那儿讨到了些水。这些救生员来自南非和澳大利亚，他们每天的工作是坐在海边的高脚椅子上观察那些在海里游泳的游客有无溺水。到了冬天，他们便会像企鹅一样再迁徙回南半球的家。要是我和茂斯能在冬天之前抵达随便一处什么温暖的地方那该多美好。这些年轻人能如此惬意地生活着实令我们羡慕。和这些救生员告别后，我与茂斯穿过一大片清爽干净的沙滩，来到了海滩另一头突出的礁石边。在这儿，我们把随身背着的已经发臭发脏的衣服倒进海水里浸泡，我们跳到泛着白色泡沫的海里把它们洗干净，海浪冲过，我不时发出尖叫声。这里就像一片澄澈的绿洲一样，有透亮的海水，被潮水洗刷过的海滩，以及仿佛静止了的时光。

我和茂斯躺在礁石上，把衣服平铺在边上，等待它们自然风干，就这样，我们一直在礁石上睡到了差不多下午三四点。醒来时，我们周围出现了一大家子人。在我和茂斯手脚并用地试图爬上一处约莫20米高的礁石上时，那一大家人中的爷爷告诉我们他经常来这一带，在和他们的孙辈差不多大的时候就时常来这儿的海滩附近玩儿，他还说他们就住在不远处山上的一处房车营地里。在我们抵达艾维修女海岸时，这一家人便消失在房车营地巨大的铁门后，门边上是水泥高墙，墙上是一圈射灯。我虽然不知道铁门内的生活如何，但至少墙在海滩上看上去自由且快乐。和这家人告别后，我和茂斯向右转，前方的岬角引着我们向前，催促着我们尽快回到那个野生世界。

在背后蓝色大海背景及傍晚日光的映衬下，特雷沃斯灯塔（Trevose lighthouse）射出的光束格外耀眼，以至于我几乎辨别不出它的轮廓。躺在干燥的草地上，我用手撕去鼻子上因暴晒而泛起的干皮，当下的我感到清净无欲。不感到那么渴，也不觉得很饿，只觉得万分平静。我和茂斯在草地上睡到接近傍晚时分，这一觉很是香甜，直到一阵凉风吹过，我们醒来，然后继续向前走。不一会儿我们抵达了一个各方面看上去都很完美的海滩，这里有松软的沙滩，凸起的沙丘被沙泥蜂草覆盖着。

我们把帐篷搭在有草覆盖的地方，寄希望于这些质地坚韧的植物可以起到隔湿作用，也就是隔绝开夜里沙滩的寒气。搭好帐篷后，我们把帐篷打开，好让海风吹干内壁残存的水气。

涨潮时分，浪花翻滚着冲向海滩。这时那些穿着氯丁橡胶材质连体衣的冲浪者来了。他们从沿海公路、小径、沙丘各个方向向海滩进发，胳膊下夹着冲浪板。穿着冲浪衣的黑色躯体摇晃着融入浪花中。他们先是排成一排划着浪向前进，到了较远处，一波海浪来袭，他们则四散开来，站在各自的冲浪板上，随着海浪的翻滚优雅地起伏着。这一瞬间，他们由人类变成了在海上跳舞的精灵。

我和茂斯各自裹着睡袋，就这么坐在帐篷的入口处直到最后一缕光线消失，直到最后一个冲浪者也一并消失。在经历了一阵子反复之后，潮水最终退去。海滩这下只属于鸟儿们了，它们在夜色、沙滩和海水几重色彩之间来回盘旋并发出鸣叫。

第二天清早，经过一夜的洗礼，我们的帐篷又一次积满了水汽，不过这次我和茂斯选择多花一会儿工夫等它自然风干，我们一边喝茶一边看着晨起遛狗的人和冲浪者们。待帐篷干透，茂斯利落地从地上爬起来，我们两人一起把帐篷打包好准备出发。尽管饥饿感仍然是个问题，可这不再令我感到忧虑，现在我已经习惯将饥饿这件事当作类似关节疼痛或者是变硬的水泡，你不必时时提醒它的存在，只需不时观察其严重程度。

〰〰〰

冷风从西面急促地吹来，带着些刺骨的凉意。海水被西风击碎化成泡沫，冲向海岸边不大的岩岛上。一路向前走，海岸边的石块越来越大，我们知道这便是大名鼎鼎贝德鲁斯石阶（Bedruthan Step）了 —— 传说中大阵仗的贝德鲁斯石阶。没人知道贝德鲁斯石阶为什么会如此具有传奇色彩，有人认为关于这石阶的传说是旧时住在康沃尔的人编造出来的，也有人认为这不过是国家名胜古迹信托对平平无奇的几块海滩礁石进行的商业化包装，只有来自传说的礁石才能变为名胜，才能吸引大量游客。如今贝德鲁斯石阶附近的小径上和茶室里总是挤满了人。我和茂斯沿途听到一些当地人对国家名胜古迹信托发出的抱怨，他们说德文郡和康沃尔郡 1/3 的海岸线都归国家名胜古迹信托所有，其通过海王星计划（Project Neptune）将这 1/3 的海岸线买下，为的是避免当地海域被过度开发。这些居民说国家名胜古迹信托对他们的限制实在太多了，压根不了解当地人的谋生需求。靠山吃山，作为一个曾经依赖土地谋生的农民，我清楚靠着附近的自然资源谋生的确不容易。在经过艾维修女海岸时，我明白人们在这一带附近谋生不是什么容易差事。可当我走过贝德鲁斯石阶附近看到旁边塞得满满的停车场，到处是游客的石头小径，以及不停开合收音机的营业员时，我觉得那些当地人的抱怨实在有些虚伪。

〰〰〰

"沿着山谷往里走，那边有个很小的露营地，尽管它看上去可能有些古怪，但非常便宜。"我和茂斯站在沙滩边的一个小吃屋屋顶下避雨时，售货的女孩儿建议道。

"要么我们走过去看看，看一晚要多少钱。就算价格太贵，也总可以在树林里扎帐篷不是吗，树林里总比在海边强一些。"说着雨越下越大，在这种情势下，找到一个能够遮风挡雨的露营处就显得格外必要了。

在通往山谷的小路上，我和茂斯经过了一个马厩、一辆运牲口的卡车和一个谷仓，谷仓里长满了高高的草，看样子主人整个夏天都没有对它们进行过任何修建。经过一片树丛后我们终于来到了女孩说的露营地，这儿有几个小木屋、一个猪圈、两只驴子，还有一个超大型帐篷。我们到达时，一个穿着破毛衣，下巴上的胡子卷成一团的男人从小木屋后走了出来，手里拿着拖把和水桶。他告知我们在这里住一晚5英镑，可以洗冷水澡。眼看着雨没有要停的意思，我和茂斯选择在这儿住下。

绕过那个大帐篷，我和茂斯来到了一个大型的镀锌仓库前，仓库里有一些旧沙发和一台洗衣机，经过一些木棚和石头搭起来的小屋，再然后是另一个马厩，我们到达了位于林间的一片空地。

"待会到仓库来吧，孩子们一会儿回来，他们通常会带些啤酒过来。"孩子们？不知这位露营地主人口中所说孩子们究竟是谁，这周围除了他和我们压根看不到其他什么人。

这里的淋浴房设在一个花园小木屋里，里面有两个莲蓬头和一把椅子，当我脱光衣服，抓起毛巾准备洗澡时，我惊觉房间里还有另一个女人正盯着我看：她头发如鸟窝一样蓬乱，因长期暴晒皮肤发黑，鼻子泛红，满是伤痕的脚上长满了老茧，因长期行走原本纤细瘦弱的腿上长出了肌肉，松弛的皮肤下看得到肋骨的痕迹。这女人便是镜子里的我，我用手抚摸着清晰可见的肋骨，我看着镜子里的自己只觉得陌生。我试图在冷水下把头发梳顺，可任凭我怎么用力都无济于事。我只好随便冲了冲，没能彻底浸湿的头发很快便风干了，这时我又戴上了我的遮阳帽。在大冷天洗冷水澡的感觉有点像是看别人吃东西 —— 在刚洗完后你即便只披上一件破烂得几乎已经薄到极限的抓绒外套也会觉得像穿上羽绒服一样暖和，可这种感觉很快就会消失，寒意立时袭来，这种寒意甚至比你洗澡前更甚。待在帐篷里实在太冷了，我和茂斯一直在发抖，于是我们起身前往仓库。

途中经过马厩，门一开，一个皮肤晒得黝黑的金发年轻人从中跳了出来。沿途的小木棚里相继钻出了更多年龄相仿的孩子们，都是 20 岁左右，都有一样的小麦肤色。待我们抵达仓库后，一对年轻情侣从石头搭起的小屋子里走出来，以惬意的方式窝在那些破旧的沙发里，我和茂斯也想效仿他们那种自由随性的姿势，可最终以失败告终，我们两个只是中规中矩地坐在沙发上，和他们搭起话来。

"你们来这儿干嘛？我们还以为这里除了我们就没别人了。你们是来度假的吗？"我和茂斯感觉自己和这群年轻人完全是两个世界的人，我们是两个老家伙又是陌生人，完全为了搭话而搭话，也不晓得该跟这些年轻人说些什么。

"度假？我们不是来度假的，我们住在这儿，在这一带工作。库尔特让我们住在他的小木棚里，条件是帮他打些零工，做些杂活儿，冬天要到了，能冲浪的日子也不多了。"

"你们住在那些棚子里？那么你们在哪儿工作呢？"

"我们中的大部分人都在附近的海滩做救生员，还有一些在咖啡馆小吃屋之类的地方做服务生。不过我们都是来这儿冲浪的，要知道这附近一带的房租简直是天价。库尔特的小木棚简直是不能再好的地方，我在这儿已经住了三年，明年我大概就能搬到更暖和一点的马厩里去住了。"

"那些石头小屋呢？是给谁住的？"

"石头小屋可不是随便谁都可以住的，只有库尔特的指定人选才能住进去。"

站在洗衣机旁的那个留脏辫的男孩听到我们的谈话转过头来，朝着坐在沙发上的另一个年轻人抬了抬下巴，说道，"嘿，去，去拿点儿啤酒来喝。那么，老伙计们，你们来这儿是做什么的呢？来这儿避难？"

茂斯看我一眼，不置可否地耸耸肩。我们没必要对这些孩子说谎。

"我们无家可归。我们失去了自己的房子，失去了经营的生意，失去了为之奋斗了大半生的一切，现在几乎身无分文。我本人得了绝症，可能时日无多。生活已经这么糟了，我们想干脆来一次徒步之旅，于是从迈恩黑德出发，一路向西，也不知到目前为止走了多远。"

"哇，你们在编故事吧，这不是真的吧？"

"不，这的确是发生在我们身上的事。"

"那可太糟糕了。"

"没错，不能再糟糕了。"

"不过你这么想，你就把自己想象成海浪，大自然推着你前行，这样随遇而安也没什么不好。不知你们了不了解冲浪，风起时，海水开始翻动，这时候你差不多就可以站在板子上了。你接下来的表现取决于风有多强，或者说它能把海水推多远，我们把这叫作推力。强风持久的推力、绵长的海岸线，这些条件都具备了的话，就意味着有了冲管浪的可能性。而你们现在的遭遇就好比是遇上了极强的狂风，伙计你明白吗，你们遇上了史无前例强劲的推力，这也意味着等待着你们的是最大的、最清澈的管浪！最终你们会上演一场完美的演出。库尔特，库尔特，他们太酷了！嘿，能把库房打开吗？"

库尔特，也就是那个留着卷曲胡子的露营地主人，打开了一个可移动板房的后门，里面装满了各式各样的瓶装酒。男孩们在库房里忙着把一些盒子堆在一个看上去安稳的角落里，库尔特则忙着在板房里一个内嵌式吧台里整理架子上的酒瓶。

差不多接近傍晚了，我和茂斯真的想要吃点儿什么，随便什么都好。我们没料到在进食之前首先迎接我们的是酒精，空腹喝酒的结果是我和茂斯很快便感到头晕目眩。洗衣机上方的扬声器里传出雷鬼音乐，我和茂斯还有此行遇到的最棒的朋友们聚在一起，那一刻我觉得这里是全世界最棒的地方。

"那么，你得了什么病，你为什么说自己日子不多了？"

茂斯此时正随着音乐晃动身体，整个人放松而享受，手中还拿着一杯杰克丹尼。在这之前我甚至不知道茂斯还会喝威士忌，不过这也正常，即便是夫妻，你也不可能了解你另一半的全部。

"我的腿很快就会失去功能，紧接着是我身上的其他部分，然后我会因为窒息而死。"

"这太令人丧气了。"

"没错，丧气极了。"

"你知道吗，库尔特懂得用药草治病，或许他能帮到你。"

"库尔特，这是他的真名吗？你们在这儿和他都做些什么呢？为什么你们愿意一直留在这儿呢？"

"喂猪，割草，还有在其他伙计有困难的时候提供帮助，我们的工作就是服务住在这儿的每一个人，包括我们自己。我们去哥斯达黎加冲浪库尔特会跟我们一起，带着他的冲浪板，开着房车，我们就是一个互相帮忙的小团体。他也愿意为我们免费提供住宿，一切都好极了。"

库尔特从吧台钻出来，说道，"库尔特是我的真名。拿着这个，深吸一口，所有的疼痛都会消失的"。

"可我不会抽烟。"

"你这不就要学会了吗。"

就这样，茂斯拿着库尔特递来的香烟，和年轻的孩子们沉浸在欢乐的气氛中，而我则蜷缩在沙发上微笑着看着眼前的一切，那一刻我觉得自己仍然是被上天眷顾着的。茂斯正跳着舞，这让我觉得世界依然美好。第二天半梦半醒中我看见两个做救生员的孩子把冲浪板绑在自行车上准备往海滩去了，我冲他们挥了挥手，以示告别。我本以为时间还早，可到我和茂斯收拾好行李准备上路时几乎已经到了正午。

"带上这个，朋友，这是有药效的。任何时候你打算大醉一场，来这儿，我们一直都在。"

"谢谢，库尔特。"

天空逐渐放晴，仅剩的几朵云快速移动着，沃特盖特湾向远处延伸。我们沿着海滩一路向前，由于前一晚的放浪形骸，我和茂斯现在浑身无力，攀爬到岩壁上行走完全不可能。广阔的沙滩上只有偶然出现的餐厅和咖啡厅，几乎看不到任何游客的身影。走了好一阵，我和茂斯只遇到一位牵着两只猎犬散步的老人。我们经过时他停下来和我们搭话。

"你们是沿着海滩在徒步吗？"

"差不多，我们至少要走到兰兹角。"

"我一直都想徒步旅行，我是说花上好些天，一直向前走。"

"那么就去做吧，带上一个背囊便可以上路了。徒步就好像是冲浪，你永远不知道自己到底能走多远，因为你不知道你身后有多大的推力，也不知道它能够支撑你走多远。"

说罢我和茂斯便继续前进，老人和猎犬的身影逐渐模糊，最终消失于岩壁和海浪之间。被风掀起的海浪撞击在即将袭来的潮头上，和地平线融为一色，我和茂斯被裹挟在海天之间，此刻的我们是被禁锢的却也是自由的；我们处在崩溃的边缘，但似乎又未完全处在绝境；我们几乎已经被生活摧残得体无完肤，可最终却又因着某种莫名的"推力"一次次重新续力，继续前行。

向着扎克里岛的方向前进，我和茂斯眼前出现了大量的蓝色礁石，礁石下是大量贻贝。我们往随身携带的锅子里装满水，将新鲜的贻贝煮熟后用随身携带的刀子把蚌壳里肥美的肉剜出食用。偶尔有人经过，我和茂斯边吃牡蛎边望着他们走过，就仿佛我们和他们分属两个世界一样。乌鸦在潮湿的空气中发出叫声，这叫声在岩壁的包裹下显得格外清晰响亮。属于我和茂斯的世界发生了质变，原本它的样貌是岌岌可危的边缘地带，如今似乎被拓展至位于海洋、天空、礁石之间更为宽广的地带。因着那个年轻冲浪者口中的所谓"推力"，我和茂斯被从悬崖边拉了回来。这推力重新定义了我们这次的旅程，重新定义了我们在其上日夜兼程的沿海小径。

当晚，我们在特雷维格的堡垒边搭帐篷休息，前方是纽基市区的灯光，身后则是沃特盖特湾无尽的暗夜，脚下是浪花翻涌的大西洋。一阵狂风吹过，暴雨来袭。我和茂斯穿上厚衣服，在帐篷上盖好防水布后便钻进里面倒头大睡，这一睡就是12个小时。

皮　肤

　　在旷野间行走了几日后，当纽基的整个城市带平铺在我们眼前时，我和茂斯先是略略一怔，随即又有些欣喜，我们又一次回归了热闹的地带。这整个城市带连接着波思和加奈儿。纽基是个生长在岬角上的城市，这里有着绵软的沙滩，优越的海域条件与环境是其成为英国范围内最适宜冲浪的城市。大约是自 20 世纪60 年代起，纽基开始以冲浪胜地闻名于世，可好景不长，如今的纽基并不像以往那般对冲浪者有着巨大的吸引力。小镇上总能见到热衷于泡吧狂欢打扮夸张的年轻人，狂欢的副产品便是堆在商店门口和马路边的空酒瓶和呕吐物。不仅是冲浪爱好者，当地人以及以家庭为单位前来的度假者对这样的环境并不乐见。可没人能够改变现状，毕竟酒吧以及餐馆对纽基来说是不小的收益，尤其是冬天到来的时候，冲浪者数量减少，小城的经济几乎全靠这些酒吧和餐馆。这让纽基近些年来都处在一种尴尬状况之中，它既不想失去冲浪者的市场，可也不得不继续支持当地其他行业发展。我和茂斯抵达时，这里的海滩上只有零星一些冲浪者，从他们身上我们隐约能想象到这里昨日的辉煌，也能依稀感受到小镇对未来仍存有期许。

和茂斯"远离尘世"的这段日子让我对熙攘的环境有些陌生，不过我们很快便适应了，我甚至在某一瞬间产生了如鱼得水的感觉。抵达纽基后不久，就下起了大雨，我和茂斯站在一处隧道附近躲雨，我把冲锋衣后的帽子戴起来，把拉链拉到最高，通过隧道洞穿纽基。

很快我发现除了来度假的游客之外，9月的纽基还有另一副面孔，它为游客所忽略，可确是真实存在的。这里有大量无家可归者，他们四散在纽基城中心的各处，等待着有谁能够多少施舍一些食物或者零钱。但这些人并非以乞讨为生的"老油条"，很明显他们中的大多数以前都是有正当职业的人，其中有不少生得高大魁梧，看上去仍旧眼神坚毅，只不过现在被迫露宿街头。一个曾经参过军的大块头男人向我和茂斯索要零钱，我们告诉他我们也是无家可归的人，身上几乎身无分文，他对我们的话没有表现出任何质疑，倒是告诉我们附近可以免费喝汤的救济点。茂斯给他留了一些硬币还有他身上最后剩下的一根巧克力棒，这下我们几乎真的接近一无所有了。为了躲雨也为了讨一碗免费的汤喝，我和茂斯往刚才那位老兵所说的救济站走去。

按照老兵的指示我们抵达了一家叫作圣彼得罗克（St Petroc's）的救援中心，这是一个为无家可归之人提供救助的慈善组织，其主要的救助对象是单身的流浪人士。那么像我们这样无家可归的已婚人士是不是也在救助范围之内呢？我不知道，但也不打算去问个究竟。我和茂斯抵达后，工作人员没有多问什么便径直把我们带到了盛放热汤的地方。根据已知数据，在除去伦敦以外的英国城市中，康沃尔的流浪汉数量高居第二位或第五位。即便如此，据说整个康沃尔无家可归的人加起来只有40—60个。如果实际数字果真如此，那么仅圣彼得罗克救助站便足够解决问题，这里完全可以为60个流浪汉同时提供面包和番茄浓汤。可一名志愿者说这数据是存在偏差的，因为相关人员只会统计在其设定好的时间内出现在特定区域的流浪汉，这就意味着总有人被遗漏。即便相关人员在其工作时当真遇到了某个露宿街头的人，若是那人正在休息，你也总不能叫醒他问他到底是不是流浪汉。

"所以，每个无家可归的人都能恰好被计算到统计数据里吗？"我问道。

"当然不是，到处都有无家可归的人。有些人常年睡在树林里，市议会希望这些人从树林里搬出来，这样他们就可以开发出更多公共区域来。无家可归的人其实也并不想睡在树林里，他们需要的是那种能够让他们过夜的避难所，他们不需要那些漂亮的林间小道。如果有避难所的话，他们能够至少多一些安全感。这个冬天相关部门会新修一些避难所，这里新增10个床位，那里再新增10个，总之就像是这样。这总比没有的好，不过这离安置好所有无家可归的人还差得太远。"

"问题在于，很多人会把我们和瘾君子或者其他有不良嗜好的人自动联系在一起，这使很多人对于向无家可归者提供帮助这件事持怀疑态度，他们认为这纯属浪费时间。"

"的确在流浪汉中有一大部分人要么是瘾君子要么嗜酒，可不管是什么让你无家可归，你都应该获得被救助的机会。"

～～～～

雨停了，太阳透过云层洒下细碎的带着水汽的光。我和茂斯坐在一条人行步道边的长凳上，看着步道上来来往往的行人——其中有前来逛街的当地人、来度假的游客、妈妈们和穿着崭新校服的孩子们、踩着滑板经过的年轻人、牵着狗的人，还有一个披着羽绒被的男孩儿，看样子他也是无家可归族群的一员。我和茂斯看似属于这人潮的一分子，可实际上我们和他们之间却有着诸多不同。附近邮局边上的烘焙屋正在减价出售当天剩下的面包，25便士一个。茂斯用我们剩下的钱尽可能多地购买了那些减价面包，邮局的门廊处一些流浪汉坐在破烂的毯子上，茂斯分给他们一人一个面包，剩下的留给我们自己。

接近菲斯特拉尔海滩附近，海浪拍击沙滩的声音越发清晰，穿着橡胶连体衣的冲浪者跃跃欲试奔向海滩。海滩后面的一条街上聚集着一些头发金黄肤色黝黑的年轻男孩，他们坐在面包车里焦急地等待着势头最好的一波海浪来袭，那时便可冲进海里好好表现一番。我和茂斯则继续前行。我们踩着木质浮桥跨过甘纳尔河口，刚一抵达对岸，潮水便淹没了浮桥。最后我们仍爬上岬角在帐篷内过夜。

次日天还没亮，茂斯便独自钻出帐篷煮茶，我则仍然躺在睡袋里，睡袋上盖着一条保温毯，这是我们在纽基的一家慈善商店用那本精装版《鲁滨孙漂流记》换来的。原本有一群绵羊围在我们的帐篷周围，茂斯拉开帐篷门帘时拉链发出的声响把这些家伙吓跑了。我们所在的这处岬角附近有一块巨大的礁石，这块礁石的名字有些古怪，叫作小鸡石，大量的海鸟停在上面歇脚。海鲱鸥、黑背鸥、蛎鹬、燕鸥伸着脖颈发出长短不一的叫声，这此起彼伏的叫声不时被海浪声打断，它们似是在为了这片区域归谁所有而争吵。似乎这里的所有生物，包括我和茂斯，还有这些鸟儿都不愿意和其他物种分享岬角上的空间。不过我和茂斯的意愿没那么强烈，尽管让鸟儿们去争吵吧，这里是属于它们的。往前走，我们先是经过位于彭黑尔的一处空置军营，那里有一些废弃的波纹铁皮小屋。如果我愿意，我想应该没人会干涉我在这些铁皮小屋里住上一段时间。其实这整个废弃的营地完全可以改造成救济站，供无家可归之人过夜。可没人会这么做，这里毫无疑问会被改造成度假胜地的配套设施。

站在一处平整狭长的海滩前，茂斯说他觉得自己肩膀僵硬，而我也疲惫极了，于是我们决定稍作休息。海滩上有两个用各种游客留下的垃圾为原材料做成的雕塑。我和茂斯就坐在这两个雕塑下歇脚。想想也倒是挺有趣的，人们丢下的垃圾到头来还是被捏成了人形。我和茂斯又泡了些茶来喝，把剩下的布洛芬止痛片分着吃掉了。我们附近有个老人小心翼翼地在沙滩上将一条毛巾平铺开来，有条不紊地脱下身上的衣服，赤身裸体地站在我们面前。老年人身上的皮肤总是让人想起乌龟的颈部，布满褶皱，而下垂程度就仿佛下一秒他的外层皮肤就要全部脱落下来一样，再然后一层粉红色，年轻的皮肤会显露出来。我无法将自己的目光从老人身上移开，他并没有发现我在盯着他看。和这位老人相比，我和茂斯整日暴露在外的皮肤还并没有显现出如他一般的老态，可只有我们知道，藏在衣服下的部分早已无法掩盖我们正在变老这个事实，岁月、故事、有关生命的领悟 —— 这些统统都在我的皮肤上留下痕迹，提醒着我有关成长、衰老和变故的种种。

偶遇一个年长的裸体男人在海滩晒日光浴可算是旅途中的趣事，若是数量增加到了两个，对于我们这些旁观者来讲，场面就会有些尴尬，当你发现还有第三个裸体老年男子经过你面前并且热情地向你打招呼时，便该离开了。当然我们也可以选择留下，一边煮茶一边和他们聊聊类似哪种抗皱霜更好用之类的话题，不过我和茂斯还是选择离开，毕竟我们这样里三层外三层的穿扮在这些裸体老人之中实在是格格不入。现在回想起来，若当时加入他们一起来一场日光浴也未尝不是个好选择。

往前行进，海滩的尽头是一片沙漠，我们打着赤足，蜷缩着脚底行走在滚烫的沙子上。没走几步我们就重新穿上了靴子，不然过不了多久就会被烫下一层皮来。抱着也许能找到一个阴凉处歇歇脚的想法，我们朝着远处的沙丘群走去，但很快就迷了路。而且放眼望去，这里除了沙丘还是沙丘，它们全部暴露在烈日之下，散发出令人窒息的灼人热浪。我和茂斯喉咙发干，干渴得要命。很显然，在沙漠里休息的打算落空了。于是我们滑下沙堆回到海滩上，呆呆望着珀兰波斯那边的悬崖。那里是一片遥远的绿洲，散发着迷人的光芒，但遗憾的是，我们可能永远也无法抵达。过了一会，透过蒸腾的雾气，我们隐约看到停车场旁边渐渐显现出了树林和人群。我们走过去向咖啡馆讨了一杯冰水，然后咕咚咕咚地大口喝下，心满意足地听着身体里因冰与火较量而发出的嘶嘶声。

我揪下鼻子上因暴晒脱水而剥落的死皮。

圣艾格尼丝岬经历过矿藏开采，其悬崖荒凉无比，满是伤痕。敞开的矿井和毁坏的建筑物随处可见，空气中充斥着硫黄烟雾和粉尘，土地上布满了彩虹般的矿石。

日子一天天过去，我们逐渐形成了一套既定流程。从清晨到傍晚，在众多露营地中挑选出最合适的一个。6 点以后，天色变暗了就停止寻找，结束一天的奔波。夜晚逐渐变得漫长而寒冷。太阳一落山，气温就会迅速下降。那天早上是我们有史以来最早出发的一次，不知不觉就走了一整天。天刚一擦黑，筋疲力尽的我们就想立刻找个地方倒头就睡。左手边南斯库克皇家空军基地高高的钢制围栏把我们阻隔在外，我们被困在了一片金雀花和荆棘丛中。这片土地死气沉沉，寂静无声，怎么也看不到围栏的尽头。我们顺着一片草地向下走，来到一个浅浅的山谷，这里好像很适合落脚。但山谷向陆地一侧被一座人为的废墟大坝截住了，上面长满了金雀花、荆棘和蓟。大坝周围的土地上渗出了水，混杂着被矿石污染的泥浆。我们只好继续向前赶路，直到我们发现围栏转向内陆，空军基地变成了大片农田和油菜田。借助最后一丝光亮，我们在草地的一角搭起了帐篷。我们曾费尽心力地和地钉挂钩搏斗，没有二十分钟根本搭不起来，而现在的我们，即使在微弱的光线下，也只需五分钟就可大功告成。我强打着精神热了一罐汤，我俩的腿都因过度疲劳而不自觉地颤抖着。

晚霞十分绚烂，这样的景色我们只在伦普见过。夜幕终于降临，海面上银白色的亮光随着大海的波浪上下涌动。

"那是什么东西，是卷心菜在发光吗？"茂斯在草地上徘徊，试图在睡觉前拉伸一下身体来缓解疼痛。"你觉不觉得这是月光造成的幻觉？"这片田野散发着一种浅绿色的光环，一种超自然的色彩。

"不，它们真的在发光。可能是月亮角度的原因。你说栅栏里面他们到底在干什么？"现在这里是一个雷达基地，最初是在第二次世界大战期间建造的，当时还是皇家空军港口。它于 1950 年被弃用，转而由政府接管。政府利用从纳粹德国带回的设备，将这个基地改造成了一个化学武器生产厂，而后成为波登当[1]的一个分支机构。在之后的两三年里，这里不但生产化学武器，同时也参与制造致命的神经性毒剂沙林 b。英国《独立报》对沙林 b生产工人进行全面调查之后，发现此类人群中严重疾病的发病率极高，甚至还有 41 名工人死亡。1970 年，一篇名为《南斯库克

---

[1]　英国生化武器研究基地。

的疾病经验》的研究报告指出，曾参与沙林 b 生产的工人可能患上严重疾病的概率较平均水平高出 33%，更易诱发呼吸道疾病的概率高出 50%，这些都是暴露于神经性毒气下会产生的典型症状。然而政府方面对此予以否认，他们篡改报告结论，并禁止其发表。对此只是回应说，在这段时间里，工厂的"缺勤率高于预期水平"而已。然而，在 1971 年，他们首次承认过失，并对受害者进行了"慷慨"的赔偿，大约每人 120 英镑。2000 年，政府进一步袒露真相，承认他们将生产沙林 b 的机器倾倒在了矿井里，并于 2003 年开始清理现场。

第二天清晨，田里的卷心菜还是一片郁郁葱葱，不远处的波特里斯山谷里也迎来了第一波度假游客。

这条小路与公路平行，环绕着隐蔽的小海湾。离公路很近的地理优势让它成为遛狗的理想之地。但之后我们才逐渐意识到遛狗者每次遇到台阶时要面临什么样的挑战。小路上的很多木梯都有一块木头可以滑动，好让狗可以顺利通过。这对小狗来说似乎还行得通，再稍微大一点的狗想要越过这道坎都得经过马戏团的训练，要不然就要指望狗主人托举着毛孩子传送到另一边。还有些台阶是由水平嵌入墙内的石板制成的，这使步行者必须先爬上一边的楼梯，横越过墙的顶部，然后再从另一边的楼梯走下来。其中一些大型建筑的牢固程度堪比城堡。这种路对大型犬来说是不费吹灰之力的，但小型犬就需要主人帮忙了。

我们现在来到了一个单人转门面前，它的结构很巧妙，由 C

型围栏和一扇独立的门组成，门的另一边铰接着，作为开合的轴。它允许行人从一边进入，然后将门打开从另一边出去。过路人和宠物狗都可以轻松通过。农民也很喜欢这种门，但前提是他们的羊群破解不了这门的机关。美中不足的是，这对于背包客或肥胖的人不太友好。我始终相信单人转门的适用程度取决于建造者的体型。如果他们比较健壮，往往就会做得大一些，至少让他们自己有足够的空间从门后出去。他们和苗条的人脑中的空间概念是完全不同的。我们无数次被困在转门里，每次都是硕大的背包把我们硬挤进去。后来我们终于想出了一种方法来避免这种困境。我们先把门完全打开，进入 C 形围栏，走到另一端，踩着栏杆向上爬两级，当身后的背包高度一超过门高，便快准狠地踢走转门使其关闭，最后爬下栏杆，成功过关。

　　我们一上午都在帮人们来回传递他们的宠物狗，接住扔过来的，举起要扔过去的。之后我们来到了一个小小的转门跟前。我爬上 C 形围栏，正准备一气呵成踢门而过时，后面一个刚退休的胖乎乎的男人一下就冲到了门口，显然是急着回家看报纸。我摇摇晃晃地趴在杆子上，但这人却完完全全忽略掉我，而是招呼他的三条狗同时穿门而过。然后他站在入口处愤怒地看着我，脸变得更红了。

　　"你要不要过啊？"

　　我笨拙地通过了转门，跟在我身后的茂斯示意这个胖乎乎急匆匆的男人让他先过。这时，我听到树篱的另一边传来响亮的拍手声。

"哇，太妙了，多完美的办法啊。"一对衣着讲究的老夫妇兴奋地鼓着掌。"你能不能再做一遍，好让我拍下来？"

茂斯热情地按照流程重演了一遍，而这对夫妇则对着镜头低声细语，当他们的杰作摄制完成后，还大力地握了握茂斯的手。

"读书俱乐部一定会喜欢的。你介意我把它放到博客上吗？"

"不介意，你想放就放吧，伙计。"

"过些日子我们会去圣艾夫斯见你，我们都等不及了。"

"你说真的吗？"茂斯拉低帽子，往后退了几步。"那么，你们究竟是想去见谁呢？"

"当然是你啦！你是在暗示我什么吗？难道这就是这次的主题吗？'我们的不同人格'？那你今天是什么身份呢？"

"我只是一个在徒步旅行的流浪汉。"

"哦，不错不错，太完美了。我们现在太激动了，等不及要看你的表演了。西蒙，再见。"他们继续朝相反的方向走去。"分裂人格、矛盾、对立。居然还有预告，这太让人兴奋了。我们一回去就把这个写在博客上吧。"

我们看着他们越走越远，似乎聊得很起劲。

"你怎么不否认呢？"

"好玩的还在后面呢。想象一下他的书友读到他的博客时会有什么反应，他一辈子都不会忘记的。"

"你真残忍"。

"但我们还是不知道西蒙·阿米蒂奇是谁。"

"我也不知道，但我们有个线索：他对读书俱乐部很感兴趣，所以他肯定是个作家。"

"他们还会去看他在圣艾夫斯的演出。"

"但作家不表演，对吗？"

"可以是一个签售活动什么的，但也不能算表演。"

"有意思。但不管他是谁，我们都有可能会见上一面。"

"我不知道我想不想见，我还挺喜欢保持一点神秘感的。"

〰〰〰

我们行走在地狱之口的边缘，静静观察着下面的灰色海豹，它们或是懒洋洋地躺在岩石海滩上晒太阳，或是慢条斯理地像滴水珠一样滑入湛蓝的海中。熙熙攘攘的游客不停地穿梭于停车场与海滩咖啡馆之间，能拥有这样片刻的宁静已经让我们感到幸运不已。一阵海风吹过岩壁边缘，风声裹挟着这些生灵深切的悲鸣在岩石间回荡。这种悲伤当然是种幻觉，是人类对动物声音的主观解读。从这种声音中，我听不到厄运，也同样听不到渴求。他们可能只是在为太空而争论不休，只是在岩石与大海中简单生活着。不掺杂任何情感，单单只是生活低沉的回声。

游客越来越多，我们逐渐向远处走去，经过了阳光下闪闪发光的高德威灯塔。一道明亮的光芒沿着一望无际的岬角一直照到特莱沃斯灯塔，也许在遥远的哈特兰岬，那光芒还依稀可见。很难想象，我们也曾经站在对面的哈特兰岬角上，那里有我喜欢的挂满旗帜的咖啡馆。在那之前我们在哪里呢？我们的家已经变得遥不可及，我怎么也够不着。我闭上眼睛，那种原始的、发自内心的痛苦已然成为过去，但对抗它的回忆却历历在目。痛感只剩一丝，像回声一样缥缈虚幻。

转瞬间风起云涌，海浪也猛烈地翻腾起来。黑尔海滩绵延数公里，沐浴在来自圣艾夫斯的柔光之中，对岸的卡比斯湾清晰可见。与珀兰波斯细软松软易塌陷的沙质不同，这里的沙滩平坦坚硬，我们可以轻松通过。与此同时，我们目不转睛地盯着大海，因为白色的浪花正汹涌地翻滚着，浪潮正迅速地向我们逼近。海鸥被气流托举着，在我们头顶正上方盘旋，它们高亢嘹亮的叫声一刻不停地回荡在我耳边，似乎在嘲笑着我们缓慢的步伐。冲浪者随着海浪上下起伏，游刃有余地驾驭着空气和海水，突然间，他们腾地跃起。至少在那一秒钟，他们是无所束缚、自由自在的。足够谨慎的话，我们可以在退潮时穿过黑尔河的河口，但一旦强烈的水流开始涌进河口，那里就变成了一个致命的陷阱。潮水把我们逼到内陆，我们沿着小路走，路旁有一排小小的木屋，上面装饰着贝壳、浮标、浮木和收集的海滩残骸。我原本也可以住在一间小木屋里，在小小的蓝色的栖身之所里迎接即将到来的冬天。随着白昼渐短，夏末的游客数量越来越少，大多数棚屋都无人居住。这些木屋很快就要尽数关闭，以抵御即将到来的暴风雨。

这条小路慢慢地演变成了旧码头附近的混凝土路，然后变成一条绵延数公里的人行道。帕迪说，一些步行者会选择略过从这里到圣艾夫斯市区的路程，转而去乘坐公共汽车。当时已经是傍晚时分，如果我们继续走下去，天黑后就会被困在居民区，没有地方可以露营，所以我们选择搭乘公交车离开此地，过了圣艾夫斯就会有一个岬角可以宿营。我们来到公共汽车站排队，决定要用仅剩的钱来支付车费。

"你们要去哪儿？对背包客来说，这个季节有些冷了。"排在我们前面的是一个二十多岁，身着长短裤和连帽衫的年轻人。

"兰兹角。然后就看天气吧，天气好的话我们可能会继续走下去。"

"你们计划再走多久？"

"想走多久就多久。"

"什么，没有要回去处理的事吗？对你们这个年纪的人来说，走出去做自己想做的事可太酷了。"

"也不完全是这么回事儿。"

"哦不，就是这样的，伙计，如果你们不必回去，你们就自由了，过着自由的生活。干得好，朋友们。"他登上了去另一个方向的公共汽车，但也不忘对我们大声呼喊，"好好生活吧，老家伙们"。

我们坐在公共汽车上，如此之快的移动速度令我难以适应，它几分钟就能走完一段我们要走好几个小时的路程。这段经历告诉我们，光凭里程是无法界定距离长短的。我们本身能够感知距离，从这个路标到下一个路标的距离，从这片水域到下一片水域的距离，我们都了解得清清楚楚，就像红隼知道飞多久能抓到眼前那只老鼠一样。公路里程和物理距离无关，那是一个时间问题。

天黑前一小时，我们在圣艾夫斯下了车，从开阔的岬角来到了镇子的另一边。我们找错了地方，但这并不重要，什么都不重要了。只要茂斯还安然无恙地待在我身边，只要我们还依然自由自在地生活着。

诗　人

　　即便太阳已经落山，圣艾夫斯也不会变得黯然 —— 它是座
会发光的小城。究其原因，面向北方，三面被太平洋环抱，凭借
这样的地势，圣艾夫斯得以吸收大量从海平面上反射来的紫外线，
紫外线投射在小城建筑的彩色立面上便有了闪光的效果，所以即
便是在黄昏时分，圣艾夫斯的各个角落也隐约闪烁着点点光斑。
伯纳德·利奇（Bernard Leach）于 1920 年抵达圣艾夫斯并在这儿
建了一处陶艺工作室，这个工作室至今仍在运转。再然后，是芭
芭拉·赫普沃斯（Barbara Hepworth）和她的巨型雕塑。原先的小
渔村因着这些艺术家的造访逐渐演变成了那些追求波西米亚式生
活的人们的朝圣地。游客们纷至沓来，接着泰特集团专门在这里
打造了泰特圣艾夫斯美术馆。这一下，游客数量翻倍，圣艾夫斯
再不是从前那个小渔村，摇身一变成为康沃尔郡知名的旅游胜地。
不过长年驻扎在圣艾夫斯的艺术家其实并不多，多的是画廊还有
游客。多年来从未改变的大概只剩下那从墙壁上、街道边以及渔
民小木屋的门廊上反射出的带有地中海风情的白色光斑。

"我们最好能在这儿待一天，四处转转。"

"不，这儿根本没地方供我们搭帐篷。"

在抵达圣艾夫斯后，我和茂斯坐在海港边，一边看着小镇发出的光亮，一边说话。

我们身边是一个卖龙虾篓的老人，他穿着一件破旧的套头羊毛衫，脚蹬一双惠灵顿雨靴，头戴一顶针织棉帽。老人身边是一批崭新的龙虾篓，其中一个只编了一半，看样子他要收摊了。我们眼前这幅景象若是被 20 世纪 30 年代的艺术家看到，绝对是极富艺术气息并且可以立即入画的。

最开始我误以为老人是渔民，问他，"你是当地的渔民吗，我是说用这些织篓来抓龙虾？"

"亲爱的，我不是渔民，如果你想在渔船上寻找我的身影那你很可能会失望咯。"

"那为什么你有那么多织篓呢？"

"我把它们卖给来这儿旅游的人啊。怎么，你要买一个吗？"

"不了，谢谢你。"

"我知道了，龙虾篓你们是不需要了，我看你们需要找露营地吧？从小镇出去，经过泰特美术馆，顺着沿海小径往前走，山左侧有个露营地。"

依着指示我们在爬上山丘后找到了这处露营地。

"我们可付不起在这儿睡一晚的费用。"

"是，可现在已经天黑了，没人会来查的，我们可以第二天早一点走，这样就不会有人察觉了。"

露营地最远处的角落恰好还有位置可以塞得下我和茂斯的帐篷，而且周边还长满了金雀花，这样我们的帐篷就更不惹眼了。当晚这一觉我睡得很沉，不知道自己到底睡了多久，只是觉得在睡梦中翻山越岭，走了大约有十几公里那么远。醒来后，我和茂斯躲过了工作人员的"巡查"，得以在露营地多留一会儿。

这下我和茂斯可以利用露营地的浴室洗个澡。我在淋浴房里脱掉厚重的靴子和在脚上穿了整整三天的袜子。我的大脚趾有些变形，其上的指甲盖已经有要脱落的趋势，我把指甲盖松动的部分全部剪掉，甲床上粉色的肉暴露在外。这里的浴室自带地暖，脚踩在上面温热舒适 —— 花洒下面自带地暖，我从没见过这样的露营地浴室。洗过澡之后，我用吹风机吹干已经湿透的袜子，暖风同时吹散了抖落在洗手台上的沙子，灰尘和皮肤碎屑混在一起。从浴室里听得到外面播放的广播，里面甜腻的声音广而告之——听众将"海盗广播"也就是该频道的贴纸贴在汽车保险杠上即可获得免费汽油。广告结束后是该频道的主题曲"哒哒哒，海盗广播"，这段旋律毒性太强，到最后我的脑子完全被"哒哒哒"占据，压根想不起早先收音机里播放得邦·乔维（Bon Jovi）的有着激烈旋律的单曲《死去还是活着》是什么调子了。

吹干袜子后我又吹干了我那像鸟窝一样蓬乱的头发，在温暖干燥的空气包围下，我忘却了一切不愉快。在野外求生想要时刻保持干燥是极其困难的。我们身上不是被汗水浸湿，就是被雨水淋湿，再不然就是被空气里的水汽打湿。总之，从白天到夜里，我和茂斯几乎没有一刻不是湿答答的。所以每次遇见大太阳的时候，我和茂斯都会尽可能坐下来，扔下背囊，脱下袜子，将其在日光下尽可能晒干。不过以这种方法换得的干爽持续不了一会儿，只要上路，保持长久的干爽就近乎不可能了。说起来，在这次徒步之前，我从未想过有一天自己要为保持干爽这件事而担心。走到后来，我知道反复脱下来晾晒袜子这件事完全是徒劳，这也解释了为什么在到达这处露营地前我已经三天没换过袜子。换袜子，保持干爽，这是属于现代文明社会的生活习惯，而我和茂斯现在被推到了文明边缘，自然难以享受和它相关的生活品质，久而久之，我似乎也习惯了每天被汗水和雨水轮番攻击的日常。可露营地温暖惬意的环境，还有悦耳的"哒哒哒，海盗广播"，一瞬间又让我惦念起现代文明社会的种种好处。不对，转念一想，这么好的淋浴房意味着这里的主人一定是花了大价钱装修，入场费一定不便宜。这样的话，我和茂斯可得赶快离开，不能被人拦下，我们可交不出钱来。

　　为了躲开来查房的人，我和茂斯暂时离开了露营地，回到了圣艾夫斯城区，城中心狭窄的街道上到处都是人。街道两端悬挂着的横幅提醒着游客们圣艾夫斯音乐节将在本周末正式开幕，当下离周末还有几日，街道便已经拥挤不堪，真不敢想象音乐节当天小城会是何等热闹。我和茂斯随着如织的人流穿行，没了背囊的束缚，我们的步子轻快了不少。

　　"银行里的钱该到了吧。"

　　"天呢，太要命了，怎么这儿到处都是吃的东西。"

　　我和茂斯边说边把头凑到一家海鲜餐厅的玻璃窗前，里面是正在吃早餐的人们。水波蛋、烟熏三文鱼、一杯卡布奇诺 —— 这是其中一桌客人桌上的食物。我和茂斯看得太入神，忘了自己这么站在餐厅前向内张望是不妥当的，到后来的确有位服务生出来提醒我们离开，说我们这样会影响客人用餐。各种熟食、甜甜圈、冰淇淋、盒装凝脂奶油、馅饼，我和茂斯饿极了。馅饼 —— 我们打定主意买些馅饼，所以立刻前往提款机取钱。

这次我们的银行卡到账共计 25 英镑 62 便士，而当日可取现金只有 20 英镑。我不解怎么到账金额越来越少，可对此又无计可施，我和茂斯无法查询报税单，甚至连打个电话到相关机构的钱都没有。没办法，我们能做的只有取出那仅剩的 20 英镑，然后走到教堂附近的公园，坐在里面的长凳上不发一言。

茂斯把一只胳膊搭在我的肩膀上，说，"我们总有办法的，之前不是也挺过去了"。

"我知道，可我真的很想尝尝那个馅饼。哎，不说了，我们四处走走吧。"我努力平复情绪不让自己哭出来。

"不行我们就接着吃面条嘛。我们本来就喜欢吃面条不是吗？"

"是，我们最喜欢面条"，我苦笑着说。

再次回到街头，街道依然人流涌动，到处是游客，隔几步就有表演不同才艺的街头艺人，可不知是天色渐晚还是我的心情低落所致，圣艾夫斯看上去暗淡了很多。在教堂附近极其狭窄的巷子间穿行时，我和茂斯经过一家看上去优雅高档的酒店，打过蜡的地板光洁锃亮，内部整体装潢成白色调，墙板则是温柔淡雅的楠塔基特蓝。

"你怎么知道那是楠塔基特蓝？"茂斯问道。

"我在粉刷我们家谷仓的厨房时用的就是一模一样的颜色，你不记得了吗？"

再向前走，一家叫作"新世代"（New Age）的银饰店吸引了我和茂斯的目光，小店橱窗里摆满了各式各样的银饰，珠宝，还挂着一些捕梦网。店铺的门上贴着一张广告；今日本店提供塔罗牌占卜服务。我和茂斯对塔罗牌没什么兴趣，倒是橱窗里那些闪耀的物件实在让人挪不开眼睛，我和茂斯就那么站在窗外盯着看了好一会儿。

"你们想要看看你们的运势吗？"我们正出神之际，一个穿着成套运动装的老妇人推开店门对我们说。

"不了，谢谢。我想我们没有额外的钱用来占卜。"

"呃……没关系，进来吧。反正我这里也没什么客人，我帮你们稍微看看。"

"好啊，为什么不呢？"我欣然接受了店主的邀请。

"还是算了"，茂斯竟跟我产生了分歧，他站在店门口摇了摇头，不肯挪动半步。可那位老妇人不由分说地把手伸向茂斯，执意把他拉进店里。

"我只看你妻子的运势，你在旁边坐坐就好。"

我和茂斯随着她进入了藏在店铺深处的一个小隔间，里面堆满了窗帘还有各种小饰品。这位老妇人洗好牌后让我从中抽出 9 张来，然后将 9 张牌依次平放在桌面上。

"哦天呐，你看，太阳在中间，月亮在正上方，你的最后三张

牌大地之母、艺术、天平。这简直太妙了。未来你要多花些时间
到你必须完成的事情上去，这样你便能收获你想要的东西。"

"真的吗？"

"当然是真的"，说罢她握住茂斯的手对他说，"你也会好起来
的。你太太的生命线很长，你也在这生命线之中"。

告别了老妇人，我和茂斯往海边走去。沿着海边的混凝土防
波堤。一位艺术家正在岸上专心致志地企图趁着还未涨潮，把不
同大小的礁石堆成某个造型，周围有些围观的游客，不时有人会
走上前去往艺术家身旁的塑料桶里扔些硬币。

"所以，你会一直活下去的。"

"而且你会和我一直在一起。"

"可不是嘛，你还会拥有你想要的一切。"

"那么就是现在了。"

"你说什么。"

"现在的我最想拥有一个馅饼。"

〰〰〰

康沃尔有不少卖馅饼的铺子，它们中有些以"镇上最受欢迎
的店家"自居，有些打着老字号的招牌，还有一些以独特配方作
为卖点，我和茂斯选了一家号称这三种特质兼有的铺子买了一个
馅饼，然后走到海港边坐下来打算分享美食。海边游人如织，人
们手里或是拿着袋装薯片或是举着冰淇凌，边享受美食边欣赏海
滩美景。我和茂斯把馅饼一分为二，坐在海港边，双脚荡在半空
中，脚下是深色的平静海水。我们周围四散着不少海鸥，这些家

伙栖息在屋顶、栏杆以及路灯柱上，发出此起彼伏嘶哑的鸣叫，让人感到不安。其中一只鸟看上去尤为凶悍，它盘踞在船舷上，如玻璃一般的眼珠紧盯着我和茂斯。我警觉地将手中的馅饼又握紧了一些，唯恐那海鸥有所动作。馅饼以纸袋包裹，纸袋上被油脂浸润的部分变得透亮。不得不说，这的确是我吃过的最好吃的馅饼——松软至极的牛肉、土豆和甘蓝菜以恰当的比例混合在一起，酱汁浓郁但不至于滴落出来。我小心翼翼地咬下第二口，送入口中细细品味，我可舍不得一口气吃完。我警惕地盯着那只海鸥的动向。就在我举着馅饼的手离开嘴边的那一秒，一股气流从我脑后腾地升起，馅饼瞬间消失。我愣在原地，拿着空纸袋，眼看着海鸥飞向天空，嘶哑的叫声在空中回荡着。我可真傻，居然没料到还有背后偷袭这一招。天晓得这群海鸥还懂得打配合。

　　"之前那个给你占卜塔罗牌的人的确是说过，从今往后你一定会有好运的——不过，不过她倒是没说这运气能持续多久。"茂斯见状带着有些揶揄的口吻说道。

　　"随你怎么说风凉话，你当然无所谓了，反正你已经吃完自己那半个馅饼了。"

　　"嗨，干吗那么沮丧，你不觉得刚刚这一切实际上还挺有趣的嘛。"

　　"我不这么觉得。"

　　茂斯站起来，把纸袋扔进了垃圾桶。

　　"好吧，那么你就姑且坐在这里自怨自艾一会儿吧。我得去帐篷里拿点东西。待在这儿别动，不然我该找不到你了。"

说完他就扭头走进了人群之中。他看起来腿脚利索得很，腰杆也挺得笔直，身体的病痛好像对他没有丝毫影响。一切都正常得有些奇怪——"哒哒哒"，海盗广播的主题曲又钻入了我的脑中——自从离开威尔士以来，我们几乎形影不离，所以这一刻我竟有些不知所措，好像魂儿也一起跟着茂斯走了似的。抬眼向前望——成群的海鸥聚集在炸鱼薯条店附近，这些家伙果然本性难移，对鱼有着独特的偏爱。但它们也不挑食，只要有机会，什么都抢来试吃——瞅准目标，俯冲，抢夺，这一套娴熟的动作下来，怎么也会成功几次——"哒哒哒"，瞧瞧这如魔咒一般的旋律，为了摆脱它我试着自编一首关于圣艾夫斯的小调——"在我去圣艾夫斯的路上，我遇到一个男人……"哼了两句我便没了兴致，又开始胡思乱想——如果茂斯不回来了怎么办？他受够了我的牢骚，完全可以拎起背包就走——不会的，他不会那样做的，钱都在我这儿。要是他再也不回来，下定决心抛弃我怎么办？那我岂不是就像那吃了一半的馅饼，永远都过着残缺不全的人生？我不由得抱住膝盖，试着靠观察海鸥来转移注意力，从而控制自己的思绪。"哒哒哒"，海盗广播的主题曲再一次在我脑中响起。

"你怎么还真就坐在这儿一动不动。"

"这又有什么关系呢。你回去拿什么，什么东西非现在拿不可？"

"我的那本《贝奥武甫》啊，我要读读它。"

"嗯？"

我们穿过拥挤的人潮，来到一处宽阔的街道上，街头艺人正在进行表演。茂斯在熟食店附近找了个地方，打开了《贝奥武甫》，深蓝色封面上印着红色字体，我对它再熟悉不过了。

"准备好了吗？"

"不，不，你不能……"我一下子明白了茂斯的意图。

茂斯并不理会我，他兀自斜靠在墙上，以随性的姿态讲起了故事，一切看上去都很自然，仿佛这就是他的日常营生一样。不得不承认，平日里茂斯总是能讲出很多动听的故事：不分地点，有时是在建筑工人的小屋里，有时是在排队等公共汽车；也不分人群，无论是在花园观光的孩子们，还是我们谷仓的游客，甚至是任何一个坐了太久的人都能成为他的听众。他的故事从历史到植物学无所不包，引人入胜。但现在的情况可大不相同，大街上到处都是陌生人，我可不晓得谁会心甘情愿做他的听众。而且他们中的很多人并不是单纯来欣赏风景的度假者，他们是来参加节日活动的充满艺术气质的游客。

"别这样，茂斯……"

"各位……"茂斯压根不理会我，他打算开始他的"演说"了。

天啊，我尴尬极了，不由得往后退了两步。他的嗓门总是那么大，从来不会小声说话。

"过去的丹麦人和统治他们的国王都拥有巨大的勇气和伟大的……"

几个过路人见状便放慢了脚步，转过身来面向他站定。其中两个老人双臂环抱在胸前，冲他点了点头。茂斯已然全情投入，对周围情况浑然不觉，仿佛又回到了那间建筑工人的小屋。

"一个强大的恶魔，一个在黑暗中徘徊的人……"讲到中途，茂斯把他的帽子扔给我，紧接着帽子里就出现了几枚硬币——英镑硬币。当然，我知道茂斯的本意并非要借此赚钱。我端着帽子在人群穿梭，硬币一个接一个落入其中：20便士，50便士……

"你有执照吗？"忽然，从人群中传来一个声音。越来越多的人向我们聚集，几乎把街道都堵住了。执照？

"肮脏的东西一次又一次地向我袭来……"

又讲了一小会儿，他便合上了书。

"今天就到这里，伙计们，感谢你们对谢默斯·希尼和《贝奥武甫》的喜爱，谢谢你们。"话音未落，人群中便响起热烈的掌声，经久不息。

"讲得不错，这是一次再好不过的致敬了，谢默斯·希尼会感到骄傲的"，一个老人握着茂斯的手，"希望他在天上能看到这周的节日庆典"。

"对不起，请提醒我一下，他是什么时候走的？我一直在徒步旅行，对外界消息不太灵通。"

"两个星期前。这真是完美的致意，谢谢你。"人群散开了，我把帽子藏到衣服里。

"我不知道他已经死了——我是说我觉得自己有些不敬。"

"我想他不会介意的。如果他在天堂看到这场景，甚至还有可能会心一笑呢。"

"我想我们该走了。对了，你听说过在街头表演要办执照这回事吗？"

我们回到安静的港口尽头，倒空帽子，数了数硬币，那些闪闪发亮的硬币。我们数了一遍又一遍……一共 28 英镑 3 便士。整整有 28 英镑！我们又哭又笑，开心地跳了起来。

"我喜欢你绕着邮筒旋转的样子，看上去简直太戏剧化了。"

"食物，食物，食物，我们能去买更多食物了！"

我们把硬币倒在 Co-op 超市的柜台上，包里塞满了面包、水果和绿色的蔬菜，除了面条以外，我们想吃的全在里面。我们每人还从慈善商店买了一件羊毛衫，外加两筒薯片。买完这些我们身上还剩 10 英镑，加上口袋里原有的 20 英镑，银行里的 5 英镑，我们一下子"富裕"了起来。

在回营地的路上，我们看到画廊窗户上有一张海报。海报的主人公是西蒙·阿米蒂奇，这下我们明白了一切，原来大家口中的"西蒙"原本就是位诗人。从海报上我们还得知，这位真正的"西蒙"也有着从迈恩黑德徒步到兰兹角的经历，旅途之中西蒙举办过数场读书会。本周日他的旅行读书会将在圣艾夫斯举行。据海报上的信息，此次读书会是免费的，入场票已被预订一空。

"好吧，至少我们现在知道西蒙到底是谁了。"

"他看上去和你长得一点也不像啊。"

"我和他相似的地方不在于外表，而是骨子里散发出的诗人气质。"

"拉倒吧你。"

当晚我们几乎一直都待在营地的淋浴房里，洗涮脏衣服，然后尝试用吹风机吹干它们。

"哒哒哒"，当我的脑中再一次想起海盗广播的主题曲时，我又试图通过我那永远处在"未完成"状态的圣艾夫斯小调来转移注意力，但很可惜我这次还是没有成功。

向西蒙·阿米蒂奇致敬。

海鸥，到处都是海鸥，在我头发里。

馅饼，到处都是馅饼，在海鸥嘴里。

面对忽然诗性大发的我，茂斯说道，"雷，这都是些什么乱七八糟的"。

"这是七步抑扬格。"我回道。

"算了吧。"

| 第四部分 |

微咸的黑莓

竟不知如何选择，

哪一颗丢回海滩，

哪一颗藏入口袋，

带回家去。

——《石滩》，西蒙·阿米蒂奇（Simon Armitage）

岬　角

　　这个早晨完美得有些不真实。一道清澈明亮的光芒冲破地平线，朝阳冉冉升起。身后翠绿的高德威岬角，不远处的特莱沃斯，青山绿水，尽收眼底。然而这种美总是昙花一现，像这样的早晨通常会以乌云密布收场，而且这还是最乐观的情况。但不管怎样，当我们发现露营地一晚收费25英镑的时候，我们就知道，这里是一天也不能再待了。

　　朦胧的晨光笼罩着克洛基角，自此向东，风景晴好。而西边却风起云涌，层层叠叠的白色积云慢慢聚拢，渐起的风又将云层吹散。我们这些旅人借着风力匆匆而过。这条路通向一片岬角荒野：贺尔角、潘·伊尼斯角、卡恩·努恩角，一直延伸到看不见的远方。坐落在北大西洋边缘的这些海岬，地形崎岖，原始的样子带有远古气息。更重要的是，它们总让我产生一种强烈的不祥预感。岬角一个接一个，我们只能继续往前走。西边的天色越来越暗，峭壁上不断有碎石脱落掉入海中，海上开始泛起白色泡沫，海水密度越来越大，云层也越来越低。此刻我们正途经一片与世隔绝的土地，身边只有数不尽的嶙峋怪石和变幻莫测的天气。千年之久的地貌未曾改变，但大海与天空却在一刻不停地将它雕琢。这片古老的土地不受时间和人类的影响，却轻而易举地耗尽了我们的力量和意志，使我们屈服于自然造化的鬼斧神工。

岩层断裂、互相挤压导致地面隆起，于是就有了这块拔地而起的巨石，让人无法轻松跨越。我们爬上去、登顶、下坡，回到平地，最终将它甩在了身后。突如其来的一场大雨，顷刻间将我们淋个透心凉，衣服紧紧贴在身上，雨水从已经灌满的靴子里不断涌出。其间耳畔不停传来海浪拍打岩石的咆哮声。大雨过后，天空灰蒙蒙的，空气清新湿润，然而脚下岩石密布，无处下脚。在其中找条小路并沿着一直走下去几乎不可能。由于无法确定前进的方向，我们乱走一通，结果不小心被绊了一下。一想到我们可能注定要永远在这巨石地上徘徊，一直被困在潮湿的灰色地狱里，我们就提前认输了，好吧，那就这样吧。

我们在斜风细雨中，漫不经心地往前走。突然间，我意识到我的双脚已经踏在了开阔的土地上，它们本能地重新找到了通往真纳角的路。小路上的巨石逐渐变少，取而代之的是一片欧洲蕨。皮靴踩在草地上吱吱作响，我的眼睛直直地盯着小路，害怕一眨眼就又回到了巨石地。终于，我们来到一片平地上，抬头一看，眼神正好对上两个上了年纪的德国人，这是我们今天见到的第一拨人。

他们见到我们也同样感激。

"天啊，感谢上帝。我们以为自己会死在这里。这已经是我们第三次经过这个地方了。我们这是在哪儿呢？"

"你以为你们会死吗？我以为我早就死掉了呢。"茂斯从口袋里掏出湿漉漉的帕迪·迪利翁的书，小心翼翼地掀开黏在一起的书页，我们站成一圈，都试图用湿衣服擦干老花镜。

"你们要去哪儿？"茂斯问。

"真纳村。我们在铁匠纹章酒馆（Tinner's Arms）订了一间房。"

"那你们要下山，然后沿着通往内陆的小径走。"

他们转身离开，走了不到2米就消失在了浓雾之中。

"铁匠纹章酒馆？"温暖干燥的酒馆，光是想想就让人无法抗拒。

我们拖着疲惫的双腿，沉重地走在柏油路上，吸满雨水的背包比原来重了2倍，水源源不断地从包里流出，淌出了一条小溪。不过我们已经很满足了，走出巨石路后，平坦的路面至少解放了我们的双脚。

在《真纳的美人鱼》一书里，一个拥有美妙声音的美丽女人偶尔会到访教堂，后来她与唱诗班的马修·特维尔（Matthew Trewhell）相恋，一起回到了大海，再也没有出现在陆地上。也许在海上出现过一次，当雾从西边升起的时候……这是在圣艾夫斯真纳村的美人鱼冰淇淋店遇到的那个女孩告诉我们的。显然，为了纪念这对夫妻，村民们在她坐过的木椅上刻了一条美人鱼，这绝对不是由15世纪某些精于营销的教堂会众编造出来的，他们只发明了那种香草甜点而已。

所以当云雾散去，圣瑟娜拉教堂（StSenara's Church）出现在我们面前时，我们走了进去，看到她静静地待在那里，散发着专属于人鱼的光芒。我们正考虑在教堂里避雨过夜的时候，门突然被猛地推开，两个背着背包，穿着厚实防水衣的男人大步走了进来。个子较高的那人径直走向了石雕，绕到侧面，低头看着它。

"嗯，就是它。"

然后他转过身，大步走了出去，还没等小个子男人走到石雕旁边他就把人家带走了。他们在负重行军吧。

我们在铁匠纹章酒馆的一个黑暗角落里找到了几个凳子，脱下防水衣，点上了一壶茶。

那两个德国人在房间的另一边向我们挥手，他们已经大吃特吃了一盘又一盘食物。我把我的红袜子挂在桌子边上，滴落的水流进了帆布背包下面的下水道里。很快我们就感到闷热难耐，身上的雨水在人体发热器的作用下开始蒸腾，我们就这样被自己产生的雾气笼罩在了那个黑暗角落里。

这时门突然开了，在教堂里见到的那两个人走了进来，后面跟着另外四个人。他们不再浑身湿漉漉的，应该是刚洗了澡，换上了洁净干爽的衣服。我们等待着他们自己宣布旅行计划，背包客就是无法控制自己，他们迟早得告诉别人他们在做什么，而且通常不会让人等太久。

"我们走的是海边小径。从迈恩黑德到普利茅斯。最多两周，我们就必须赶到普利茅斯。今天第十八天，一切都在按计划进行中。"那个大块头就是发言人。

"我们为什么要这么做？当然是为了慈善。要不是为了慈善事业，谁会干这个啊。那简直太任性了。当然了，我们还有储备物资，支援车随后就到。"

通常一说到这里，其他徒步旅行者就会接二连三地亮明身份，然后兴高采烈地讨论旅途中发生的故事。那两个德国人已经先行离开了，酒馆里的其他人显然和徒步旅行没什么关系。其实我们也在沿西南小径步行。但不是为了慈善，只是想出去走走。有人协助我们吗？没有，我们只有两个背包而已。你们露营吗？是的，没错，呃，不过我们的帐篷已经完全被打湿了。我们今晚住在哪里呢？谁知道呢。最后我们决定凑合一晚，然后又要了一壶热水暖暖身子。这两个人10点钟就走了，他们想"早点睡觉，早点出发"。

11点钟，雨终于停了，雾也稍稍散了些。我们重新穿上湿衣服，朝着黑暗走去。走着走着，我们发现在路边扎帐篷或许是个办法，但脚下一片片堆肥却提醒着我们，这里是某处人家的花园，我们只得作罢，再另寻住处。随后我们看到岬角上有一片空地，于是我们就转头回到了那里。我们吃力地爬过草丛，进入一片田野，看到远处农舍星星点点的灯光之后，终于安下心来，决定冒险一试。正用湿毛巾擦拭帐篷的当口，突然起风了。我们就这样眼巴巴地等待着，希望这风能快点把帐篷吹干，好在里面铺上睡袋。凌晨1点钟，浑身湿透的我俩在寒冷夜风中瑟瑟发抖，颤抖着从包里掏出冰凉的米饭和金枪鱼罐头，在裸露的岬角上吃起了晚饭。仔细听，从下面的小海湾里传来了一阵低沉的海豹叫声，紧接着在稍远一点的地方传来了回应，它们在漆黑的雨夜里互相呼唤着：

"该死，这里好潮啊 。"

"我这儿也是。"

"真讨厌那该死的美人鱼。她不能闭嘴吗？吵得我睡不着。"

但也许海豹们就是随意吼上两声，没什么意义，这很难说。但不管怎样，当我钻进潮湿帐篷里的潮湿睡袋里，躺在海岬上听着呼啸的风声以及此起彼伏的海豹叫声时，我很庆幸自己此刻并没有躺在后巷垃圾箱后面的一块纸板上。

被肥沃牧场上鲜嫩多汁的青草养大的奶牛会发出一种特殊的胀气声。现在这种声音就出现在我的脑袋旁边。如果一头牛就在我的头旁边打着嗝，也就意味着它的蹄子也在帐篷旁边。一个站不稳，它就会被绳子缠住，再倒霉一点，或者说我们再倒霉一点，它的脚马上就会踏破脆弱的帐篷苦布。我尽量压低声音。

"茂斯，茂斯，外面有一头牛。"

"然后呢？"

"然后，它可就在帐篷外边啊。"

"别管它，它一会就走了。"

我没办法忽视它的存在。所以我小心翼翼地拉开拉链，以免让它受到惊吓一猛子扎进帐篷里。然而要保证拉链一声不响是不可能的。惊慌之中我被炉子绊了一下，然后跌倒在外面潮湿的草地上。此时牛已转过身去，慢慢地离开了。它慢条斯理地嚼着草，对身后的情况漠不关心。在寂静寒冷的夜晚，我看到它吐出的雾气缓缓飘向天空。它在雾中游荡，随即加入了浓雾尽头的那一群幽灵。在半明半暗的月光中，在某处我看不见的地方，我听见着它们在撕扯嫩草，咀嚼打嗝。海豹们不厌其烦地低沉吼叫着，偶尔会被捕牡蛎者的尖锐叫声吓住，停歇片刻。我从帐篷里扯出睡袋裹在身上，那时一道光芒划破天际，勾勒出东方的地平线，照亮了一个又一个海岬。头顶上的月亮渐渐黯淡继而消失，雾气开始消散，海鸥的叫声调成了白天的音量，农舍里也亮起了点点灯光。

天已大亮，当地最著名的地标"鲂鱼头"岬角（Gurnard's head）在我们眼前清晰可见。但天空依然乌云密布，海面上风平浪静，要吹散这片阴云恐怕还有些力不从心。沿着这条小径一直走，我们途经了一个被小溪截断的峡谷，溪水两岸开满了鲜花，仿佛真纳村所有花圃里的种子都被一齐抛到了水里，在潮湿的土壤里生根发芽，在这个隐秘的野生花园中欣然怒放，争奇斗艳。

随后我们来到另一个岬角上，坐在长凳上分着吃一块湿漉漉的软糖，然后听见了越来越近的交谈声和窸窸窣窣的脚步声。

"我根本不关心你的水疱，今晚我们得准时到达兰兹角。"他们大步走了过去，没有注意到我们。今天就能走到兰兹角？对我们来说可得等到猴年马月了，不过那又怎样呢？

我们看到两个人影从潘德尔湾方向沿着一条小路蜿蜒而上，来到我们旁边的小路上。是两个驼背老人，有着相仿的身材和年纪。一个穿着靴子，戴着防水的羊毛帽子，身材消瘦，皮肤灰白，手里还拿着一捆衣服。另一个稍微年轻一些，穿着泳裤和人字拖，脖子上挂着一条毛巾，手里拿着一个特百惠 (Tupperware) 的塑料容器。等他们再走近点一看，那如出一辙的动作和脸型，再加上拌嘴时的架势，显然是一对兄弟。

"早上好。你们要去游泳吗？我们刚游完回来。呃，确切地说只有我游了泳，他不愿意脱掉靴子。也不知道让他的脚见见阳光能怎么样，难道会有什么东西掉下来吗。"他的兄弟只是静静地站着，面带微笑地看着我们。

"今天早上的空气真好，温暖又潮湿，对皮肤很好。我一直跟他讲，一滴冰冷的盐水，一层温润的雾气，就能让你远离疾病，青春永驻。"他拿出半满的特百惠盒子，里面装满了闪闪发光的、鲜嫩饱满的紫色水果。"你们想要吃点黑莓吗？"

一路上我们采到的黑莓又小又酸，形状又尖，所以出于礼貌我还是拿了一个，但我一把它放进嘴里，就发觉它不像我以往吃过的任何黑莓。这颗黑莓入口甘甜顺滑，有着浓郁的秋天红酒的味道。最妙的是，余味还隐约有一丝淡淡的咸。

"你以为黑莓的季节已经过去了，是不是？还是你当初一吃就觉得不喜欢？这样不行，你得等到最后一刻再摘下来品尝，等它口感达到巅峰，下一秒就要腐烂的那一刻便是时机，在这件事上黑鸟们可是行家。如果那时恰好生了一场雾，咸咸的海风就会顺势轻轻洒落在果实上。这样一来你就得到了连厨师也千金难求的好东西———颗颗完美的轻盐渍黑莓。刻意去腌制是行不通的，必须按时间和自然的安排慢慢来。它们是一份礼物，当你以为夏天已经结束，所有的好东西都消失不见的时候，它们就是一份宛如天降的厚礼。"

他用胳膊搂住他浑身发抖、脸色苍白的兄弟，他显然是生病了。

"我自己拿衣服吧，老伙计，我们会送你回家，然后把你安置在炉火边。"那人只是笑了笑，然后他们走进了峡谷。

我们拿着一把黑莓边走边吃，沿着曲曲折折的小径走向鲂鱼头岬角，双手被染得紫红。

天空骤然下沉，鼓足劲吸满了海水，然后又将其喷涌在大地上，毫不留情地把我们变成了在破碎的岩石小径上滑动的滑溜溜的泥人。汹涌的巨浪冲击着海岬，就像雨水冲击着我们一样，霎时间将我们变成了落汤鸡。雨水灌满靴子，在里面汇成一锅脏兮兮、汗津津的混合物，每踩一脚都有脏水溢出。下午 3 点左右，我们终于放弃了抵抗，决定停下来休息一会。我们搭起帐篷，脱下水淋淋的衣服，从包里掏出半干的换上，然后一边吃米饭，一边玩"我是卧底"的文字游戏（能在帐篷里玩的游戏，也没什么别的选择），讨论到达兰兹角之后我们去哪儿（无非就是继续走或停下来两种选择而已），扮演《贝奥武甫》中的情节（奈何在帐篷的狭小空间里施展不开），玩够之后我们便沉沉睡去，直到睡满了12 个钟头。

一道刺眼的光线照进帐篷，倒是比前两天要明亮得多，不过现在这不是重点。因为那几颗黑莓的缘故，我的肠胃正抽筋般地绞痛难忍。可能是因为吃了几周的米饭和面条，突然摄入大量水果让我的胃有些受宠若惊。我捂着肚子踉踉跄跄地跑出帐篷，蹲

在一堵刻有紫色浮雕装饰的墙边，看着远处白色蓬松的积云一片
片划过蓝天。突然，我发现了她。一个女人坐在凳子上，脑袋靠
在一头正从桶里吃东西的牛的肚子上。她在干什么？在挤奶吗？
我是生病产生幻觉了吗，还是坠入了时光隧道，穿越到了《德伯
家的苔丝》里？这年头可没人坐在凳子上挤牛奶了，尤其是坐在
开阔的田野上。正恍神时，我看见她在向我挥手。妈的，她看见
我蹲在她的田里了。这下好了，当地人更相信游客是素质低下、
喝豆奶的异教徒了，我简直是被当场抓获的反面典型。

"起床吧茂斯，我们得走了。"

这条羊肠小道的路面很平整，一路引领着我们走向尽头的波
西拉斯湾。我们沿着一条小溪向海滩走去，在海风吹拂下，身上
的衣服渐渐变干。一只边境牧羊犬在岩石间跳来跳去，后面跟着
一个小个子女人，金灰色的长发已经及腰。

"嗨，你们在徒步旅行吗？要去哪里呀？"

"去兰兹角，也许会走得更远一些。"

"就快到了，你们从哪里来？在露营吗？"

"迈恩黑德。对的，我们大部分时间都在野外露营。"

"嗯，我看出来了。"

"怎么看出来的？"

"你们的全身上下都散发着自然的气息，一旦被它触碰，自然
的力量就会在你们的身上打下永恒的烙印，现在的你们看起来就
像被盐渍过一样，很熟悉海边生活。我30年前来到这里，之后从
未离开过。我每天在这里游泳、遛狗，看着人们与自然、与天气

作斗争，这里尤其具有挑战性。一旦开始了这种生活，久而久之成为习惯，人就会脱胎换骨，再也不是刚出发时的那个你了。将来无论你们走到哪里，我都祝你们好运。"她和那只狗一起离开，不费吹灰之力就消失在了海岬上。

"这儿真是三步一圣人，五步一先知啊。"

"我很喜欢盐渍的水果，经过调味和腌制的东西，就像黑莓一样。"

"现在阳光正充足，我们把东西晒干吧。"

背包里的物品被我们一一摊开在周围的岩石上，在正午的阳光中微微冒着热气。几周前我们买这些东西的时候，尽管它们看起来格格不入，但实用性却说得过去，现在它们变得像家人一样。尽管它们有时会在关键时刻掉链子令人恼火，但离开任何一样东西我们都无法生存。就连我们一开始很讨厌的薄如蝉翼的睡袋，在我们的生活中也变得像烦人的兄弟姐妹一样必不可少。粗糙的花岗岩吸收了太阳的热量，温暖了我们潮湿起皱的皮肤，也舒缓了疼痛的肌肉。漫长的午休过后，我们终于在傍晚时分醒来。我僵硬地站起身来，经过阳光暴晒和岩石炙烤的皮肤像纸一样干燥脆弱。不过好在晾晒在岩石上的各种衣物和装备也一样变得干爽，我开始重新将它们打包装好。睡袋和从慈善商店买的二手卫衣变得既温暖又柔软。要是到晚上也这么暖烘烘的就好了。

"我们今晚就待在这儿，明天再走好吗？"

"好啊，当然可以了。那我去游会儿泳。"

茂斯纵身一跃，跳入海中。他的身体比我以前见过的任何时候都要瘦，深色 T 恤和里面苍白的皮肤形成鲜明对比。他整个背部肌肉都在剧烈活动，但很明显没有夏天筑墙、堆干草堆和挖沟渠时那么强壮了。但要是和他肩膀刚开始疼痛、肌肉刚开始萎缩的那段时间来比，现在确实显得更为精瘦和结实。他向前游去，双臂有节奏地划水，试图游到更深的水区里去。傍晚的光线越发黯淡，最后一抹金色的斜阳映照在海面上，波光粼粼的海水悠悠地荡漾着。然后在深蓝色的色调中，突然出现了一种深灰色的生物，外形平滑呈拱形，它们接二连三地跃出水面潜入海中。一只，两只，三只。一群宽吻海豚正游向海岸。茂斯发现它们后马上就停止了游泳。我们看着它们穿越海湾，偶尔会看到一只鼻子或一条尾巴翻出海面。不过天色已晚，我们很难把它们与上升的海浪准确地区分开来，但唯一能确定的是，它们随着潮水和余晖一同离开了，渐渐回到了深海中去。

与威尔士和苏格兰的情况不同，康沃尔的宽吻海豚种群并没有受到特别的地方保护。

在过去十年中，此地区的宽吻海豚数量减少了一半，其他地区的数量则保持稳定。在这里要受到政府的保护就必须取得本地身份证明，然而在缺乏深入研究的背景下，法定保护机构很难对其进行认定。后来科学家们发现，在卡迪根湾的宽吻海豚与爱尔兰的宽吻海豚说着不同的方言。毫无疑问，精通威尔士语当然可以算作一项强有力的证据来证明它们确实是康沃尔的本地居民。就像生长在博泽尔斯的豆荚肯定听得懂浓郁凝脂奶油的方言一样。这些证据还不够吗？

即使最终它们得到了一定程度上的保护，也无法肯定就能够恢复如初。卡迪根湾和巴拉特别保护区的海洋生物在很长一段时间里都得到了特殊关照，而后提出的法案决定重新开放这些区域，允许拖网渔船在海底挖掘扇贝。经过几年的疏浚，海洋生态系统正在缓慢地恢复，这也使威尔士议会得出结论，海底荒漠是威尔士沿海水域的自然状态。但除了扇贝之外，捕捞船也发现了其他海洋生物：贻贝、海葵、海扇、海绵动物、海草以及各种各样的鱼类，都是海豚妈妈在小海豚行动缓慢的幼年所赖以生存的食物。这也说明物种如此丰富的海洋世界不可能在几年之内就完全恢复，而至少需要几十年，甚至几个世纪。

海滩后悬崖上的泥岩摇摇欲坠，我们尽可能远离这些危险因素，把帐篷搭在了稍远的地方：在一条淡水溪流的对岸，那里远远高出布满海草和贝壳的潮汐线。观察了几个星期的潮涨潮落，我们现在对涨落潮的时机稍稍有了些预判。夜幕降临了，从彭丁灯塔发出的亮光有节奏地在海岬上来回摇摆，但始终照不到海滩。采牡蛎的人来了，独属于海边夜晚那种刺骨的寒冷也如期而至。我层层叠叠地裹上了带来的所有衣服，甚至还穿了几件茂斯的，但他却一点都不冷。没过多久，我就在一阵阵寒战中进入了深度睡眠，但话说回来，在帐篷里还能睡得多踏实呢。

刚刚睡着没多久，就听到帐外巨雷般的潮声，海浪如千军万马般席卷而来，一路涨到潮汐线之上，没有任何停息迹象。当初我们选这顶帐篷就是因为即使它不打帐篷桩也能保持直立状态，但我们万万没想到，当它被茂斯一把举起，连带着充气床和睡袋一起悬空的时候，依然能纹丝不动地坚挺着。可是，比万戈帐篷的持久力更令我惊讶的，是茂斯。他把帐篷举过头顶，穿着内裤跑上了海滩，即便是及膝深的海水也没能阻挡住他的脚步，还是一步一步往前走。他变了，千真万确，他变了，按医生的话来说这是不可能的，皮质基底节变性可是一张单程票，没有回头路可走。

在这一点上，茂斯心里再清楚不过了。

"我的身体更强壮了。我感觉我现在能很轻松地把脚放在另一只脚前，而且能准确地控制落脚点。我不再经常拿不住东西，肩膀的酸痛也有所缓解。我刚停止服用普瑞巴林的时候，身体是真的吃不消，但后来快到纽基时，它就对我没多大影响了。我已经好多年没有这种感觉了，我的头脑清醒多了，起码正常思考是没问题的。"但我不知道这是不是暂时的，或者是不是我的心理作用，会不会当他一旦停止徒步旅行，身体就又会变差。我不知道。

"纽基之前？可能是库尔特的药草配方。"

"我觉得这是一种极端的理疗。也许我一辈子都得走路。"

"别开玩笑了——不过可能我们也没得选。但我不在乎。如果这对你身体好的话，我就永远走下去。"

"兰兹角之后，我们该怎么办呢？"

"我不知道。"

对食物的渴望驱使我们一路赶到彭丁。一家小商店里摆满了足球大小的自制面包，不买一个可说不过去，我们狼吞虎咽地、飞快地解决了它。填饱肚子后，我们想继续喝杯茶，就想办法从咖啡馆弄来了一壶热水。本来想顺便给手机充上电，但不幸的是，手机罹难于一场暴雨，除了一面呆呆的白色屏幕，什么痕迹也没留下。

"你们要去哪儿？"咖啡馆的老板显然对角落里那些散发着臭味的乞丐充满好奇。

"本来是计划去兰兹角，但我们现在还不确定，也许会走得远些。"

"你们难道不回家吗？"

"我们现在无家可归。"

"哇，变卖了家产来徒步旅行？在我们这把年纪算得上是一等一的勇士了，没几个人敢这么干。"

茂斯可不是这个意思，但我们还是顺着他的话往下说。

"我有一个横穿法国的梦想，骑着自行车，划着独木舟。到时候我就把我的独木舟拖在自行车后面。你们可以一起来。我在法国北部有一所房子，冬天可以租给你们，每月 500 镑。我们在那里可以骑自行车去旅行。"

"听起来不错啊。走完这条路后，我们会联系你，也不知道那会是什么时候。"

清晨晚些时候，我们离开了咖啡馆。有人给我们提供了一处法国住房，先不说我们负担不起，茂斯能不能拖着一只独木舟骑行完 1014 公里都还是个问题。不管怎么样，至少有人愿意帮忙，但这基于他们还不知道真相。如果他们得知了一切，就算我们因为卖房而赚得盆满钵满，他们也未必会主动提出租给我们。不过也说不准，一切皆有可能，人总得怀揣希望才行。

1991 年，吉沃（Geevor）锡矿宣布永久性关闭。之后的十年里，英国仅剩的几处锡矿也接连关停。人们拧紧水泵，废弃矿井被淹没在海平面之下。一些矿工迁移到远至澳大利亚的地方，另一些人则被派去修建英吉利海峡隧道。这是时代的终结——康沃尔漫长的采矿历史就此画上句点。

但没过多久，和康沃尔的大多数地方一样，它被设立为旅游景点。现在是康沃尔矿业世界遗产的一部分。该矿区不再出产成吨的金属矿石，相反，它开始发展一些可持续的长期项目——挖掘游客的口袋。不过要是没有它，我们会更穷。毕竟如果没有这些锡矿，我们可能永远也吃不起馅饼，也就不会看到《波尔达克》[1]（Poldark）这样的杰作了。

那天它没有对外开放，这个寂静的废弃锡矿正处于维护中。我们绕到吉沃后面，回到了小径上，到处都是死气沉沉的工业废墟。破败的发动机房和残缺的烟囱，周遭的页岩与土地更是满目疮痍，仿佛走入了一个战区。前人与岩石的斗争留下了永远无法愈合的荒凉景象，在人类面前，地球屈服了。我们以最快的速度经过了这片怪诞的风景区，但也有不少游客正陶醉其中。

小径两旁开满了金雀花、黑刺李和悬钩子，离左边的悬崖有着很远的距离，但右手边视野开阔，一直可以看到康沃尔半岛的

---

[1]《波尔达克》是由英国广播公司（BBC）制作的历史剧，其改编自温斯顿·格雷厄姆（Winston Graram）的同名小说，故事主要讲述了主人公波尔达克自美国回归康沃尔后的种种遭遇。

小山坡和山顶的矿井烟囱。在古康沃尔语里，它曾被称为科尔古斯伍斯特（Kilgooth Ust），或圣贾斯特的鹅背（goose's back of St Just）。在我见过的所有鹅中，没有一只和它相像，但这座被海水四周环抱的小岛却给人一种屹立于世界边缘的感觉。直到200年前，人们都认为它是英国最西端。这不难理解，它看起来的确遥不可及，宛如潜入深海的最后一名哨兵，遗世而独立。我们背靠着山顶烟囱上温暖的花岗岩坐着，望着远处的地平线。就连手机也在高温下重获了生机。

兰兹角离我们只有几公里了，但重新出发时，我们感觉就像在乘坐一艘巨大的客轮，向西驶入大海，越远越好。忽然我们发现烟囱上有一块亨氏焗豆样式的铭牌，这是为了纪念1987年亨氏公司 (Heinz Company) 为国家买下这个半岛的功劳。现在它归属于全国托管协会。茂斯一直是茄汁焗豆的忠实爱好者，当太阳落山，天空被无尽明亮的夏末夕阳照亮时，泛着泡沫的海面上反射出眩目的光辉，他站在座位上，伸出双臂，对着风大喊。

"谢谢你！"即使这种逃税手段很高明，但如果这个地方因为过度开发而消失，那简直是犯罪。

"谢谢你，亨氏先生！"

兰兹角近在眼前，仿佛触手可及。沿着海岬尽头向大海望去，长船灯塔静静地矗立在卡恩布拉斯小岛上。本来可以早些赶到的，但我们想慢慢走。着什么急呢？如果地球是平的，那么兰兹角就是它的尽头。傍晚时分，我们继续向前走，一片棘手的低矮灌木挡住了我们的去路。这种植物抗风、抗盐能力很强，缺点就是不适合露营。波思纳芬的几块平地也已被露营车占据，所以我们就爬出了恐龙蛋海滩，感觉我们可能找不到过夜的地方，只能连夜步行了。回头看，小径改变了方向，被更茂盛的灌木丛簇拥着，我们发现那边有一小块绿色平地，尖尖的岬角从卡恩莱斯基指向大海深处。

"你觉得怎么样？"

"这里毫无遮挡，有点危险吧。"

那条羊肠小路的尽头便是绿油油的狭小岩架，如果我们不套绳索，那一小块立锥之地就刚好能放下帐篷。我小心翼翼地探出身子从岩架的边缘往下看，这里的悬崖大概有 20 米。翻腾的海浪正冲击着崖底的岩石，嘶嘶作响的浪花几乎触手可及。

"晚上别出去就行了。"

"明天我们就上海盗广播了。'最后一次看到他们是在莱斯基岩架'。"

布里森小岛（Brisons islet）仅有的两座小山峰之间的海平线是今天太阳亲选的落脚点，红彤彤的夕阳渐渐沉入海底，缤纷的晚霞投射到海面上，把海岬染成粉红色和橙黄色。帐篷的门敞开着，我们清醒地躺在里面，鲱鱼和海鸥栖息在附近的峭壁上，长船灯塔（Longships Lighthouse）忽地亮了。

"那是什么？那个光点在动。快看，从灯塔后面出来了。"我们宿在角落里，这是我们第一次见到英吉利海峡的航线。

"哦妈的，茂斯，我们已经到了，我们该怎么办？"

"睡觉，先睡一觉，明天再说。"

　　我老老实实睡了一觉。第二天早上一醒来，就听到雨水间歇性拍打帐篷的声音。我试探性地半拉开门上的拉锁，一股闷热的空气扑面而来，涌入帐中，其间还夹杂着些溅起的雨水。帐篷被吹得哗哗作响，在狂风中剧烈地抖动。我抬头一看，并没有下雨，头顶大片云朵正快速掠过天空，而所谓的"雨水"每隔 30 秒钟就会找上门。我们赶忙把所有东西都打包好，穿上防水服，在下一波浪花再次冲向我们化为泡沫之前，迅速把背包拖到干地上。大西洋的小分队正向我们驶来，看样子要干一番大事。但谢天谢地，还是我们跑得比较快。把帐篷收好时，我们已经饱受了几番海浪的洗礼，身上不停地往下滴着水。但好在风力强劲，在我们逃离岸边后的短短几秒钟之内就干了。我们回头望去，霎时间海面上波涛滚滚，浊浪滔天，心想一定有什么事将要发生。风将背包上的帆布吹成了船帆模样，我们很庆幸，小路平坦且远离峭壁，走着走着就到了圣南角湾。海滩上空无一人，救生员们待在小屋里抵御着内陆的沙尘暴。然后下起了雨，起初是绵绵细雨，夹杂着零星沙尘。紧接着便是一阵暴雨从天而降，噼里啪啦地打在防水衣上，像下刀子似的，裸露的皮肤疼痛难忍。海滩上的所有房屋都门窗紧闭，圣南角湾像被封禁了一般。终于，我们跑进了一家咖啡馆，坐到靠窗的座位上，外面号叫的野兽和我们之间只隔着这一层薄薄的玻璃。

　　总是饥肠辘辘的我们在这一秒终于扛不住了，我拿出一张珍贵的纸币换来了一盘鲭鱼面包和一壶茶。外面下着瓢泼大雨，一群人不紧不慢地走着，很难判断他们是背包客还是精神错乱的疯子。不过话说回来，有什么区别呢？下午 3 点左右，店主想打烊了，我们是她唯一的顾客，她收拾好东西准备关门。我们提起背包，打开门，退回呼啸的风口里。

"要到兰兹角去吗？"

"也没更好的选择了。"

兰兹角，我们史诗般旅程的起点与重点。是一个旅游胜地，一场设计灾难，或是一个关于生态环境的恐怖故事。布满脚印的悬崖小径穿过云层，通向巨大的混凝土建筑。那里空无一人。下午晚些时候，甚至连专门帮游客与指向约翰·奥格罗茨 (John o'Groats) 的路标合影的摄影师也不再等待生意上门，锁门下班了。我们跳过障碍物，用手机拍下了带有雨痕的照片。兰兹角既没有迎宾委员会，也没有庆祝仪式，只有两个正倚靠着路标的湿淋淋的背包客。商店都关门了，展览中心也关门了，就连亚瑟和他的骑士们也放弃了亚瑟王式的体验，转头寻找干燥的地方去了。我们孤零零地站在一块混凝土飞地[1]上，任凭身上的雨水缓缓滴下。

"这就是了吗？"

话音刚落，就看到一辆双层巴士驶进了空无一人的停车场。我们朝它走去，就像僵尸离开末日后的废墟。这辆敞篷沿海观光巴士的车门打开了，二楼的大量积水顺势流到一楼，车门一开便倾泻而出。

"公共汽车去哪儿？"茂斯在呼啸的风中大声喊着。

---

[1] 飞地指某国或某市境内隶属外国或外市，具有不同宗教、文化或民族的领土。

"圣艾夫斯。那里还不错。这里实在太差了。"

"是真的很糟糕。"

积攒了402公里的痛苦、疲劳、饥饿、黑夜和恶劣天气都已经成为过去。我们可以坐上巴士，回到熟悉的威尔士，把自己列在候补名单上申请一套政府住房，然后找一处便宜的露营地过冬。车门缓缓关上时，茂斯紧紧地握住了我的手。

寻 觅

公共汽车从拱门入口处向着游客中心开去。我和茂斯坐在背包上，任由雨水拍打在我们身上。九月中旬的天气已经泛起凉意，秋天到了。就像我之前说的，我们本可以在这儿结束这段旅程，可我们本就没什么好失去的，所以接着往前走说不定反而还会收获惊喜。旷野中的我和茂斯是自由的，尽管一路上我们饱受饥饿、疲惫和寒冷的折磨，但我们是自由的。这自由意味着我们可以决定自己究竟是要前进，还是止步。我们的露营没有家人和朋友同行，这意味着我们不需承受随之带来的负担或是烦心事儿，要知道和朋友旅行的结果多半是大家互相忍让，心生不满。我和茂斯不一样，我们能够控制自己的步调，控制自己的生活和命运，能够承担此次徒步所可能产生的一切后果。当我和茂斯起身把背包挎上肩膀的瞬间，积在书包上的水落了一身。你看，这也是所谓"后果"，我们既然选择上路了，那么就不能只享受自由而不承担随之而来的种种状况。

距离兰兹角主题公园不过几百米处，旷野又展露出了其桀骜不驯的样貌。这附近的悬崖是我们在康沃尔一带看到的最壮观的那一类。来自大西洋深处的海浪不分昼夜地以凶猛姿态冲击着海边如城堡一般高耸的花岗岩，这来自深海的能量给予岩石如刀切过一般的陡峭立面，岩石与岩石之间也被切割开来，形成连绵的岬角。滔天的海浪在风的驱使下翻滚着从伫立在海滩上的拱形石洞中冲出，我和茂斯站在高处，面向大海，感受着大自然震人心魄的能量。悬崖上只有我们两个，我们身边肆虐生长的绿草在风起时倒向一边，整片草地一下子仿佛被剪刀修剪过一样，凌厉而平整。这里没有任何遮风挡雨的地方，甚至连一棵树都没有，空旷得只剩下我和茂斯的影子，入夜，我们将躲在被雨淋湿的帐篷里，在这无边的旷野之中。此时的我们身上还剩下 5 英镑 20 便士、一个玛氏巧克力棒、一小包大米、一根香蕉，还有半袋果味软糖。储备接近告罄，但唯一值得欣慰的是雨停了。我们把帐篷支在一块岩石后，石头多少能够挡掉一点风。晚上睡在帐篷里的尼龙睡垫上，我恍然间觉得这周遭的一切倒是有那么一丝像加拿大。

第二天清晨迎接我们的首先是一场阵雨，雨水过后的天空很快变得清朗，微风将它吹得更加澄澈。我和茂斯光脚坐在格温纳普岬（Gwennap Head）上，把靴子放在风口处晾干，这期间我们把仅剩的那根玛氏巧克力棒分着吃掉了。昨天是风雨兼程的一天，走了太多路，我们耗尽了精力，感到万分疲惫。继续往东行进就仿佛要开启一段新的旅程。或者我们的方向是朝着南边的？要么就是东南方？我对方向并不是特别敏感。事实上在抵达兰兹角后，我和茂斯心里已经默认自己差不多完成了任务，所以接下来的旅程我们不再有什么既定目标，行走本身似乎成了我们的唯一目的。在抵达普斯瓦拉（Porthgwarra）后，我们发现沿途的自然风貌开始发生改变。沿着北海岸生长的植被低矮坚硬，树木弯曲粗粝。而自普斯瓦拉起，树木的长势虽然还称不上丰茂，可至少其姿态看上去舒展了很多。这一带沿路比起北海岸生长着更多奇花异草。我和茂斯只不过转了个弯，便仿佛进入了另一个世界。

当天傍晚，我和茂斯坐在一个草场附近的野餐长凳上，不远处有一些当地人的房子，我们商量着打算当晚把帐篷搭在树后。直到汽车一辆接一辆地停在我们四周，我才意识到这是个停车场。

"是不是附近的村子有什么活动？你知道这到底是哪儿吗？"

"谁知道呢，我已经有一段时间没看过地图了，或许今晚有人举行宾果游戏之夜之类的东西？"

停车场不一会儿就停满了车子，我和茂斯烧了水，泡了茶，把剩下的香蕉分着吃掉。我们打量着从车上下来的人们，他们接下来的目的地似乎是同一个，因为他们几乎每人都带着毯子朝同一个方向进发。

"难道这是室外宾果游戏之夜？"

我和茂斯正在猜测之际，一辆路虎在我们旁边停了下来，一对老夫妻下了车。

"等这群人走了之后我们再往那边走吧。"只见这两人倚靠在车子旁边，打量着眼前刚刚抵达的一批游客，很显然他们不愿意凑热闹。

"抱歉打扰，我想知道这儿怎么会有这么多人，大家都是来干吗的？"

"去剧场。这是大名鼎鼎的米纳克户外剧场啊！"

"啊，原来如此，我们居然没意识到这里便是米纳克户外剧场。"

"你们不去看戏吗？"

"不，我们不知道这里是剧场，所以没有提前买票，当然我们也负担不起买票看戏。"

"是这样啊，那么你们想去吗？我们这里还有票，可以送给你们。不过我们马上得走了，不然要错过开场了。"

我们接受了这对夫妻的好意，在进入一幢建筑物的入口处之后，我们便来到了建造于岩壁之上的米纳克户外剧场。

"我们就在这里分别吧。你们的座位在高处，我们在下边一点。祝你们接下来的旅途顺利。"

"非常感谢你的票，日后我会把钱汇给你。能不能告诉我你叫什么名字呢？"

"我叫大卫。钱就不必啦，尽管享受今晚，好好看戏。"

〰〰

剧场的座位依着岬角天然形成的梯田状陡坡设置，舞台位于最底部，其背后便是一望无际的汹涌海洋。20 世纪 30 年代初期，罗文娜·卡德（Rowena Cade）打算在她的花园尽头打造一个剧场，好让当地的戏剧社有地方演出那些经典剧目。为此，她在花园后岩壁的一侧动工，再然后就有了这个剧场 ——入场时分发给我们的小册子上如是介绍。不过很显然这巨大的工程断然不可能由卡德一个人完成，园丁们当时也参与其中。卡德的主要工作则是指挥工人们以及帮忙用手推车运送陶土。这是坐在我旁边的男士告诉我的，他说他之所以知道这些是因为他爸爸是当年在这儿帮忙的园丁之一。不过我也不确定他说的话到底是不是真的。

剧目开场，当天演出的不是戏剧，而是一出歌剧——吉尔伯特和沙利文的《艾俄兰斯》（Iolanthe）。演员高亢的歌声在圆形剧场中回旋，坐在高处的我们很难确切听清歌词的具体内容，我们听得真切的只有微风从头顶吹过的响动。夜色深沉，大海完全披上了黑色的外罩，月亮从舞台后升起，我和茂斯仿佛被带入了另一个世界，那里的牧羊人身上散发仙气。

"我们等会儿要去哪里露营呢？"

"等所有人都把车开走了，我们就在停车场露营吧。"

我们跟着最后一批起身的观众后面走上石阶，离开了剧院。

"哦，这时候我可必须用上我的台词——你们背着那些大袋子是要去做什么呢？"一个头发上戴着发网的男人在我和茂斯回去的路上如是对我们说道，我认出他是刚才歌剧里的演员。

"我们沿着西南小径徒步，接下来要找地方露营。"

"好吧，这么晚了你们打算在哪儿露营呢？"

"不知道，我想我们总能找到什么地方吧。"

"吉尔，吉尔，该怎么办。这两个可怜的人儿需要找地方露营。我们必须将他们从暴风雨中拯救。"

暴风雨？这就算是暴风雨？你真是没见到昨天的阵仗——我

心里默念道。

这时，在剧组扮演精灵的演员跳到了我们面前。

"特恩营地，你们可以去特恩营地。但必须抓紧，否则你们会错过最后的入场时间。"就这样，我和茂斯随着这群演员挤进一辆面包车的后座一起颠簸了几公里路，其间剧中的牧羊人、旅馆老板和精灵们一直在热络地聊天。

"杰拉尔德，你为什么在该出场的时候不上场呢？搞得我不得不把我的那一整段歌词又重唱了一遍，你看我嗓子都哑了。"说罢，精灵顺势咳嗽了一下。

"我可没忘词，当时我在台下发信息，那信息很重要。哎呀，不管怎么说，我知道你喜欢在聚光灯下多待一会儿。"

车子停下后，牧羊人摘下剧中的头饰，换上了属于现代世界的无檐便帽，然后便一头钻进了前面的酒吧。

"好了，就是这儿了，露营地就在前面那条路上。祝你们徒步之旅开心。我们走了，要去喝啤酒了。"

就这样，我和茂斯被留在了一个未知村庄的马路边上，我们不知道接下来要往哪儿去。

"好吧，我们为什么会到这儿来？！"我有些摸不着头脑地嘀咕道。

"这可能就是所谓的超现实主义剧情"，茂斯头上戴着探照灯，手里拿着帕迪·迪利翁的那本册子对我说，"这儿肯定是……说实话我这一整天没有看过地图了，哦！看！地图上写着呢，看'露天剧场'，在这儿！但是特恩营地在哪儿呢……"

我和茂斯只管沿着眼前的小路一直向前走，最终还是顺利找到了特恩营地，它确实就在小路的尽头。当时差不多接近午夜，营地里已经塞满了帐篷，我们趁着夜色悄悄溜了进去。

"我们来这儿干嘛？我们哪儿还有钱住露营地。"

"不知道，管他呢，现在溜进去洗个澡，睡一觉，明天一早离开就好了。"

"我们当然要一早离开。"

第二天，我在黎明投下的第一缕曙光中醒来，麻雀在篱笆上啁啾，柔和的晨光为柔软的云朵镶上了金边，薄雾在消散。青草上挂着晨露，各种植物都因清晨雾水的重量而微微弯下了腰。海峡向远处延伸，潮水涌动，这里不再让我想起加拿大，我觉得这儿倒有些法国郊外的感觉。我把自己裹在睡袋里坐在野餐桌边上，昨天夜里实在有些冷，早晨的温度则暖和得多。这时一个男人骑着自行车出现了，他穿着一件褪了色的棉质上衣，一头金色的脏辫草率地盘在头上，他挨个帐篷检查上面是否挂着付款凭证。眼看他马上要靠近我们了，我和茂斯慌了神，避无可避。

"你们的付款凭证在哪儿？"

"我们还没来得及付款，我们昨天半夜才到这儿，保证一个小时内离开。"

"先付款，后入场露营 —— 你们没读懂招牌上的信息吗？"

"我们没看到，说实话，昨天实在是太晚了。"

"你们如果不付钱就是在偷窃，偷窃这儿的空间，现在马上去付款，15 英镑。"

什么？！偷窃空间？这是什么话。

"我们现在需要先收拾行李，一会儿就去付款。"

"我会盯着你们的。"说完这年轻人便骑车离开了，表面上他把自己打扮成悠闲不羁的嬉皮士模样，实际上我看得出他对生活没什么太大热情，不过是得过且过罢了。

不得不说，这儿是个完美的露营地。如果有所谓平行世界，在这个世界里，我和茂斯一定会在付清钱款后，悠闲地在这里露营一个月。可事实上没有所谓的平行世界，在当下我们生活的世界，我和茂斯别无选择，我们从露营地的矮墙翻了出去，然后头也不回地向悬崖边跑去。

前路是杂乱无章的岩石、树根还有低矮的植被。说实在的，即便树林里闷热潮湿且总少不了虫子的侵扰，可我宁愿选择树林也不愿意在露天的海边行走。这里虽没有北部海岸沿线的灼热感，但也并不凉爽。没有一丝风，这样的环境总让人感到莫名的窒息和烦躁。我和茂斯满身大汗，喝光了身上带着的所有水。好在沿途还有小溪供我们装水。一路上我们一直在和干旱抗争。喝水，盛水，如此往复。日晒随着地势起伏发生改变，我和茂斯走一段便会站在树荫下休息，树荫下唯一让人难以忍受的东西是那些飞速盘旋的小虫。其间我们遇到了一个靠着一根倒下的树枝席地而坐的女人，那时我们刚休息好，打算重新冲进热浪中继续行走。这位女士面色苍白，看上去似乎有些中暑了，憔悴极了。

"嗨，你还好吗？"

"我很好，我走了太久，在这儿歇歇脚"，这位女士的个头很高，大概有 70 岁，她一张口我便知她来自美国。说到这儿她站起身来，靠在一棵树边，继续道，"这么多年来我一直在寻找我的老朋友约翰·勒·卡雷在这一带的房子。我们是儿时的玩伴，小时候每年都会在这儿一起过暑假。一起写作、游泳。过去的日子想来太美好了。我每年都会来英国，在这条线路上徒步，我一次又一次地企图找到卡雷的家，可我大概已经忘了那个房子的具体方位，所以总是无功而返"。

"说起来在美国徒步应该比在这儿更有意思吧，那儿到处是一望无际的真正的旷野 ——我是说像阿巴拉契亚小径还有太平洋屋脊步道这样的线路。"

"可以这么说，可在美国徒步不管你走到哪儿，前面都是树林，只有树林。"

"可英国的徒步爱好者都幻想着要去走走美国那些宽阔的步道。"

"这是因为人们总是羡慕别人，羡慕远方，我们从来不会珍惜自己眼前所拥有的东西，在这一点上每个人都是一样的。我要走了，往这条路走，也许大卫家就在这条路的尽头。"

"大卫？你不是在找约翰吗？"

"约翰是他的笔名，他的真名叫大卫。"

为了寻找夏日回忆，这位女士再次上路了，她固执地认定大卫的房子说不定在下一个转角就会出现。从本质上讲，我们每个人其实都处于追寻的途中，只是有时我们对这一切并不自知 ——追溯过去，追寻未来，或者这种追寻也可以很具体，比方说寻找某样丢失的物件。对我和茂斯来说，我们被生活推到了边缘地带，被推到了无边的荒野中，我们不知道自己究竟要追寻什么，对于会否从这段路程中有所收获我们无法预料，也许我们真正需要的只是一种达观的态度 —— 学会接受生活本身的样貌，无论其美丽还是丑陋。也许，我和茂斯追寻的是如何将自我融入海天之间的狭窄地带，并得以在其中自由生长？也许是吧。存活于边缘之界，在温驯地带和旷野的夹缝中存活，在失去与寻找中往复，在生存和死亡间抉择，从一个世界奔向另一个世界。

"振作起来，雷，你看你，你现在渐渐有了康沃尔人的气质"，茂斯对我说道。

"也许这就是我们此次旅行要寻找的东西吧"，我对他说，也对自己说。

"我们这次旅行哪还有什么其他东西要寻找，走路，向前走，没别的。"

〰〰〰

从波斯科诺起，海岸线便换上了另一副容貌，我不知是因为附近的热气加湿气所致，还是单纯因为我们抵达时刚好处于无风状态，总之这里的空气让人感觉沉闷。坐在卡恩杜附近一处露头岩石上，我和茂斯第一次看到了海峡日落。这日落和我们想象的一点都不一样，并没有什么类似金色火球坠入海底的场景，目之所及，只有散落在海面上不同色调的光斑。我们在一处空地上搭好了帐篷，看着远处的船只沿着海平面缓慢行驶。入夜后寒意更加明显 —— 天气变得更冷了。茂斯的后背和肩膀都因气候转冷而越发僵硬，痛感也更明确，只有在阳光照耀的时候他才感觉好一点儿。

抵达那个字面意思是"鼠洞"的渔港时，天空飘起了细雨。我们原本以为这渔港的发音是毛斯赫尔，可从当地邮局一位女性工作人员口中，我们得知正确的发音应该是毛斯尔——"Mousle"。在经过附近毛斯尔的一个安静的小村落时，我们惊讶地发现村子处于关闭状态，这可能是因为夏天要结束了，再不会有大量游客前来。我们在村子附近的提款机上查了账户，并取出30英镑现金，满心希望下一站，也就是彭赞斯的物价能够便宜些。离开时我和茂斯在一座面朝大海的用花岗岩砌成的房子前站定，房子外墙上挂着一块牌子，上面写着"出租"。见我们停在房子前，一个刚刚采购回来拎着购物袋的老妇人上前和我们搭话。

她说道，"他们想以1000英镑一个月的价格把它租出去。别傻了，这怎么可能，所以这儿一年四季都空关着。不过即便这样，房子的主人也不肯降价，他们说如果租不出去就干脆把这作为度假屋出租，只提供给来旅游的游客 —— 他们和其他人的想法一样。自从救生船那档子事后，我们的村子便和以前不同了。当时村子里挤满了来报道的人，不少别处的人从电视上知道了这里，于是大家都想来这儿看看"。

老妇人所说的救生艇事件发生在1981年，在其首航的途中，联合之星号货船的发动机发生了故障，当时海面上刮着十二级飓风，海浪掀起的高度达到60英尺。以所罗门·布朗（Solomon Browne）命名的一艘木制救生船从毛斯尔海港出发，对联合之星号发起救援。这艘木制救生艇一共从联合之星号上救下了 4 个人，当时广播播报了这一消息，这之后便没有了任何后续，人们再没有听说救生船或是联合之星号上有人得救的消息。公众在当时为搜救船员发起了大型募捐，政府一边组织沿海打捞船员尸体和船体残骸，一边考虑是否要对民众的捐款征税，这一举动引发了不小争议。因这次事件，毛斯尔一下子吸引了全世界的目光，各国媒体都将镜头对准了这原本名不见经传的小村落。村民们当时举行了默哀仪式 —— 哀悼共计 16 名遇难者，这其中 8 名来自那艘救生船，8 名来自联合之星号货船，包括船员、船长及其家人。在灾难周年纪念当年的圣诞节，为了悼念逝者，村落的各家各户不再像往常一样挂起圣诞灯饰庆祝，整个村子似乎要以黑暗和肃穆的氛围来祭奠亡灵。

　　毛斯尔之后是纽林（Newlyn），这里的港口看起来总是一派忙碌的样子，英格兰最大的捕鱼船停靠在附近海滩上，等待着退潮时刻的到来。塑料板条箱内装满活鱼后，等在附近的卡车便可装载着这些板条箱前往下一站。纽林的街头充斥着浓烈的鱼腥味，海鸥在我们头顶盘旋。就这样我们从纽林一路向前，抵达了彭赞斯。

　　在彭赞斯，我和茂斯购入了大量食物，还以 4 英镑价格买到了 2 张隔温垫。除此之外，我们还买了一小罐便携式煤气罐。穿过波利索花园，我们回到了海岸边，原本打算在沙滩附近露营，可经过一场暴风雨后，大量垃圾随着潮汐飘到了海滩上，海滩变得脏极了，我和茂斯只得回头，在经过一处花园时，我们找到一条长椅坐了下来，静静等待日落。这时一个同样背着背包的男人坐在我们旁边的长凳上，他头发花白但飘逸。

"背包客吗？"他问道。

"是的，你呢？"

"我不是，我以这条小径为家，我住在这儿。"

"你是说西南沿海小径？"这男人的背包很大，不过一看就是便宜货。"怎么可能？冬天你也睡在海边？那你靠什么取暖呢？"

"不，我只是夏天才睡在沿海小径边上，今晚是最后一晚，今天我睡在这个花园里。明天我就要坐火车离开这儿了。"

"去哪儿呢？"

"泰国。"

"泰国？！"

"是的，那里永远温热，有美丽的海滩和漂亮的姑娘。"

"当真？"

告别了这位打算在花园里过夜的老人，我和茂斯沿着步道向前走了一小段，最终我们选择在一块水泥空地上搭起帐篷。我们把新买的隔温垫垫在充气床垫下，令人惊喜的是两者意外地贴合，睡在上面很是舒适，而且隔温垫确实起了作用，我和茂斯觉得当晚并不像之前那样冷得难挨。当然水泥地也是个重要因素，毕竟混凝土比沙子温度要高一些，我想这就是为什么流浪汉都情愿在城镇中露宿而非海边。这么一来，若是到了寒冬，随便在城市里的垃圾箱后面找个硬纸箱躲进去，可能也并不会冷到哪里去。除此之外，我和茂斯或许应该掉头再去问问那个老人怎么才能去泰国，我是说咨询下像他这样的露宿者是如何支付起去泰国的机票的，或许我和茂斯也能效仿一番。

天刚破晓，茂斯就从帐篷里探出了头来，准备开启新的一天。在与皮质基底节变性斗争的过程中，我们严防死守，总结出了长长一串注意事项来确保茂斯保持相对健康。这个清单还在不断延长中，最近新加的一项是茂斯不能受凉，否则身体的灵活性就会大大降低，变得僵硬而难以正常活动。好在昨晚气温不算太低，甚至可以说得上暖和。我想起三个月前医生对我们的叮嘱："不要劳累，不要走得太远。上下楼梯的时候要小心，别搬运重物，也别计划得太远。"可是，在我们二人的命运早已互相交织、密不可分的情况下，我如何做得到不问将来，只顾眼前呢？我无法坐以待毙，我们要战胜它，至少可以延缓它的发展。我总觉得医生或许应该这样说，你要每天散步，坚持做负重运动，保持积极的心态，一切向前看，去打败它。这样一来，就算我们最终没能逃过病魔的魔爪，我是说如果真有那么一天的话，我们也将毫无遗憾。茂斯拿出几片布洛芬一把塞进嘴里，我们就再次上路了。太阳从古老的圣米迦勒山城堡后冉冉升起，宛如一出中世纪《圣经》中的情景剧。这座小山不再是与世隔绝的海中孤岛，随着潮水悄然退去，连接它与大陆的一条人造石头堤道渐渐浮出水面。

一道道海浪轻轻拍打着大堤，我一路小跑，踩着洁白的浪花跑过堤道，离开了马拉吉昂市区，来到了斯塔克豪斯海湾和海面上一处绿茵茵的岬角上。捕牡蛎的人整晚都在叫喊，不过没关系，我正好想要认真了解一下这里的日日夜夜。在寒冬般冷酷的现实将我们彻底击倒前，我想用力感受我们一起度过的每一分每一秒。

　　一过柯登角，兰兹角的糟糕境遇给我们带来的阴霾转瞬间就变成了过眼云烟。我们站在普鲁士湾向东南方向望去，利泽德半岛连绵起伏的峭壁一直向大海深处延伸。这里曾经是走私者和海岸警卫队斗智斗勇的地方。山坡上有许多风景如画的小别墅，现在改造成了度假村，但至少有一半房子都是空的。我原本也可以住在那里的，起码住一冬天不成问题。忽然下起了雨，起初是蒙蒙细雨，紧接着巨大的雨点像楼梯扶手一样垂直砸落，给我们沉重一击。毫无防备的我们霎时间全身湿透，噼里啪啦的雨声震耳欲聋，脑袋也被砸得生疼。但我们别无他法，只能硬生生挨着。终于，感觉过了两个小时那么久，我们可算是走到了波里莱文。街道上的水深及脚踝，我们蹚着水慢慢往前走。这地方空无一人，但广告将波里莱文描述为"正在崛起的吃货天堂"，关于名厨的各种流言蜚语也随之而来。我们买了一个馅饼，拿着它躲在商店门口避雨。雨越下越大，海港高墙、海港和对面的马路接连消失在白茫茫的雾气之中。我们稍稍等了一会儿，等我们低头能清楚看清双脚时就再次出发了。最后我们在洛巴尔海滩的悬崖脚下找到了一个避雨的地方。

〰〰

　　第二天清晨，雨已经停了，空气清冽潮湿，整个海岬都笼罩在大雾之中。耳边突然传来一阵嗡嗡声，我们往前走，以为会在不远处发现一个变压器。结果却看到了一群手持电动割草机的工人，手臂在潮湿的灌木丛中来回挥动着。他们停下来示意我们先过去。

"辛苦了，伙计们。"

"这没什么。"

离我们最近的那个人摘下头盔，用手拨了拨被太阳晒褪色了的齐肩短发。紧接着，操着澳大利亚口音的那个人做了同样的动作。他们可能拍过洗发水广告——只要把海鸥换成鹦鹉和瀑布就行了，绝对值回广告费。

"孩子们，你们怎么会来这边工作呢？"

"家里现在是冬天，而你们这里正是夏天。所以我们就签了合同过来工作，空闲的时候还可以冲冲浪。等过段时间我们家里变成夏天，我们就要回冲浪学校上学了。"

"日子过得很不错啊。"

"是啊。没有束缚，就没有烦恼。"

冲浪小伙们启动了轰鸣的割草机，我们继续上路，穿越重重迷雾和众多海湾：格瓦伦湾、丘奇湾、珀度湾、波鲁莉安湾、马利恩湾。雾还没有消散，我们眼前只能看到灰色的海岬和灰色的大海。我们坐在马利恩湾一家热闹的咖啡馆里，要了两只杯子，点了一壶茶。我和茂斯浑身都湿漉漉的，好不容易见到一把干爽的椅子，便不受控制地疲软地瘫在了椅子上。一个二十多岁的男服务生负责咖啡厅里大大小小的事情：点单、清理桌面、礼貌回应暴躁的顾客、切蛋糕、扫地、帮扶老太太坐到座位上、结账。我们请他帮我们又续了一壶茶，坐在座位上舒服得不想离开。这时，老板走了进来。

"你他妈在干什么呢？外面还有两张桌子没收拾。我花钱雇你干什么吃的？你他妈真是个懒蛋。"那人毫无怨言地收拾了桌子。老板走后大多数顾客也跟着离开了。离打烊还有几分钟时，那个男人从厨房里出来，把两个帕尼尼放在我们的桌子上。

"不好意思，伙计，我们没有点这些。"

"我知道，但你们看起来很需要。去外面吃就没事，我这就打烊了。"

"很抱歉，我们买不起这些，我们不能要。"

"别这样，拿着吧，我不会收你们钱的。"

"你不能这样做吧。"

"我可以，我马上就要辞职了，这破工作给他自己留着吧。"

我们走到外面坐下，他跟着我们出来，锁上了门，把钥匙塞进信箱里。

"接下来有什么打算吗？"

"还不确定，但不管干什么也比干这个强多了。我知道有些人在徒步旅行，所以我可能去澳大利亚和他们一起。"

"祝你好运。"

这就是年轻的资本吧，始终相信今天无论舍弃任何事情，明天总会找到更好的。正是这种安全感使他在炒老板鱿鱼时还能如此洒脱淡然。但随着年龄增长，当我们望向远方，看着时间在指间匆匆流逝时，这种底气会被磋磨殆尽吗？这个年轻人和那些冲浪健将让我不由得想起汤姆，他本应跟着海浪去到世界上最好的海滩。可如今的他却整日奔波于求租与求职。失去房子的那场变故是不是将他的梦想击了个粉碎？也许这份安全感的缺失是压死骆驼的最后一根稻草，让他再也无法变成从前那个冲浪少年了。

夕阳西沉，把大海染成了深秋的血红色。我们在普里丹纳克角歇下，昏昏沉沉地睡够了10个小时。

利泽德国家自然保护区建于20世纪70年代，半岛的大部分地区都被划入其中。我们沿着平坦的崖顶往前走，穿过一片罕见的康沃尔荒原，茂斯看到大片石楠花后狂喜不已。我们在西南沿海小径上时常听到一些步行者说，他们某一天内走的公里数就完成了既定目标，或是打破了原有纪录。但我们二人却走得越来越慢。可能是因为我们连观察路边罕见的"秋季女装兰花"都能耗费几个小时的缘故吧。还有一次，我们用掉整个下午试图去拍摄一只蝴蝶。我们也曾蹲在科纳斯悬崖边上欣赏下面湾中的海豹，天黑了我们才意识到那天可能只走了不到15公里，所以拆掉的帐篷只好又在原处支上了。

和煦的晨光中，红嘴乌鸦在悬崖和风箱岛之间盘旋，红色的喙和四肢与黑色的岩石形成鲜明对比。云雀向天空奋力飞去，片刻便不见踪影，但歌声却始终萦绕在耳畔。几只三趾鸥在岩架上叽叽喳喳吵个不停。它们现在不应该起程飞往大西洋吗？难道是温暖的天气给了它们错觉？他们还没意识到夏天已经结束了吗？

我们到了科纳斯湾。坐在岩石上烧开水的时候，我们注意到这些岩石不再是灰色的块状花岗岩，而呈现出深绿色和红色的色调。奇特的蛇皮岩石、平静的青绿色海水和洁白的沙滩，共同组成了风景如画的小海湾。至少要到上午10点左右，游客才陆陆续续地出现。他们从山坡上跑下来，遍布每一条小径、每一条沟壑。放眼望去，老年人、年轻人、学前班的孩子、本应该去上学的孩子、水桶、帆布椅、装满乱七八糟生活用品的手推车，让人眼花缭乱。来得早的人在岩石边坐下，后来的游客就只能在潮汐线附近徘徊。这些人们像三趾鸥一样对天气感到困惑。面对如此大规模的入侵，我不禁思考，他们到底在寻找什么？是试图抓住夏天的最后几缕阳光吗？如果是和宗教有关的话，十点半恐怕有些太迟了。我们把炉子收起来，逆流而上。穿过开阔的石楠地，先后到达了利泽德角以及大陆最南端。

最南端，陆地的尽头，前方是一片汪洋，无路可走。所以从这里开始，无论去哪里都要一路向北。这里是一片充满抉择的土地，人们在这里选择方向、拍摄照片、踏上旅程。一位名叫菲比·史密斯的女士写了一本书叫《极点睡眠》(*Extreme Sleeps*)，书中分别描写了作者在英国的最东端、最西端、最南端、最北端野外露营的经历。在最南端时，她在一处岩架停下，下面就是滚滚波涛，一直等到天黑才打开帐篷睡觉，果然不出所料，那晚的睡眠质量并不高。早上听着云雀或者可能是海鸥的叫声醒来，沿着海岸简单走一走就马上回到车上，立刻奔赴下一个天涯海角进行露营。我真希望自己能美美地吃一顿饭，然后也效仿这位女士漫不经心地支好帐篷，告诉自己反正无论多潮或是多冷，也就是凑和一晚的事罢了。但那并不是我们的生活，我们的当务之急是要转向北方，同时想办法应付即将到来的冬天。

现在，整个英国仿佛一座高塔耸立在我头顶上，压得我不得动弹，纵然疆土辽阔，却没有我的容身之地。我早已认清现实。但往事不可追，未来也难以预测，此刻我唯一确定的是，如果我一步一个脚印地向前走，这条小径自然会把我带到想去的地方。那么脚下那通常不过一英尺宽的泥路，就是我的家。在这季节更迭之时，大自然按时迎接转变：冷空气骤然降临，太阳高度角逐渐减小，鸟儿的鸣叫声少了一份急促，变得嘹亮而悠长。而我深深感觉到，在我体内，一种新旧更替也在悄然发生着。我不再奋力抗争，不再妄想去改变既定事实，不再为我们无法坚持的生活而焦虑，也不再对一个官僚主义气息浓重从而难以公布真相的权威体制感到愤怒。一个新的季节悄悄进入了我的内心，这个温和季节的主题，便是接受。我接受太阳的炙烤，接受暴风雨的洗礼，感受天地的辽阔，感受大海的胸怀。渐渐地，我不会再因为所失去的一切而感到痛苦。因为无论我一无所有或是家财万贯，在茫茫宇宙里我始终是一粒尘埃。我站在风中，闭上眼睛想象着我幻化成风雨，幻化成星辰大海。个人的存在宛如沧海一粟，无足轻重。这一刻我终于明白，我的本心并没有迷失，尽管它虚幻缥缈，难以捉摸，但我知道它始终就在那里，贪婪地吸收着每一处海角赋予它的能量与活力。

远处的灯塔是英国大陆最南端的最高点，它与成百上千只燕子一起叽叽喳喳地鸣叫着、俯冲着、翱翔着，好像是地心引力把它们逼到了这个地步。这是它们最终不得不飞向天空深处，决定向南迁徙之前最后停留的时间。我们农场的燕子也来了吗？它们是在猪圈里度过了夏天之后，现在正带着它们的新家庭在这里等待着，等待着一股不可抗拒的力量将它们的翅膀掀起，带它们飞向温暖世界的那一刻吗？

茂斯僵硬地站了起来，我托着他的背包让他好把手臂绕过背带。我们的目光又回到那条小路上，然后顺着它一直向北走去。

冷

　　你何时可以接受你爱的人生病了的事实？当医生下诊断的时候？你亲眼看到他 / 她的表情因病痛而扭曲的时候？当你意识到自己必须接受爱人生病的事实时，接下来你会怎么做？理智的人会本能地关心他们，试图帮助他们减轻痛苦，但我做不到，当时我不能接受茂斯生病的事实。我只能告诉自己，这根本不是真的。他本可以住在旅馆里的：那里既干燥，又安全。然而，现在的我们却身处一个建成于铁器时代的丘堡附近，在卡里克·鲁兹岬角上搭起帐篷并蜷缩于其中。疾风掠过海峡，蜥蜴角 (Lizard Point) 上的灯塔闪着光，每隔几秒钟向海面投下光束。我们本可以在朋友的花园里露营，在那儿使用卫生间自然不成问题，住在那儿，我也可以很方便地带茂斯去医院看病。但现在我们在一片漆黑的旷野中撒尿，身处矮小的荆棘丛里，不时被狂风吹来的水汽弄得浑身透湿。我还时常需要自我催眠，告诉自己茂斯不需要医生也可以过得去。我们不是没有机会在温暖的环境里生活，然而现实是，我和茂斯两人裹着薄薄的睡袋躲在帐篷里发抖。算一算马上就要十月了。

第二天一早，在晨曦中，白色积云在陆地上空飞驰，当我们收拾好背包准备继续前进时，看到一群海豚正在不远处觅食。

在布莱克岬的海岸警卫队瞭望台避雨时，我和茂斯得以有机会仔细打量附近地貌，一系列令人难以置信的不同岩层形成了蜥蜴半岛。我们搭建帐篷的那一大块岩石大约混杂着辉长岩的蛇纹石，挨着这块巨石还有麻岩、橄榄石、玄武岩。这些岩石拼凑在一起就好像一门深奥的外国语言，也像是一大幅扭曲却诱人的拼图——随你怎么认为。我们一边走一边试着讲出沿途碰到的，且我们能够辨别得出种类的岩石名称，直到这些石块最终会合为一条直通卡弗拉克的小径。当下我们身上还有 25 英镑。除此之外，我们的粮食储备还算得上充足，米、金枪鱼罐头和迷你巧克力棒。中途经过一家咖啡馆，我和茂斯点了一大份薯条填饱肚子后继续上路。玄武岩、橄榄石、片麻岩，再然后我们进入一段内陆路段，没有凹凸不平的地势，没有山体滑坡可能带来的威胁，也遇不到坏脾气的农民。走出内陆，迎接我们的又是橄榄石和辉长岩铺就而成的小路，小路连接田野，通往树林。

尽管我们只是走了一小段内陆路段，可这仍给我留下了深刻印象。这一小块内陆路段和我之前所认知的康沃尔完全不同。这里富足、温暖、热情，似是随时欢迎我和茂斯这样的人驻足停留。我们经过一家名字叫作胖苹果的咖啡屋，虽然我们没钱进去坐一坐点杯咖啡来喝，可单单这个名字就让我们觉得温暖愉快。胖苹果咖啡屋后面是一大片林带，这片林带被咖啡屋的主人改造为林间露营地。进入露营地，我们选择把帐篷搭在草地露台处，这样可以多少躲避夜风侵扰。因为较少遭受大风摧残，我们帐篷附近的树长得很高。树枝上有鸟儿飞来飞去，树下不时有野鸡出没，当下正是深秋时分，树叶开始泛黄，有些叶子的边角甚至泛起了铁锈一样的深棕色。

在海边的悬崖峭壁行走了太久，忽然进入树林深处，我和茂斯感觉新奇又陌生。只需要 5 英镑，你便可以在这儿睡一晚，在绿树成荫中享受安静的氛围。在树林里安顿好后，我和茂斯忍不住前往胖苹果咖啡屋，没办法，那咖啡屋实在太吸引人了，我们拿了两个叉子，点了一份蔬菜沙拉分着吃。

"听老板说你们俩在徒步旅行。你们要去哪儿呢？"两个澳大利亚人一边在我们边上的座位坐下，一边将两盘英式早餐放在桌面上，我试着不让自己深呼吸，英式早餐的香气实在太诱人了，深呼吸对我来说只会是巨大的折磨。

"还没定，看天气吧。你们呢，你们要去哪儿？"

"我们之前一路上要么住帐篷要么沿途找宾馆住。现在天气越来越冷，住帐篷是不可能了，后面只能去找民宿。我们的下一站是法尔茅斯，到那儿我会把帐篷捐给随便一家慈善商店。对了我还要去理发店，把这一头稻草一样的头发好好修剪一下。"

"哇，可太奢侈了。我已经好久都不去理会自己究竟是什么发型了。"

"知道吗，不去理会就对了，免得烦心。瞧瞧我这一大盘，这也太多了，如果是在家，我吃这么多绝对会胖成猪。这一路上我唯一想做的事就是吃吃吃。不过等回家以后，我可就不能这么放肆了。"

෴෴෴

若是你问我会不会嫉妒身边这两个人每天有那么多东西吃，晚上有床睡觉还有热水洗澡？那我想我会说，不完全是这样。我最羡慕的是他们一直能吃得饱，我认为不洗澡不睡床都不是什么要紧事，可若一直处在食不果腹的状态，人肯定是撑不了多久的。不过话又说回来，如果有哪个好心人肯提供给我一个更好的睡袋，我自然也不会拒绝。要起身离开胖苹果咖啡屋实在太艰难了，这里令人感到舒适和惬意。我想如果我是个厚脸皮的人，在胖苹果咖啡屋后的树林住上一个冬天也不是不可能，水的话从咖啡屋外面厕所接就好，不过这么做实在有伤体面。

在我们扎营的山坡下是波特哈罗海滩，海滩上躺着一块巨大的雕花石块：这里是西南沿海小径的中间点：我们已经走了 507 公里，离终点 507 公里。"不要走太远，爬楼梯时要小心"—— 这是当初医生对茂斯的叮嘱。我自问，茂斯当真已经走了 507 公里吗？我也是吗？当年帕迪·迪利翁花了 24 天走完了如今我和茂斯完成的路程。算一算，在第 24 天时我和茂斯才刚刚抵达廷塔杰尔，回望过去，我仿佛是做了一场漫长的梦，一切都有些不可思议。当下是我们徒步之旅的第 48 天。而帕迪·迪利翁用了 48 天便走到了普尔，再然后他坐上慢车回到了家，换下了厚重的靴子。他前往酒吧，把一路上那些无聊琐碎的事情讲给酒吧里的人听。回到家，帕迪修剪了草坪，开始筹划起自己的下一次旅行。我们呢？

粗略地估计一下，按照目前的速度，如果没有意外发生，我是说如果我们没有因低温和饥饿出现什么意外的话，我们将在圣诞节前几日抵达普尔。

我和茂斯抵达吉伦河正好赶上涨潮，所以不得不选择乘渡轮过河。与其说是渡轮，我们乘坐的更像一条木质赛艇。如印度夏日般的温暖笼罩着平静的水面，孩子们穿着内裤坐在船边用手划着水，在船上能看到河对岸牧羊人们的小木屋，摆渡人的狗蹲在船舵边随着其主人一趟趟往返。这画面安静美好得如天堂一般。茂斯说他有点累，所以我们先在河边的长凳上坐下歇息，任由午后的日光洒在身上。接下来的几天还会有三艘渡轮把客送到对岸，所以我们并不非得赶上今天的渡轮。仔细想想我们之前真不该在胖苹果咖啡屋后面的露营地留宿，那绝对是个错误的决定。把钱花在露营上就意味着接下来几天我们不得不靠着面条度日。当晚我们在赫尔福德河边上的一块萝卜田附近扎营。当下我们脑中有关北方海岸的荒凉和粗粝的画面已渐渐模糊，取而代之的是南部田间温暖和煦的氛围。

第二天一早，天气还算得上晴朗，早秋柔和的空气带着水汽沾湿了一切。我和茂斯穿过一片灌木丛，坐在一处观景台一边俯瞰赫尔福德河，一边煮茶喝。如深蓝色丝带一般平滑的河面上偶尔会有几艘游艇滑过，它们经过河口驶入大海，驶向法尔茅斯。一切看上去安静得如画一般。忽然一只斑点狗闯入了画面，打破了这平静。它一边兴奋地叫着，一遍跌跌撞撞地冲向悬崖边缘。

"该死，坐下，你这捣蛋鬼！"听到主人的呵斥声，斑点狗猛地停了下来，它大概被眼前的深渊吓住了，停下后身上的肌肉在不停地发抖。

"哦天呐，早上好！我们吵到你们了吗？"听口音狗主人来自利物浦，"我们常来这里，这里的风景真是好。我们几乎每年都来，可这笨家伙每次都要向悬崖边猛冲，从不长记性。你们在这儿干嘛？"

"喝茶。"

"好主意！我怎么从来没想过在这儿泡杯茶喝。"

"要来一杯吗？"

"如果你不介意的话。两杯，每杯两块糖。"说罢这个大块头男人的妻子也出现了，瞬间岩壁上这小小一块地方被我们四个以及那只斑点狗挤满了。

"可惜我们没有牛奶。"

"哦没关系，没有牛奶应该味道也还好。你们应该在牧羊人的小屋边扎帐篷，他们一定不会介意的。"

"你认识那边的牧羊人吗？"

"哦，不认识。"

这时几只杰克拉塞尔梗犬随着它们的主人出现了，这让原本就不宽敞的空间更加拥挤了。

"你们是在这儿聚会吗？"

"我们在这儿喝茶？要来一杯吗？不过杯子有限，你们得等我们先喝完。这对夫妇是沿着西南小径在徒步"，我和茂斯还没来得及开口，来自利物浦的大个子抢在前面开口了。

"你们从哪儿来？法尔茅斯吗？"

"不是，我们从迈恩黑德来。"

"那是什么地方？"

"或者你就理解为萨默塞特。"

"不会吧，你们当真是从那么远的地方走过来的？！"

"是，没错。"

"你们能够花这么多时间来做这么如此耗费精力和工夫的事情呢？"

茂斯抬了抬眉头，说，"因为我们没有工作，是两个无家可归的人"。

气氛一下子尴尬了起来，那两对夫妻下意识地往后靠了一些，他们身边的狗也随着主人的姿势因而向后退了几步。

"呃，我想……我想我们该走了，谢谢你们的茶。"

"是，我们也得走了，感谢你们的茶。"

话音刚落，这两对夫妻便离开了。茂斯坐回到长凳上，对我说道："再喝点儿茶吧？"

"算了，水都没了。"

把炉子收拾好后，我和茂斯乘船前往赫尔福德河对岸。

我们完全不知道究竟花了多久才抵达法尔茅斯，只知道抵达的当下天色已是一片漆黑。我们匆匆忙忙地把帐篷搭在潘登尼斯城堡 (Pendennis Castle) 旁边，完全没有心思理会旁边一群兴奋的青少年，他们坐在礁石上一边喝着起泡酒一边吵吵嚷嚷。那群孩子完全沉浸在只属于他们的荷尔蒙满溢的世界里，完全没有注意到我们的存在。

"你说汤姆和罗恩也像这群孩子一样吗，同伴们聚在一起喝酒，一起大笑。"

"那是当然，他们也是学生啊，我是说，曾经是学生。"

"你觉得我们现在这样是不是算是抛弃他们？要知道我们和他们讨论过为什么我们会失去房子，可从来没怎么说起过你的病。我们没有告诉他们你的病可能意味着什么。一直以来我们都习惯和孩子们分享一切 —— 每一次挫折、创伤、他们遇到的每一次困难。但我还没做好准备和他们分担你的病情。这感觉就像我们把一头大象藏在房间里，明明是无法掩饰的事情，可我们又偏要极力隐藏事实"，在黑暗中我背对着茂斯说道，"你说我们遭遇到的这些会不会对孩子们造成伤害。如果把这些遭遇全盘托出会对孩子们造成永久的心灵创伤，我是断然不能接受的"。

"那是他们没有和你说起这些，问题在于你，你总是顾虑太多。孩子们和我聊过了，我和他们坦诚地谈过了，他们知道我们所有的遭遇。孩子们的确很难接受，但他们很坚强。这些变故是我们一家人都不得不承受的，我们只能选择面对，只有面对，才有可能真的挺过去。哪儿有什么房间里的大象这回事儿，不可能，我们连藏大象的房子都没有了。"茂斯不忘打趣。

"好吧，可能我的比喻不恰当，不是房子里有大象，是帐篷里藏了长颈鹿。"

"雷，别想了，睡觉吧。"

　　时值 9 月，是法尔茅斯大学的学生返校的时候了。小镇上一时间充斥着大量鲜活的年轻面孔，这些年轻人中不少都以波西米亚风格穿扮示人，配合这种不羁的穿扮，每个人都似乎刻意摆出一副淡漠疏离的神态。说来也有趣，尽管我和茂斯从未刻意追求什么波西米亚穿搭，可在历经了这些日子在沿海小径附近的风餐露宿后，我们的打扮倒更有流浪者气质 —— 茂斯的迷彩阔腿裤被随意地卷起并用束带扎紧以做固定，原本是纯黑色的 T 恤经过风吹日晒已经褪色成深棕色，唯独被背包覆盖的部分还保持着原有的色彩，这色彩清晰地形成了一块与背包轮廓形状相同的色块。出发时茂斯的头发还是银灰色，可现在他几乎是满头白发。与此同时，拜流浪生活所赐，他短促的胡楂总是不经意间就发展成让人看起来更苍老的胡须。我呢，自打从圣艾夫斯起便只剩下一双袜子可穿，天气渐冷加上我的替换衣物又不多，只好把短裤袜套在长裤袜外面，上身同样也叠穿着我所有的衣物，这么一来最外面的那件从慈善商店买来的外套看上去显得鼓鼓囊囊。除此之外，我还拥有波西米亚风格拥趸者最喜欢的发型 —— 蓬乱不羁的像鸟巢一样的长发，当然我并非刻意经营，而是受生活所迫。

　　走在法尔茅斯街头，我想起之前在路上遇到的那几位澳大利亚朋友，想必他们已经完成他们此行预设好的目标，或许当下他们正在某处尽情享受大餐，谁知道呢，不管怎么样，我对他们心存祝福但并不嫉妒他们能够在旅途中饱餐，能够悠闲地享受一切。抵达法尔茅斯，穿梭在喧闹的街头，我似乎已不再为自己被迫流浪而产生的自怜情绪所困，对于周遭热闹的一切，现在的我能够

以平静甚至疏离的态度看待，而两个月前我是断然不能想象自己
能够拥有如此淡然的姿态，现在，我可以坦然接受自己所处的境
遇与他人不同。

"每人6英镑？天呐，我们两个背包客又没有什么额外的
行李。"

"可船票就是这个价，没得选。"

前往圣莫斯的渡轮价格实在太贵，在询价过后我和茂斯绕着
港口打望了好一阵子，想找找看有没有那种渔民自己的小船，那
应该会便宜不少，可最终我们没能如愿，压根没有这样的私家小
船。没办法，我和茂斯只得返回镇上，买好够我们吃四天的面条，
这样我们便能留下足够的钱来买轮渡票。买轮渡票一下子花掉12
英镑，哎，现在看来去胖苹果咖啡屋消费那一次实在是多余。

圣莫斯有不少供应英式黄油茶的咖啡厅，半空中不时会嗡地
飞过几只虎头蜂。海滩边接驳游客前往普拉斯克里克的轮渡来来
往往，几乎不作片刻停歇。下船后我和茂斯便一头钻入丛林地带
向着海边进发，荒野地带之于我们现在就好比是洞穴之于野兔，
我们在其中已经如鱼得水，身处其中比居于闹市让我更感自在。

大地向远处的格里布角延伸，我们脚下是光滑平整的草坪，
一直铺到前方一幢大型别墅前。月亮爬上澄澈的夜空，满月刚过，
硕大的银盘隐约可见一处缺口。深色的海水以丰沛之姿不断拍打
着海滩边的礁石。我和茂斯脱下已经有些发酸的衣服，赤裸地钻
入冰冷的海水中。我们以一处岩架为起点向远处游，这样一来我

们好有个参照物避免迷路，茂斯比我游得更远，在返程之前他一头扎进水底，浮上来后他对我说道：

"你把头扎下去，你必须得看看水下的样子。"

"我不行，太深了。"

"不，你听我的，否则你会后悔的。"

当下的我是害怕的，我们离开礁石有一段距离了，靠着洒在水面上的细碎月光我依稀辨认出周遭的环境，入秋的海水凉极了，我一边努力浮在水面上一边对抗着寒意。

"你只需稍稍把头探下去一点，保持眼睛睁开。"

"我真的不行，海水太咸了。"

"你没问题的。"

我深吸一口气，然后把头扎进水中，摒除本能带来的恐惧情绪，努力睁开眼睛。令我意外的是，出现在我眼前的并非一片漆黑，白色和银色的光点在水底跳跃着，水底宛如铺满了水晶般闪耀，是月光制造了这幻境，它游移着将自己的光彩撒向大海，再由海面折射至沙滩和礁石之上。我把头探出水面好重新吸气，浮上来的过程中我发现海水的每一层都是银色的。茂斯抓着我的手把我带向海水更深处，我再次下潜，这一回我离海面更远了，可我仍然看得到它，接近海底有不少鱼儿，它们几乎静止不动，被月光染了色的海水使鱼儿身上的鳞片看上去闪闪发亮。我伸手企图触碰一条身边的小鱼，可我的指尖刚碰到它的鳞片它便敏捷地向外移动了少许，然后再度保持静止状态。这些悬浮在浅滩的小鱼不会单独行动，它们往往以群体为单位迁移，当它们集体感觉到自己距离海岸太近并可能因此遭受侵扰时，便会一齐游向深海。在这过程中，静止的光斑会随着鱼儿的游动碎成带波光的泡沫。

从海面游回岸边，我虽然冷得发抖却感到平静异常，因水下多彩的幻境，我似乎找到了一种难得的归属感，当晚睡在海天之间，四周是干燥的咸咸的海风。

入秋的波特斯卡托镇中心到处可以看到前来度假的游客。年轻夫妇带着他们的小孩，一家人带着水桶，穿着雨鞋和风衣外套——其乐融融的景象。若是从前看到此情此景，我可能会想起往昔的时光然后黯然神伤，可当下的我就仿佛局外人一样，像看电影一样看着眼前的画面，并不会将自我带入然后陷进某种情绪中，我清楚我的目的地是前方旷野中的黑荆棘和金雀花。

抵达潘多维尔海滩后，我和茂斯盘算着去捡沙滩上的海带煮来吃，可煮海带要消耗大量的天然气，最终只好打消了这个念头。我们刚停下来没多久天色骤变，一阵带着水汽的风从远处吹来，南方和西方的天空一下子暗了下来。我和茂斯身上穿着套头卫衣和抓绒外套，可它们仍然不足以抵挡忽然袭来的寒意。冷风从衣服的缝线钻入，如利爪般刮着我们的脸，扫过我们的背包，不带一丝怜悯地向前冲，向前，一直向前……当下天色并不算晚，可我和茂斯已经开始寻觅可以扎帐篷的地方了，之所以这么心急是因为附近这段小径处在一个被树丛包围的斜坡上，根本无从落脚。最终，穿过一片黑荆棘，我们在一片废旧农舍附近找到了一块可以搭帐篷的空地。我和茂斯搭起帐篷开始煮面时，天上飘起了小雨，还好我们在下雨前安顿好了一切。

入夜，雨越下越大，帐篷外电闪雷鸣，豆大的雨滴噼里啪啦地打在帐篷的防水布上，像是连续的鼓点。我和茂斯全副武装地躲在睡袋里，睡袋上甚至还盖了一层毯子，可即便如此，我们仍然冷得发抖。如此大的昼夜温差令我和茂斯始料未及，要知道白天这附近暖和极了。

大约凌晨4点，我因着低温从睡梦中苏醒，此时的我和茂斯像两个睡鼠一样蜷缩在帐篷正中央。如我一样，茂斯这一觉睡得不安稳，我不时听到他因寒冷和疼痛发出的低微呻吟声。为了躲避夜风，我和茂斯不得不将帐篷从高处移至地势更低的地方去。可即便经过如此一番调整，茂斯仍然在帐篷里打着寒战。我看得出他很努力地想要克服身体上的不适，但茂斯的意志力似乎终究不敌寒冷带来的折磨。我将毯子的大半都盖在茂斯身上，并把帐篷附带的防水布也铺在了他身上 —— 如此一来茂斯应该觉得暖了不少，一会儿便沉沉睡去。说起来我们随身携带的两个睡袋真是有些累赘，它们既不保暖也不舒适，重量倒不轻。我们这一路上背负着这两条沉重的家伙可真是吃了不少苦，但我们清楚地知道想要以同样的低价买到更保暖的睡袋几乎是不可能的，况且我们身上的钱只够我们维持基本的吃喝，更换睡袋这件事根本不现实。躺在熟睡的茂斯身边，我再也无法入睡。狂风打在帐篷上发出哗哗的声响，因为风力太猛整个帐篷甚至都在摇晃。不知过了多久，一道灰白色的微光射入帐篷内，强风减弱。

待茂斯睡醒，我们继续上路，迎接我们的是来势汹汹的大雨，水平的雨阵裹挟着西南风，无情拍击着我和茂斯的身体，积满水的灰色云朵贴着海面如下坠一般 —— 水以不同的姿态在海洋和天空之间循环。大雨使前路越发模糊，远处的岬角从隐约可见到完全消失不过片刻之间。我和茂斯丝毫不敢放松地盯着脚下泥泞崎岖的小路，生怕一个不小心出什么意外，正因为我们的注意力全在脚下，所以错过了西波尔索兰德和东波尔索兰德之间的分岔路，不知不觉中被困在了一块很尴尬的地带。迎着大风，我和茂斯清晰听到脚下巨浪和雨水拍击海岸的声音，我们沿着一条由石头铺成，并有混凝土绳索做扶手的小路硬着头皮向前，万幸我们最终沿着这条小路抵达了一块空地，空地后是一排农舍，一位妇女从其中一家农舍里走出来，冲着我和茂斯喊起话来。

"快进来，赶快！雨太大了，我可不想一直这么敞着门。"

"我们浑身都是水。"

"把你们的背包扔在石板上，人赶快进来。我一路看着你们走过来，为什么不走那条好走的分岔路呢，这条小路太危险了，算你们命大，没被海浪卷走。"

妇女把我们领进身后的屋子，里面很热，穿着防雨外套的我们不一会儿就大汗淋漓，就像进入了蒸汽桑拿屋一样。这并不是普通的农舍，而是一间茶室。准确地说，这位妇人把自己的起居室改造成了一间面积极小的用来赚钱的茶室。我们一定是昏了头，怎么会跑到茶室来消费。我们原本以为这一切只是一位沿海渔妇的乐善好施，谁想到我们要为此付出 4 英镑 20 便士的代价。可当下的雨势实在太大，雨水如子弹似要射穿窗户，连海鸥都不得不躲在礁石下，我和茂斯若是坚持在户外继续赶路的确是太冒失了，所以我们干脆留在这里喝茶。茂斯坐在窗边，把头靠在一个抱枕上，不一会儿就睡了过去。他的胳膊不停抽动着，面部不时因为疼痛露出略显狰狞的表情。寒冷和湿气带给茂斯额外的不适，平日里，茂斯总是尽量将这种不适掩藏起来，而一旦入睡，所有的痛苦都不自觉表露出来。因为没能服用普瑞巴林，茂斯的肩膀和头总能感受到刀割般的疼痛，大腿麻木是常态，此外他身上还长满了不常见的疹子。以上这些只是皮质基底节变性病人可能出现的一部分症状，可是仅仅这些症状就已经要把茂斯拖垮，他很久没有睡过一个好觉了。

几个小时过去，雨势减弱，空中的水汽凝结成雾气，我和茂斯从小屋离开继续赶路。在泥泞的小路上跋涉了一会儿，在快到傍晚的时候，我们抵达了多德曼角高处宽阔的岬角地带。我和茂斯坐在一个花岗岩十字架的基座边，看着眼前的浓雾突然被风吹开一处破口，经由这个破口，我们得以看到远处南方的蜥蜴角以及东方的风景，可不一会儿雾气再次聚拢，眼前的景致又被遮蔽了起来。在雾气中，我和茂斯觅到了一个像瞭望台一样的石头小屋，小屋藏在金雀花和一丛丛矮小的树丛后，很好地避开了狂风的侵袭。小屋原本应该是一座瞭望塔的一部分，在拿破仑战争期间，英国人建造类似的石头小屋，并在其中观测英吉利海峡上是否有法军的船只出没。瞭望塔早已残破不全，我和茂斯把帐篷搭在其中，却也能很好地躲开风雨的侵袭。搭好帐篷后，我们坐在那个石头小屋里煮面条，一瞬间一切有了些过家家的意味，流浪一下子也显得不那么无趣了。不一会儿天色转暗，差不多 7 点，最后一丝天光终于也被黑夜吞噬。

"差不多已经是 9 月末了。"

"是吗？"

没有网络，茂斯按照指南上帕迪的日程以及我们最近一次获得的日期信息推断着当下的日期。

"很快就要十月了，只再几周，我们差不多要把表调成冬令时了。"

"天越黑越早，到 5 点就天黑的时候我们该做些什么呢？"

吃好面我和茂斯走回那个花岗岩十字架边上，从那里，我们看得到地平线上挣扎地透出的光斑。夜风带来了夜晚独有的喧嚣，海鸥成群滑翔至海边的悬崖处，蛎鹬聚在礁石处发出刺耳的鸣叫。海浪发出深沉的低吼向礁石猛冲，却在遭遇礁石的一霎那粉身碎骨。一只小鹿从我和茂斯身边经过，月光下它的皮毛看起来是灰色的，它的步履极其轻盈，会让人错以为它是浮在地面滑动。小鹿的目的地是树丛深处，在钻进林间的瞬息它甚至没有扫到一片树叶。我和茂斯跟在小鹿身后，是该休息的时候了，月光洒在绿色的树丛中让夜晚反射出深绿色的光。

第二天，我和茂斯躺在格兰海文海边长椅边的水泥石板上，感受着石板上仍然留有的日光的余温，我们仰面看着天空中盘旋的海鸥。

"知道吗，格兰海文不像别处，这儿可没有随意睡在街边的醉汉，有警察专门盯着这些露宿街头的人。"

从声音判断，说话的人应该是类似那种有着船锚文身的大块头，我从水泥石板上坐起来循声向四周打量。大块头倒是没看见，说话的是个老头，他和妻子穿着冲锋衣坐在长椅上边聊天边吃薯片。这老头是个大嗓门，吃到一半他将一片薯片扔向长凳前的一只海鸥，这一举动吸引了更多鸟儿降落至长凳前。

"我们不是醉汉，我们躺在水泥石板上是为了感受白天太阳留下的余热。"

"有哪个体面的人会躺在街上。你们是流浪汉吧？还是别的什么？"

流浪汉？！我们这就被定义为"流浪汉"了？问题是我们压根没有露宿在大街上啊。

"这儿又不是街道，这里本来就是供人们休憩和欣赏风景的地方，我们坐在地上就是为了欣赏风景，有什么不对吗？我倒要问问看你们在这儿做什么？"

"吃薯片"，老头的妻子答道，她一边说一边继续用薯片投喂海鸥。

"不，你们这不是明摆着在投喂海鸥吗。没看到那边的标示吗？——禁止投喂海鸥。我看你们最好小心一点儿，天知道会不会有谁盯着你们，惹上事情可就倒霉了。"

说罢我和茂斯拿起背囊准备离开，只听得那老头从背后冲我们喊着"流浪汉"。

茂斯也不甘示弱，回过头去大喊一声，"不守规矩喂海鸥的家伙"。

穿过美丽的小镇，我和茂斯的下一站是梅瓦吉西，一路上一群海鸥一直在前方领路。这群海鸥让我想起圣艾夫斯的海鸟，它们有着同样狡猾的神情，有些聚集在渔船和烟囱上，有些则乐此不疲地在垃圾箱周围徘徊，在长椅边游荡，似是每时每刻都在寻觅着有无猎物出没。我和茂斯从一家餐厅花 1 英镑买来一份放在纸筒里的炸薯条，我们紧紧攥住纸筒，一个人吃的时候另一个人望风，生怕一个不小心食物被海鸟叼去。坐在我们边上的是几个上了年纪的女士，她们每人都点了炸鱼薯条套餐来吃。虽然并非有意，我们还是听到了她们的谈话内容。

"告诉你们吧，海岸城市我住过不少，不过我再也不会回圣艾夫斯了。我会考虑搬回韦茅斯这样的地方，或者梅瓦吉西也不错，但我绝对不会再搬回圣艾夫斯去住。"

"你不是现在就住在梅瓦吉西吗"，另一位女士搭话道。

这时一只眼球像钢珠一样的海鸥落在这些女士坐着的长凳上，不过它的注意力不在她们眼前的餐盘，而只是漠然地向远方张望。

"我是说如果我有天要离开梅瓦吉西，我会对这里恋恋不舍，说不定哪天会再回来，可圣艾夫斯就没有这种待遇了。"

"你这么做的目的是什么，离开再回来？"

那只海鸥背对着这些女士，望向大海一阵子后，它继续侧着身子在长椅上踱步。

"理论上，希拉。如果我有一天需要搬家，我还会再搬回来的。"

"多丽丝，理论上如果你真的已经做好回归的打算，那你为什么要离开。"

就在这时，那只长椅上的海鸥伺机而动，蹭地一下将爪子伸向餐盘，迅速抓取了一大块鱼肉后，便心满意足地离开了。

"看看这该死的海鸥！这就是为什么我要离开梅瓦吉西，这里简直和圣艾夫斯一样。"

"哦，多丽丝，这家伙把这儿弄得一团糟。可我不明白，既然这里和圣艾夫斯一样，你为什么还要回来？"

"希拉……"对话就这样以尴尬的方式收场了。

当天我和茂斯在布莱克岬角上搭起了帐篷，帐篷边是诗人A.L.罗夫斯的墓碑，其墓志铭为：这里是我的归属之地。想来如果躯壳不能归属某地，心灵可以的话也算是完满的。我和茂斯在岬角上煮面吃，身边岩壁上栖息着嘴里塞满薯片的肥胖海鸥。

"想来倒也奇怪，这些海鸥从不对面条表现出兴趣。"

"它们又不傻。"

<hr />

圣奥斯特尔北部地区生产黏土。自18世纪中叶起，人们便在当地挖掘质地极佳的高岭土，也是在当时，威廉·库克沃斯（William Cookworthy）恰好发明了提纯黏土的工艺，于是当地的黏土工业便自那时发展起来了。圣奥斯特尔的工业包括生产黏土以及制造高级瓷器。这里也出口黏土。运往世界各地的黏土有的用作制造陶瓷茶杯，有的用来制作牙膏。当周边的金属矿纷纷因资源耗尽而关停时，圣奥斯特尔的黏土坑倒是越挖越多。虽然黏

土资源并不那么容易耗尽，可提纯一吨黏土会产生五吨废料。这些废料已经顺着康沃尔的中心地带形成了一座废弃的黏土山，当地人甚至将这座黏土山称作"康沃尔的阿尔卑斯山"，当然，于那些对当地没什么感情的游客而言，所谓康沃尔的阿尔卑斯山不过就是一些不起眼的小土丘罢了。留在地上的黏土坑可以通过多种途径被重新改造。举例来说，你可以把黏土坑改造成人工湖，然后在周围种些矮灌木，包装一下，就是一条古遗址小径。再或者你可以把这里打造成类似伊甸园一样的自然主题公园，把世界各地的奇异植物都聚拢在一起，每位游客收取 25 英镑门票，这一定会大受欢迎。总之把矿坑填平，重新改造地貌的方式有很多，可如此操作和真实的自然风光一定会有差距，我想没有哪个游客走过草地时会愿意看到这样的告示牌：不知道吧，这里曾经可是一片黏土矿。黏土矿可不是什么值得大肆宣传给游客的卖点。

查尔斯敦，也就是从前的西波尔米尔，和圣奥斯特尔不尽相同，这里现在仍是风景如画的港口。打造这个港口的人叫查尔斯·拉什莱格（Charles Rashleigh），这人一点不利己，一心想着发展查尔斯敦。通过拉什莱格的努力，查尔斯敦从只有 9 个编制龙虾篓的渔民的小渔港发展成了有 3000 个仓库工人的工业小镇，这些工人每日的工作就是将加工过的陶土填满货船。在 19 世纪时，小镇出口黏土大约有数万吨，到了 20 世纪，其出口产能已经达到数百万吨，数值增长惊人。如今查尔斯敦仍旧一派欣欣向荣，除过往的历史遗迹外，这里还作为电视剧《波尔达克》的取景地吸引着游客造访。

在我们快要抵达时，周围的一切都变成了白色，类似滑石粉一样的粉尘覆盖着地表。沿海小径弯过一个陶土加工厂的外缘，夹在铁丝网围栏和铁路线之间向远方延伸，穿过村庄，直抵海边。海滩后是一座大型仓库，仓库一侧是烟囱不停冒着烟的工厂，另一侧则是宽敞的大篷车公园营地。总之，周遭的一切都是白色调的——白色的树、白色的小路、白色的海滩、浑身白色穿扮的遛狗的人。

我们穿过波尔克里的酒吧和咖啡馆，无视食物的气味，来到山坡上成熟树木的秋日余晖中，很高兴又回到了五彩缤纷的世界。经过波尔克里扎堆的酒吧和咖啡厅，我和茂斯努力让自己忽略其间飘来的食物的味道，快步向前进发。接下来，我们抵达一片带着浓郁秋日色彩的位于半山腰的树林，终于，我们回归了彩色世界。

当晚，我和茂斯平躺在帐篷里，外面是格里宾岬角上一大片平坦的草地。掀开帐篷的窗帘，我们看得到轮船和星宿随风迁移。这一带土地属于拉什莱格家族，自解散修道院后，该家族便成为了梅纳比利庄园的拥有者。达夫妮·杜穆里埃[1]曾经租住在梅纳比利庄园内，在这期间她梦见曼德利，然后便有了闻名于世的《蝴蝶梦》。在同一片土地上，身无分文的我和茂斯躺在距离梅纳比利庄园不远处的草地上，以夜空做屋顶，繁星是其点缀。如今我们仅剩的只有我们的孩子和对方，如果说还有其他什么的话，那便

---

[1]　达夫妮·杜穆里埃（Daphne du Maurier），英国女作家，其创作的作品多以康沃尔为故事背景，代表作包括《牙买加客栈》《蝴蝶梦》（该小说被翻拍成电影）。

是当下身边带着水汽的草地还有海浪拍打礁石发出的声响。我们能靠着拥有的这些东西支撑往后的日子吗？我想我是知晓答案的，可就算知晓答案又如何，我们还是不得不回到让我们捉摸不定的现实世界。

小径沿着平缓的山坡向上爬升，山坡上的林带已经随着秋日来临褪变成橘调，山的另一侧是布满礁石的海滩和来回盘旋的海鸥，它们几乎已经成为我们的随行伴侣，就这样，我们来到了福伊。福伊是依着一处天然深水港发展起来的小镇，其狭窄的街道上四散着被涂刷成各种色彩的房子，这些房子一路蔓延至远处山地的陡坡处，一看便知价格不菲，从任何一幢向外张望都可以看到怡人的海景。尽管已经入秋，海边仍能看到零星游艇，很显然住在这里的人颇为富裕。在福伊我们又找到了一家海边茶室，我和茂斯进去要了一壶热水，并为已经没电很久的手机重新充电。好几天没用手机，我们甚至忘记自己还有这么一个物件。

"罗恩如果知道我这么久没给手机充电一定会冲我发脾气的。"我自言自语道。重新开机后，我发现手机里除了孩子们发来的信息外，还有一个我的老朋友波莉的未接来电。波莉是我的老同学，上次我们通话还是在我和茂斯刚刚从老房子搬出去时。现在若是再和波莉通话我真不知道该说些什么。

"哦，对，我们仍然无家可归，还是处于垂死挣扎的边缘，你怎么样？"——像是这样吗？

我们从银行取了钱，买了一条面包和一个浓汤罐头后便搭乘游客轮渡前往河对岸的小镇波尔伦，波尔伦几乎就是一个缩小版的福伊，两者无论是从布局和风格上都很相似。抵达对岸后，我和茂斯坐在海边，看着一名焊工在对面的船坞里忙着敲敲打打，在他修理间隙，船坞里不时火花四溅。到这里，小径变得越来越平坦宽敞，我和茂斯走起来省力不少，这一带海域的暴风雨似乎不多，我们所见更多的是带着泥沙的温和涌动的潮汐。随着路况越发平缓，我和茂斯也变得更加坚强，更加平静。一只鸬鹚从水面飞过，看样子它的方向是前方的大海。尽管天空灰蒙蒙的，可看起来并不像是会下雨。银灰色的天空和海平面衔接在一起向更远处延伸。修理工仍旧全情投入地进行着修理工作，火花迸射，我仔细打量后发现那位修理工头上戴着耳机，我猜想里面正播放着的应该是类似《闪舞》这样的流行摇滚乐，当然很有可能他只是在听一般的广播。

我们沿着陡坡向上攀爬，离开村庄来到兰迪克海湾，再行至潘卡罗岬。将帐篷搭在金雀花丛之后，透过夜色，我和茂斯张望远处从普利茅斯港口驶出的船只。

第二天清早，晨光如黄油一样被抹在淡灰色的天空中。一只海鸟从崖底向上翱翔，在银灰的空中扇着巨大的双翼。在其扇动翅膀间隙，由海鸟灰色的背部我看得到它羽翼之下的白色。乘着风滑翔了一阵子，海鸟忽然一个俯冲向下，草地上的野兔受到惊吓四散开来，停在树枝上的鸟儿则一瞬间停止啁啾陷入了安静。

这时一位老者从岬角另一头向我们这边走来。

老人外表看上去略有些邋遢，衣服也谈不上整洁，他一只手拄着一根普通拐杖，另一只手则撑着一根修剪过的桦木树枝，步履蹒跚地前进着。走到我们面前，老人开始和我们搭话，他语速很快，且带着口音，说起话来仿佛嘴里含着光滑的奶油球。

"你们看见它了吗？我是说那只游隼。它来这儿有几周了，瞧瞧它生得多漂亮，你们说是不是？以前我可从没在这儿见过它，是新面孔。你们之前在这儿见过它吗，我反正没有。"

"我们昨晚才到这儿，所以刚刚是我们第一次看见这只鸟。当然，绝对是令人惊艳的生物！"

"哦，原来你们只是途经这里啊。我一直住在这儿，住在那边树林里的一个棚子里，养鸡，砍柴。那只游隼可真漂亮，你们说呢？"

"当然，漂亮极了。"

"你们是要往东去吗？背包客们都是往那个方向走。再往前你们会经过雷姆岬、比格伯里，还有螺栓尾岬角。知道吗，他们说我的眼睛得了病，说是什么青……青什么病，说我早晚有一天会失明。谁知道呢，他们说因为我吃了太多饼干，所以才会得这种病。"

"青光眼。"

"是吗，这病是叫这个名字吗？青光眼。总之我每天都来这儿，来这儿看看，我想趁着还能看见把这儿的景色都装在脑子里，我说了我总有一天会失明的。"

"这儿的风景很美，的确值得被人记住。"

"我太高兴了，我看到了这么美的东西，我是说那只游隼，它那么美，你们说是不是？"

"是的，当然，它美极了。"

天光渐强，原本连在一起的大海和远空被强光割裂开来。我自问道，我是否看过足够多的风景？如果有一天我也失明，我会不会记得自己曾经看过的一切呢？即便记得，仅仅有回忆就足够了吗？我会因着拥有回忆便感到满足和宽慰吗？和我们简短地聊天后老人便离开了，是要回到林间的家吧。我们都能如他一样拥有足够多的回忆吗？答案我无从知晓。

忽然我的手机响了起来，尖锐的铃声打破了寂静，是波莉。

"你们在哪儿？"

"还在西南沿海小径徒步。怎么了，波莉，有什么事儿吗？"

"听着，马上要入冬了，你们再徒步下去可不行。我这儿有个闲置的小房子，原先我们在这儿切肉绞肉。里面还有个洗手间，不过堆着大量的塑料筒。如果愿意的话，你们可以在里面住一阵子。不过你们得把里面收拾干净。"

"我不知道……"

"决定权在你们，选择无非两种，来，住下，要么接着徒步。"

我们的帐篷背靠着一大片金雀花丛，面向东方，面向着我们还未踏足的征途。等待着我们的是未被发掘的海湾，一个接一个的岬角，更迭的日出日落。当下天气已经很冷了，不过还不到最冷的时候。待到冬日的风暴席卷海岸时，我和茂斯是断然无法再沿着西南小径跋涉了，转向内陆地区是必然的。但是内陆哪里呢？玻莉住在英国中部，具体方位我也不是特别清楚。如果投奔波莉，我们在她那儿能做些什么呢，等待着我们的是什么样的未来呢？

想要做出抉择实属不易。

当晚过后，我和茂斯沿着海岸抵达了兰提维湾。我们在被粉刷成白色的花岗岩路标前驻足，在悬崖边的瞭望小屋前停留。在吃掉随身携带的米饭和吞拿鱼罐头后，我和茂斯继续前进。之前见过的那只游隼又现身了，这么算来它已经绕着彭卡罗这一带飞行了大约三天了。我仔细想了想，我和茂斯需要一个能够遮蔽风雨的住所，我们断然是经受不住严寒的考验的，当然我们也需要钱。或许投奔波莉是我们能够在正常世界重启新生活的契机。不过或许继续上路也并非最坏的选择。犹豫再三，我还是打算住到波莉家去，想到茂斯的身体状况 —— 说真的，他太需要一个温暖的住所了。

我不知道自己的决定对不对。说起决定这回事，有些决定很容易做，即便做错也很容易纠正，比方说坐错了火车，那么在下一站下车便是了。可有些决定一旦做了便没那么容易回头 —— 比如投奔波莉，当下的我们无从判断这一步是对是错。

"嗨，罗恩。能不能借我 40 英镑来买火车票？"

"妈妈我没有 40 英镑，但我可以给你打 20 英镑过去。"

"汤姆，能不能借我和你爸爸 20 英镑，我们买火车票需要钱。"

"好，没问题。可我不觉得你们投奔波莉是明智的选择，依我的直觉，你们做了个错误的决定。"

第五部分

选择

人们需要美，也需要面包。

——《约塞米蒂》，约翰·缪尔

绵 羊

背井离乡的两个人沿着海岸越走越远。雨水拍打着废弃肉类加工厂波纹状的屋顶，我们在屋里正中央的位置搭起了帐篷，然后一头钻进熟悉的蜗居里挤作一团。我知道，这难得的片刻平静正如手中的流沙，在迅速流逝。

帆布背囊孤零零地被我们安置在角落里，凭一己之力支撑着一块正在脱落的塑料墙面。虽然曾经有人在这里暂住过一段时间，但它给人感觉还是像个加工车间。扔在火炉旁边的塑料制品被烤得融化卷曲，窗户上满是青苔，头顶的椽子上悬挂着一排排绝缘材料，长条灯管忽明忽暗地闪烁着，偶尔照亮脏兮兮的天花板。即便如此，此时此刻能有一个屋顶为我们遮风挡雨，已是十分感激了。

波莉很高兴我们来到了这里，也很高兴能帮上我们的忙。但她不收房租，只是提出我们可以帮忙盖房子和打理农场来作为交换。也许茂斯可以先从搭石膏板、粉刷墙面做起。我和波莉是多年好友，彼此陪伴着度过了青少年危机和成人焦虑期。这时候，我们当然要互相帮助。

我沿着树篱走到山顶的树林，迷失在英格兰中部的异国风光中。乌鸦在十月下旬的冷空气中盘旋。一只秃鹰拍打着翅膀，向着山脚处急速俯冲，哀怨的叫声传遍了整个山谷。落叶松的巨大球果散落一地，野草和荨麻从枯死的树枝间重新发芽。这时，一只野鸡从灌木丛中飞了出来，大概是我的脚步声惊动了它，它扑着翅膀发出了惊恐的叫声。现在只要我一闲下来就会到这个地方来。尽管我对这从天而降的住所时刻怀有感恩之心，但不可避免的，一种强烈的空虚感也悄悄爬上了心头。我感受不到生活的意义，整日里重复性的劳作对我们的未来毫无助益。我们能得到的最大好处也只限于避免让自己再度落入随时可能沦为落汤鸡、在深秋季节里瑟瑟发抖的窘境。现在的我成了朋友中的异类，无人可以诉说心中的孤独。这种无家可归的生活教会了我，无论人们当初多么想帮助你，可一旦你进入他们的家，你很快就会变成他们巢中的布谷鸟，反客为主，耗尽别人的怜悯与耐心。但目前还好，至少在一段时间内，我们对波莉还是有用的。

当茂斯脱下背包停止行走时，那种僵硬感又再次袭来，这次还伴有越发明显的神经性疼痛。他最近每天晚上睡 12 个小时，早上醒来时每动一下都很吃力。所以我们再次拜访了医生，向他详细地说明了茂斯在徒步旅行过程中精神状态和身体状态都得到了质的提升。而且在充分保暖的条件下，他的症状几乎消失了。

"唉，你这样只会加速病情的恶化，让事情变得更糟。你应该多休息，偶尔散散步，不要走太远，在楼梯上也要小心。"

"但这种持续不断的重复性动作难道没有帮助吗？也许通过大量吸入氧气可以在某种程度上阻止病情加重，减缓 tau 蛋白的生成呢？又或是它导致了其他对身体有益的化学变化？"

"绝对不会。你们只是不承认自己的病情罢了。其实这是正常现象——大多数病人都会经历这个阶段。"

这些日子里，我们抓住每一丝机会让茂斯运动起来，但令人失望的是，一次也没有达到我们以往负重徒步时的理想效果。我们去了健身房，但那让他痛苦了好几天。他坐在健身自行车上，稳步重复的动作有一点帮助，但运动量还远远不够。不久后，茂斯就开始抽筋，偶尔我还会看到他的胳膊在微微颤抖。

我们的字典里没有休息这两个字，我们还得靠体力劳动来换取那个屋顶下的暂住权。茂斯举步维艰，艰难地用石膏刷好墙面，肩膀每挪动一下都给他带来无尽痛苦。他在寒冷的天气中坚持作业，铺好了瓷砖地板，建成了一堵混凝土砌块墙，严寒使他浑身冻得僵硬，手指都难以弯曲。一天工作 4 小时已经是茂斯克服重重阻碍所能达到的极限了，但令人沮丧的是，他的身体控制能力仍在迅速减弱。

冬天来了，温度降到了冰点以下，寒冷刺骨。地面像石头一样坚硬，上面还铺满了足足六英寸厚的大雪。这一刻，我庆幸我们不用风餐露宿，至少有一间房子和一个火炉可以抵御严寒，即便我们需要自己外出砍柴来烧火取暖。

我们和茂斯的哥哥一起度过了圣诞节。我们睡在他家的地板上，享受着温暖幸福的家庭氛围，试着假装什么都没有发生，生活还是一如既往地平凡安逸。12月下旬，我们回到波莉家旁边那片森林，把倒下的树锯成小段，砍成圆木。我们花了好几天时间清理灌木丛，在那里建造了巨大的木材堆。夜幕降临后，茂斯一回到小屋，就立刻躺在地板上痛苦地呻吟起来。我在这个简易房里重新安装了一个炉灶，推倒了一堵隔墙，用木材装饰了入口房间。除此之外，我还打扫了度假小屋，在洗衣房干活。然后拿这笔钱付了电费，波莉坚持不要房租。挣得这些小钱可说是杯水车薪，我需要找份工作，但我也需要和茂斯在一起。他已精疲力竭，身体越来越虚弱。虽然很高兴波莉可以提供给我们这个棚屋，但茂斯实则已为这种奢华生活付出了很大代价。

"你不能再这样下去了，这会害死你的。"

"但我们有了一个屋顶啊，我很感激波莉。"

春天来了，森林和草地慢慢变得生机盎然，郁郁葱葱。原先藏起来的风信子地毯像一顶蓝色的皇冠一样点亮了山顶。一头休耕的小鹿悠闲地从落叶松上走过，纤细的双腿有力地驮着它穿过树干，走出树林，留下了一幅黄昏时分在田野里吃草的剪影。我们偷偷地看着她，生怕它会在冰箱里度过余生。它孤单、美丽、自由，是我们在这个春日傍晚，偶然发现的秘密。

春天一到，小羊羔们也陆续降生了。我们观察着巨大谷仓里的数百只母羊，想要寻找即将开始劳作的迹象。焦躁不安的母羊试图找到一个单独的地方，它们在地上扒来扒去，侧身躺下，伸长脖子，头朝天仰着。然后只见一个湿漉漉的、扭动着的、鲜活的生命悄然而至。这是一个充满兴奋与希望的崭新开始。但我始终感觉自己游离于这一切之外。仿佛我是一个空壳，在装模作样地忙活些什么。我用碘酒喷洒在母羊的肚脐上以防感染，然后用干净的稻草给它们铺好床。这是我以往做惯了的，但可惜我不再拥有那种生活。我不再经营自己的人生，我只是路过别人世界的旁观者。

我们多年的努力和目标在一夜间化为泡影。我们的第一个家是一座小小的维多利亚式排屋，隔着马路就可以看到一片树林。每天晚上下班后，我们都会回到那里，开始对房子进行修缮。我们曾在某个星期天下午把一卷卷墙纸推进屋里，在深夜两点指着烟囱，梦想着买一处带一小块土地的住处，因为在那里我们就可以摆脱朝九晚五的生活。后来我们卖掉了房子，把所有钱都投入了经营梦想人生中去。即便最终还是失去了它，仅有的一些记忆也渐渐变得模糊枯竭，毫无用处，但我依然感激我们曾经拥有过，那种别人梦寐以求却从未实现的生活。可我们终究付出过那么多的努力，它就像一个充满了吸引力的黑洞，源源不断地吸走了我们所有的时间、精力和抱负。它曾是我们一切。朋友们去国外度假时，我们正在修建谷仓的屋顶。我们让孩子们跟着其他几个家庭一起去海滩玩耍，以便腾出时间来挖沟、建渠、铺设排水管。我们全部的心血，在一夜之间荡然无存。整整三十年，到头来还是一场空。现在该怎么办？我们要他妈怎么办才好？

我想念我的家，那里有家庭生活的回忆，有着让人踏实的安全感。我知道下周、明年、接下来的几十年里，我都将睡在那同一间房里。除此之外，现在的我也同样想念另一些东西。半夜醒来时闻到的烘烤过的道路上炙热的尘土味，或是充满海盐气味的暴风雨降落在泥泞大地上时带来的柑橘味。我追随秃鹰穿越寂静斑驳的树林，来到明亮开阔的海角，满怀着对未来的希望。凌晨时分被海鸥的叫声和呼啸的海风唤醒，广阔无垠的海洋召唤鼓舞着我走向无尽的可能。但随后房间就会在黑暗中清晰起来，随之而来的是空洞的现实。茂斯慢慢地死去，我继续见证着别人的人生。我在黑暗中思考，开始相信医生，承认自己一直在否认事实，他们的诊断就是真相。无论我如何抗争，他都会死，而我将不得不在没有他的状态中活下去。想到这儿，悲伤无力的情绪霎时间便占了上风。书中说我处于丧亲前的正常悲痛状态，但这话这并不能让我感到一丝安慰。这些日子以来，我仿佛可以感受到鬼魂一直纠缠着我眼前活生生的茂斯，迟迟不肯离去。我的心情跌到了谷底。

我们仔细搜索了这一地区，想找个地方租房，但一切都是徒劳。毫无疑问，糟糕的信用记录将一直伴随着我们，也不知到底是谁拖累了谁。在这样的农村，即使找到了工作，恐怕那点微薄的工资还不足以支付油费。谁会雇用一个50岁的女人呢，何况过去20年里她都是自体经营。就算事实上我做过农民、水管工、建筑工、电工、园丁、室内装饰工、设计师、会计师、树木外科医生，还经营过一家假日租赁公司，这些经历也毫无用处。因为我既拿不出文件证明，也没有前雇主证明，想要上岗就必须接受再培训。即便如此，谁还会愿意雇用一个50岁才刚刚获得资格的人呢，同等薪酬条件下，他们完全可以去雇用23岁的年轻女性。可没有工作和收入的话，我们永远无法独立生活。想到这儿，顿时觉得生活没了指望。

茂斯是一位训练有素的石膏匠，粉刷石膏板对他来说并不是什么新鲜事，而是他一生中经常重温的技能，早已形成了肌肉记忆。但现如今，他的身体总是发出严正抗议，好像他从来没有拿起过泥刀一样。可我帮不了他。把石膏板涂抹得光滑细腻的功夫不是可以从几堂课中学到的。后来，茂斯起床变得更加艰难。我需要把他从床上抱起来，帮他移动僵硬的四肢，直到吃午饭的时候，他才渐渐适应，准备好出发工作。我们把肉类加工棚屋改造成一个舒适可居住的空间，现在只需要对雷伯恩炉灶的管道进行重新改造，并进行适当装饰，就大功告成了。我们渴望这个棚屋所能提供的安全感，但与此同时，我们还需要更多东西：一个我们能够掌控的未来。

"雷，有时候我一醒来就不记得该做什么了。好像我的身体已经忘了如何运作。我必须告诉自己我应该吃东西、喝东西或者去洗手间，因为我应该去，而不是因为我想去。是不是我就要死了？"

四月下旬，燕子飞回来了，小羊羔在山坡上茁壮成长。在茂密的树林里，在落叶松后面，我瞥见了那只休养的鹿，它不再孤单，还有另外四条纤细的腿紧挨着它。可能是不愿离开安全的树林，它又遛回了黑暗中。海鸥喧嚣地聚集在深耕的田野上，不知怎的，居然比在海岸上更为密集。我的思绪飘到了南方，每次我独处时总是这样。海鸥现在应该很忙了。在悬崖和屋顶上养育着它们的孩子，在港口里闲逛，等待路人投喂的馅饼。

五月的一个清晨，波莉冲进了小屋。

"给你找了份工作，如果你需要的话。"

"我当然想了。"

"剪羊毛小分队需要一个打包工人，你觉得你能行吗？"

"当然可以。"其实我不知道我能否做到。把剪掉的几块羊毛包裹起来是一回事。和三名有着竞赛速度的剪羊毛工合作，包裹他们剪下来的羊毛就是另外一回事了。他们每人可是能在 4 分钟内就剪完一头母羊的毛啊。

早上 6 点，一辆小货车停在棚屋外，后边拖着一辆嘎吱嘎吱响的拖车，上面堆积着大量木材和金属条。我坐在后座上，挤坐在一堆乱糟糟的工具、油渍斑斑的衣服和三明治盒之间，旁边还趴着一只浑身滚烫、气喘吁吁的黑狗。我们在去农场的路上还召集了其他剪羊毛的人，他们与农场签订了合同，这次要为 800 多只母羊剪羊毛。

"如果进展顺利，大概需要 2 天时间。"

摇摇欲坠的农舍里住着一对老夫妇，他们衣服破旧，腰上围着棉质围裙，用麻绳充当腰带。老人患有关节炎，他佝偻着背带领我们走出农家院，来到一个斜坡上。我看到山坡上有一座由大量波纹状的金属片建成的建筑，那是一个很先进的谷仓，里面堆满了四轴脚踏车、拖拉机和各种农具。我以前从来没见过有人把 800 只绵羊养在一个封闭的圈里。它们不停地走啊走，活动范围从谷仓一直延伸到后院的田野上。队长戈登把拖车倒进谷仓，开始打开登机金属装置。它包含一个坡道，可以引导羊群到达拖车顶部，然后进入半米宽有拖车那么长的一个容器中。三扇门同时为羊群打开，尽头通往一个平台，剪羊毛工人站在平台上，每个人都把自己的剪羊毛设备挂在门的上方，把剪毛器插上电源。他们都脱下靴子，换上了浸透着深色羊毛脂的厚皮鹿皮鞋。我站在齐腰高的平台下，身后是一个金属框架，上面挂着一个 2 米长的编织塑料袋，准备用来装羊毛。8 点钟，一切就绪，我们即将开工。

　　每个剪羊毛的人都打开自己面前的门，抓住一头母羊，把它翻倒在地，然后随手关上门。打开电源，剪毛推子滋啦滋啦地开始工作，他们开始剪了。腹部的羊毛首先脱落，然后是头部和颈部，剪羊毛工在它的侧面和背部流畅地画出一道道平滑的直线，羊毛便轻松整块脱落下来。拉一下电源线，放开母羊，它就会转身从拖车上跳下来，跳到专门为剃完毛的母羊搭建的围栏里。剪掉厚重毛发的它瘦小白皙，硕大的脑袋耷拉在赤裸的身体上。

　　第一朵羊毛落在台子上时，我的一天就开始了。我得把羊毛干净的一面翻出来，头部的要包在最外侧，把腿部两侧折到后边，然后把它们紧紧卷成一英尺宽，最后取一块尾部羊毛，塞进前面已经捆好的，攒成一个紧绷的毛球。把羊毛球塞进袋子里。用棍子清理掉平台上的细碎的羊毛。最后一片羊毛一落地，剪羊毛工就马不停蹄地转身把下一只母羊带了上来。所以裹羊毛的工作必须在不碍事儿的另一边完成。可距离实在太近，工作台上一片混乱，缠绕打结的羊毛散落得到处都是，有的还缠在挣扎的羊脚上。要知道是有三位工人在同时作业，我的处境可想而知。

刚开始处理前几只羊时我有些手忙脚乱。因为每个人剪羊毛的速度都差不多，我需要不停地在三个地方之间跑来跑去。但随着时间推移，每只母羊的处理难度不同，大家的速度也就拉开了差距，我慢慢找到了自己的节奏。袋子填满后，我从桶里取出一个长八英寸的木钉，把它封得严严实实。最后我装满了四袋，一个剪羊毛工从平台上跳下来，帮我一起把麻袋拖到了谷仓另一侧的出口。

早上 6 点离开棚屋，度过一个漫长的早晨，10 点 30 分休息片刻，下午 1 点钟吃午饭。下午感觉时间过得更慢了，只在 4 点钟休息了一会儿，然后一直工作到 7 点。一天的工作接近尾声时，农夫把最后一圈羊赶了出来。是一群公羊，健壮的特塞尔野兽。它们坐下时几乎和小型剪毛机一样大。收工后，我们把修剪过的羊赶到一块地里，未剪过的羊赶到另一块地里。然后开车回去。刚过 8 点，我就爬进了塑料棚屋。

"今天怎么样？"

"还不错。我以前从没做过这么多活儿，不过我还挺得住。"

我站在淋浴间，绿色的羊毛脂泥被冲进下水道。随后喝了一碗汤，9 点就睡着了。半夜，我胳膊酸疼得直发抖。我勉强坐起身来，吃了一把布洛芬，便再次昏睡了过去。直到次日 5 点 30 分，我听见闹钟的声音。

重复前一天的工作。

我们参观了一些家庭经营的小型农场，三代人经营着几百英亩的土地，位于连绵起伏的沼泽地深处。其他人则拥有成千上万只母羊，庞大的数量让一些工业单位都备感压力。这群关系紧密的剪羊毛工很少和我说话，他们只关心设备和羊的品种。经过我一番观察，我也确实不需要说话。在温暖干燥的初夏，日子一天天过去，除去少数几个雨天我们停工休息，转眼间我都工作好几周了。雷伯恩炉具装好了，装饰完成了，百叶窗也挂了起来。我和波莉聊天，重新建立起我们年轻时的友谊。我们的关系没有被时间冲淡，也没有因任何考验出现裂缝。但我却深知，那种感觉永远都不可能和以前一样了。我现在是一个没有收入的雇员，一个租户，一个因为她的乐善好施而无限感激和服从的受益者。我清楚地知道我的角色，是她在掌控着一切。偶尔她会邀请我去农舍，我们坐在山坡上的花园里看星星。尽管周围的一切都发生了变化，但犁在北方的重要地位还是一如既往地无可取代。

"小棚屋看起来很棒，比我想象的还要好。你想待多久就待多久，永远待下去也没问题。"

这里是一个家，一个重新开始的地方。这一切是真实的吗？这法子行得通吗？

〰〰

一头疯狂挣扎着想要跳下平台的母羊引发了片刻骚动，大家都想赶快抓住它。这种情况每天至少发生五次。参加剪毛比赛的母羊们总是挤在一起试图逃跑。一只羊被拉出门时，其他的羊就会跟着往外挤，然后跳上平台，跑到那只剪了毛的母羊身上。要把它们分开就得浪费宝贵的时间。

剪羊毛工从体型硕大的莱斯特 / 萨福克杂交母羊身上剪下了

大量松散地缠绕在一起的羊毛，填满了半个麻袋。戈登把母羊拉进门时，又有两只羊冲了出来，把那些巨大的羊毛搅和成一团绿色污泥。不要！它一个转身，蹭着我的脑袋边飞跳了过去。我本能地抓住它的毛不放。谷仓的地板每天都是干干净净的，现在却沾满了湿羊毛脂和粪便。它开始玩命奔跑，我被它拖在身后，直到我的脚被一块混凝土碎片绊住，我们都摔进了一滩烂泥，两个头和六只脚被严严实实地裹上了绿色的污垢。

"你去剪那头羊，戈登，我才不要碰它呢。"

"妈的，该休息一会了吧，我觉得。"

我在水管下洗了手和头发，然后喝了口保温杯里的茶。

"你得坚持住，待会儿还得接着干呢。"难道这浑身污垢让我成功融入那帮家伙了吗？戈登在和我说话吗？

"你们把那废弃肉棚收拾得很好。我很喜欢它，尤其喜欢地板。"

"你去看过了吗？"

"是啊，你当时出去了，波莉就领我转了一圈。很适合我住。"

"很适合你住？"

"自从妻子走了以后，这地方对我来说足够了。单身公寓的租金太高，而且住在这很方便。"

我一边喝着茶，一边听到他说他要搬到小棚屋里去。波莉那句"那就永远待下去"一直在我耳边回响。

"你知道的，那里没有规划许可。"

"这样更好——正好不用交市政税了。"

〰〰〰

　　我回来的时候，茂斯正往雷伯恩烟道周围涂抹灰泥，我看着刚刚安装好的闪亮铬壳和奶油质地的瓷漆。"为什么我一点也不惊讶呢？我猜可能是因为他们必须要尽可能地多赚钱。我不知道波莉什么时候会告诉我们这个消息。剪完羊毛后我就在想，我们必须得打算一下未来了。"

　　"我明白，但是，你在说什么呢？"我看着茂斯，僵硬、驼背的茂斯，正拿着一把小铲子尽可能贴近墙壁。他几乎没法把手举过肩膀，我们还能制订什么计划？

　　"你出去干活的这两个月来我想了很多。很显然我没办法再去干体力活挣钱，但我这一辈子都从事这种工作，我有很多技能可以教给别人。也许我可以去教书。也许我可以去大学读个学位，然后接受培训成为一名教师，我们再重新开始。到时候我们就能租到便宜的学生公寓了。"

　　"但你觉得你能行吗？如果你的病更严重了呢？你和两个月前相比，行动更加不便了。我原以为那个一直不愿相信事实的人是我呢。"

　　"如果我一直好好的呢？我一直在上网查资料。我可以在康沃尔拿到学位——那里有普利茅斯大学的一个分校区。然后去其他地方接受教师培训。现在申请还不晚，他们还有空房。也许我的大脑需要强制性活动一下了。你看当初我强迫自己徒步旅行的时候，我的身体不是好多了吗。大脑也是一样，我至少得试试啊。"

　　"你为什么不早说呢？"

"因为刚才你和你的朋友们一起回来，我还以为你很享受这种生活呢。"

"是吗？好吧，我还是挺开心的，在某种程度上和我们很熟悉的人在一起是一种安慰。但即使这种生活无限期地延续下去，我们也很难找到在这里创造新生命的方法。"

茂斯提交了申请，之后通过 Skype 进行了面试，最终被录取了。我们申请了学生贷款——幸运的是，我们的信用记录并没有妨碍我们得到这笔可靠的固定收入。在我找到工作之前，我们两个人可以依靠它生活。事已至此，我们决定静观其变，看看情况再作打算。如果突然间放弃安全的棚屋，自愿退回无家可归的深渊里去，任谁看都很莫名其妙吧。

转眼间到了 7 月初，天气还是一如既往地温暖。早些时候没有剃除羊毛的母羊身上开始长蛆。苍蝇把卵产在羊尾部的脏毛上，而后虫卵孵化成蛆虫，蠕动穿过羊毛进入皮肤，硬生生地在皮肤上钻出洞来，导致大片羊毛脱落，生疮感染。如果不及时治疗，这些蛆虫就会畅通无阻地一路钻入脊柱，最终要了母羊性命。我从这一季最后的羊毛上挑出一块块的蛆，把最后一把绿色的羊毛和烂皮扔在地上。两个半月的工作结束了。我们去了酒馆，戈登分发了这个季度的收入。这是我唯一一次收入，但我手里足足有1500 英镑。和在比尤德那天相比，这真是一笔巨额财富，那时我们要靠仅有的 11 英镑维持一个星期的生计。

我们把它锁在床底下的金属罐里，我继续在洗衣店工作，同时也去打扫假日旅店。茂斯的状况很糟糕，他非常痛苦，正考虑要不要重新服用普瑞巴林。我不禁问自己，上大学是个愚蠢的想法吗？他的情况似乎恶化得很快。如果我们继续住下去，戈登可能也不会搬到小木屋里去，这其中也许有什么误会。我们还没有对波莉说关于申请大学的事，反正也不确定茂斯是否能够实现。直到一个炎热的下午，在波莉的厨房里，她靠在工作台上，双臂交叉，忧心忡忡，她说最近财政紧张，为了继续经营农场，她必须找到其他创收途径。

我理解她，即使在形势最好的时候，农场的财政状况也不稳定，我看得出她有难言之隐，正犹豫要怎么对我说出口。我得替她说，现在是时候了。如果我们终究要在生活中向前迈进一步，那就必须是现在这一刻。我深吸一口气，告诉了她茂斯在申请大学的事。我感觉自己仿佛张开了双臂，从悬崖边上跳了下来。

"戈登说你带他参观了小屋，所以如果他的房租能解燃眉之急，我们会尽快离开的。"

因为我们需要等待9月底的学生贷款，所以现在还没办法租房，接下来两个多月的时间仍是居无定所，同时茂斯的健康状况也不容乐观。我们收拾好行李，把东西装上货车，然后挥手向他们道别。

我们驱车离开，再一次踏上了流浪的旅途。但不一样的是，这一次我们知道终点在哪。

第六部分

悬崖边的步行者

遇见我，在海天相接处，

虽无尽迷惘，却终获自由。

——蒙伊格里布岬角处纪念长椅上的铭文

活　着

　　风席卷着暖空气从海峡方向吹了过来。我们站在海滩上，发梢上沾满盐粒。蓝色的浪潮拍打着我们的双脚，生命之水随着潮汐不停翻滚，以无法阻挡的态势向前涌动。说不可抵挡或许有些夸张，毕竟我们还未被大海完全淹没。我们大口呼吸，用力地活着。尽管仍是无家可归，但解脱之日总算指日可待了。

　　我们在普尔下了渡轮，顺手拍下熟悉的白橡木向导标：从南海文角到迈恩黑德共1014公里。我们奇迹般地度过了另一种人生，以野外宿营的方式度过了一个冬天，我们本可就此打住，但与此相反，我们决定从终点继续出发，一路向西返回波尔鲁安，向大约一年前我们半途而废的地方走去，只剩下402公里了，这长途跋涉的经历也许此生都不会再有。罗盘与船帆的钢制雕塑标志着沿海小径的尽头，在蓝天映衬下，结束也是另一个开始。

　　茂斯在背包的重压下弓着背，肌肉猛烈地收缩着。精神上的混乱就像潮水一样接连不断地向他涌来，但没过多久又归于平静。就像沙堡在海浪的冲击下，流沙滑落的速度甚至比退潮还要快。

这是皮质基底节变性所导致的精神衰退的前兆。咸咸的海水一浪高过一浪，白天的海浪像糖浆一样温暖，紧紧包裹住我的双腿。前一年在这里挥洒过的汗水和泪水，还有我们在这条沿海小径上留下的种种痕迹都将我们再次吸引过来，把我们带回大海，在那里，我们可以感觉到每一粒沙的消逝。很快，海边的矮墙就变成了潮汐起伏的海床。

越过炙热的沙丘，我们踏上了一条被人踩出来的小径，上面满是海草和帚石楠。在内陆被囚禁的几个月中，我在一个无法容纳我们的地方感到了溺水般的窒息。但当我一回到这个藏着永远无法触及的地平线的茧中时，我打心底里感到高兴。我们走到树荫下，一条两旁有着低矮的开阔草地的小路把一群人引到了白色拱门、旧哈利岩和悬崖旁边，随后便开始了他们的瞻仰之旅。燕子在炎热的空气中俯冲，在低矮的黄色金雀花丛上啄食昆虫，飞来飞去。我们深深地吸了一口气，转过身，背对着成群的摄影师，迎着海风，沿着侏罗纪海岸的白垩小径向西走去。

从旧哈利岩开始，沿着南海岸延伸 152 公里到达埃克斯茅斯附近的奥克姆角，那里全部是世界遗产保护区。这是一个海岸侵蚀区域，裸露的岩石展示了 1.85 亿年的地球历史，横跨三叠纪、侏罗纪和白垩纪。动植物的化石遗迹埋藏在石头和泥土里，从蕨类植物到昆虫，从软体动物到哺乳动物，甚至有些生物肚里最后一餐的残羹剩饭也一同变成了化石。岩石经历了从盐粒变为土壤的过程，捕捉着生命的动态，将静止化为永恒。

我的双脚重新感受到了勃勃生机：在风中摇摆的小草，炙热的阳光，清凉的海风和嘴唇上的盐粒。熟悉的未知感令人安心，小径像充满磁引力般吸引着我一直前进。不管结果如何，还是记忆中的那种感觉，错不了。我们在巴勒特德尔安营扎寨，看着斯沃尼奇的灯光在海湾上伸展开来，在黑色的海面上反射出耀眼的光芒。

"我们的选择是正确的吗？"茂斯吃了4粒止痛药，然后坐在一块石头上休息。我用在一家草药店找到的中国止痛凝胶给他擦肩膀。它闻起来像煮过的卷心菜，没什么用，但多少有个心理安慰。

"当然了，我们会用挣来的钱付房租，你会接受再培训，我也会找点活干。如果没有，我也会去重新学习。我们总归会有属于自己的住处，而不是一直靠别人的善意生活。"

"是的，我知道，的确是这样。我的意思是回到这条路上来是不是正确的选择。"

"这是我们做过的最正确的事。"

"好，这正是我希望听到的答案。"

我们在崭新的三季睡袋里度过了一个温暖的夜晚，代价就是付出了50英镑的天价，也牺牲了一些背包里有限的空间。就算没有盘子和备用手电筒我们也能对付，但保暖是必不可少的。

与北海岸相比，还是从南海岸开始步行比较容易。只是偶尔会有几级台阶骤然下降，然后又陡然上升，接下来就是一段长时间的轻松行走，只有一些覆盖着蕨类植物和金雀花的缓坡。这就是为什么我一开始就想走这条路，但后来觉得要把旅行指南从后往前读一遍实在太困难了。但现在看来，怎么读已经不重要了。因为我们对帕迪的写作风格早已熟稔于心，即使倒着读也能理解他的意思。马鹿在"跳舞的暗礁"（Dancing Ledge）附近的小路上静静地吃草，攀岩者悬挂在下面的悬崖上，他们似乎都没察觉到对方的存在。我们悄无声息地行走在两者之间。只有茂斯的左腿，沉重而笨拙，在尘土中留下深浅不一的脚印，那是我们留下的唯一痕迹。

　　傍晚，当我们在圣阿尔赫姆角附近山坡的一块草地上扎营时，头顶上黑云滚滚。山脚下众水奔流直向大海，水流相互冲撞出丰富的泡沫，像一壶滚烫的开水。开往普尔的几艘小渔船都试图在剧烈起伏的波浪中稳住方向继续航行。它们努力向前推进，结果却被一次又一次地推回原点。远处又有一艘渔船驶近了这个区域，船身划出了一条宽阔的弧线，将要避开河流汇聚处继而驶向岸边。在其他渔民仍在与海浪苦苦斗争时，他早早就到达了对岸。傍晚的光线渐渐变成银灰色，在黑暗完全吞没我们之前，小径上一点轻微的动静引起了我的注意。一个体型硕大的黑影从黑暗中走出来，它那獾脸上的白色条纹在暮色中闪闪发光。在距离我们2米开外的地方，它突然停住了，应该是它平时晚上走的路被帐篷挡住了的缘故。时间仿佛被冻结了，静止了数十秒甚至一分钟。我们三个都盯着黑黢黢的周围，不知所措。獾慢慢地转过身，退回蕨菜丛中，想是去另寻出路了。它走后，我们久久地凝视着它的背影，被薄暮中这狂野的一刻深深吸引。

　　第二天早上，在海岸警卫队棚屋里的两位老人的密切监视下，小船们仍在试图突破这片混乱的海潮。

"请问可以帮我们把水瓶灌满水吗？"

"一瓶 1 英镑。"

"哦，我想我们可以自己解决。"

"别在这附近拍照。"

摄影犯法吗？这有点过分了。我知道我们离军事区域越来越近了，但我以为那只是训练区域。

"看，摇摇欲坠的石头。几周前一个男子来到这里，一边往后退一边自拍。我们再看到他的时候，他就躺在下面的海滩上了。"

站在悬崖边上的茂斯拖着他那条笨拙的腿往后撤了有 1 米远。

我们在西山山脚的一个泉水边免费灌满了瓶子，然后开始缓慢地沿着胡恩斯—图特悬崖向金梅里奇岩架爬去。那里的攀岩者在身上同时挂着莱卡相机和粉袋，好像一点也不沉。我们 20 岁的时候，只要周末有空，就去峰区的峭壁上攀岩。但眼下，看着柔软的身体在岩石表面来回摆动，我想起的仿佛是其他人的人生。因为不管我怎么努力，我都回忆不起当初那种轻松自如的感觉。

"年轻的时候我们也没这么厉害。"

"当然有这么厉害了，他们就是装备比当时我们的好一点。"

但那是一种完全不同的生活，早已一去不复返了。现在，我们似乎正慢慢地走出我们目前的生活状态，进入一种未知的生活。我们只能期盼，等待我们的只是日积月累的缓慢衰老。一千年以后，有人会在泥岩中发现徒步旅行者的化石。所食的最后一餐：面条。未来日子的阴霾也许正慢慢逼近，但我仍然记得波西拉斯湾，记得茂斯头顶上高举着的帐篷。一想到这儿，我就满怀希望。

我们走过麦田时，天热得厉害。联合收割机扬起的灰尘、泥土和谷壳像斗篷一样笼罩住了我们的背包、头发和衣服。我们"离家出走"的这一年，干干净净的日子屈指可数，收集各地尘土是我们的日常任务。小路上的泥泞、羊群周围的青草、灰泥中的泥土。污垢已经成为我们生活中再正常不过的一部分。

阳光穿透云层，洒落在高卢特盖普的停车场上。南海岸东部沿海地区比北边更为温和，游客也更多。在那里，我们在厕所的水龙头下洗头，把背包扔在冰淇淋车旁的草地上，这奢侈的生活简直就是一场梦。无论何时，只要需要就随时都能找到水源的这种惊喜对我们来说是难以想象的。但当我们洗漱完毕，回过神来才发现我们已经来到了一条更为崎岖偏僻的路上了。

一个女人躺在草地上，帽子盖在脸上，脚边放着一个大背包。

"你们好，你们是背包客吗？这附近可不多见啊。"她坐了起来，摘下了墨镜。我定睛一看，居然也是我们这把岁数的背包客，那确实挺罕见的。这时天色突然暗了下来，一个巨大的黑色物体遮住了阳光，可能是月食，但慢慢地两个冰淇淋的轮廓从阴影旁出现，他们坐了下来。

"哇，你们是背包客吗？我们还没见过背包客吧，朱？跟你说你别不信，我们在斯沃尼奇附近看到过两个人，他们和我们方向相反，他们说自己从迈恩黑德来。我们才不相信呢，对吧朱？他们看起来太干净了。然后还碰到了两个，不过他们只是周末出来玩，所以他们不能算在内。我们来自普尔，嗯，确切地说是伯恩茅斯。我们本来打算坐公交车去渡口，转念一想，不如走着去吧，然后我们就到了这里，刚才看见有冰淇淋可以吃，真是太棒了。你们也露营吗？我们今天不走了，就在这扎营了。刚在厕所洗完脚。我的脚臭死了。"

"戴夫，慢点说。"

"怎么了？我只是告诉他们我们在做些什么事情。"

"是的，我们也在野外露营。"

"我猜也是。昨晚我们在圣阿尔赫姆附近睡的。你路过那一片尘土飞扬的地方了吗？真是什么都看不见，对吧朱。天啊太好吃了，我要再吃一个。"

他站起身来走向冰淇淋车，这时太阳出来了。我们面面相觑，然后在包里摸钱包。我们立刻就喜欢上了热情的他们。随后我们也跑去买了两个冰淇淋，躺在草地上聊天，但我们主要就是听他们讲话或者打瞌睡。直到太阳开始落到泰纳姆帽山后，他们方才回到停车场里喝咖啡。我们也就同他们告了别，出发去找地方搭帐篷了。

前面的山坡看起来不错，直到我们路过一个抽油泵，来到6米高的铁丝网栅栏面前，才意识到有点不对劲。它们标志着卢沃斯地区自此开始。灌木丛里埋伏着锈迹斑斑的退役坦克，军队士兵们就隐藏在这里。一个大告示牌上写着禁止露营、生火、饮酒、跑步、拍照以及不必要的呼吸。但那天是周末，所以小路是开放的。我们可以返回停车场宿营，但以我们的脚力，天黑之前肯定走不到。或者也可以快点往前走，试着在天黑前到达泰纳姆帽山，然后把帐篷支到不显眼的地方，并诚心祈祷不要被射杀。于是我们穿过闩住的大门，继续前进。茂斯在停车场坐的时间太久了，久到足够让他的肌肉变硬，走不了太远。所以我们就在半山腰上扎了营，这里看不见村子，而且还能早一点离开，以免被伪装成绵羊的士兵伏击。

　　夜晚并没有我们期望的那样安静。我被一阵奇怪的咔哒咔哒、呼哧呼哧的声音惊醒，它先是在帐篷周围，然后转向了悬崖。我屏住呼吸，等着帐篷的门帘被扯开，擦得锃亮的皮靴从外面伸进帐篷，但那声音渐渐消失了，皮靴也没出现。茂斯舒舒服服地躺在他的新睡袋里，继续打着呼噜。天亮了，在别人发现我们之前我们就赶紧离开了。当我们越过泰纳姆帽山时，看到戴夫和朱莉正坐在野餐长凳上喝咖啡。

　　"你们起得真早啊，我的天，我们才刚把咖啡端上来。昨晚看到鹿了吗？我出去尿尿的时候看到了，我心想，嗬这表演可太精彩了。它们围着你的帐篷，大概有二十只，围绕着你的帐篷好长时间，然后它们就过来这边了，来到悬崖边的灌木丛里。真是太让人惊喜了。"

　　"我听到了奇怪的声音，但没亲眼看到。"

　　"你们错过了一出好戏，太可惜了。我一开始以为是狍子，但后来一想应该不是，因为狍子通常喜欢独居，除非到了发情期才开始聚在一起，现在还有点太早了。"

　　"不管怎么说，反正就是一群鹿，后来它们转身去了灌木丛躲了一天。也许是马鹿吧，当时太黑了看不清。"朱莉静静地坐着，喝着咖啡，只是偶尔打断戴夫急促的谈话，但她一直微笑着，很高兴地听着这个不拘小节的男人滔滔不绝地说下去。

他们留下来开始收拾帐篷，我们呼吸着早晨清新的空气，沿着小路一直走到沃巴罗·图特，经过了泰纳姆村。1943年，泰纳姆村被军队征用，之后当地人指责他们没有归还土地。尽管从事实上讲，自从战后军队强制购买土地和建筑后，土地所有权的归属本不应有争议。但因为军队征用了这片满载历史与回忆的土地来进行打靶练习，以致村民们流离失所，无家可归。奇怪的是，正因为这里极为有限的大众通行权，缺乏集约化的农业管理，以及偶尔会有小型武器开火的种种情况，使野生动物和植被得以在整个山脉中茁壮成长。这也算是一种特殊的保护方式，但绝没有人会料到，当初村民们在战争中失去的这片家园会以这样的方式因祸得福。

沃巴罗和穆普湾的悬崖在大海映衬下白得耀眼，在初升的阳光下呈现出地中海般的青绿色。名为"弗劳尔的手推车"的小山坡陡然上升，不留情面地提醒着人们沿海小径的真实面貌。长久炎热的日子里，山坡上的草变得干燥易碎，滑得让人站不住脚，爬起来都比走路容易。我们气喘吁吁地，终于爬上了山顶。眼前的景色让我们目瞪口呆，北边是多塞特郡连绵起伏的丘陵和山谷，西边是白色的白垩悬崖，一直延伸到卢尔沃斯。我们本可以缓步穿过山脊，然后慢慢下坡进入卢尔沃斯湾，但我们走错了路，只能沿着陡峭的小路向穆普湾走去。我们在半山腰停下来想喘口气，正好碰见一大家子正向上爬。他们排成一路纵队，带着野餐篮子、毯子、冰盒，牵着狗陆陆续续经过我们身边。打头阵的是年轻的喝着姜汁啤酒的姑母们，带着健壮的侄女、侄子。然后是扛着可折叠椅子的疲惫的父母。小狗跟在后面，用嘴拱着走得慢的孩子的后脚跟。十几岁的孙子嘟嘟囔囔地打着电话，跟在最后是他的祖父母，时不时就停下来喘粗气："谁能告诉我为什么每年都要来爬山啊？"我们嘎吱嘎吱地下坡，他们很快就不见踪影了。每走一步，我的膝关节都在透支未来几十年的使用额度。好不容易到了山脚，我们停在一块突出的岩石上，向下看岩石上巨大的化石：它1.2米宽，中间有一个凹处，就像新挤出来个巨大的粉刺。但根据帕迪的说法，这显然不是一个十几岁的巨怪化石，而是1.35亿年前在原始土壤中生长的针叶树的遗迹。

我们每走一步都感到越发疼痛和疲惫，于是就在部队地区的尽头停了下来，脱掉靴子打算休息一会。重新上路后，我们走过了卢沃斯湾弧形悬崖脚下的一片鹅卵石滩。白色的悬崖与黑色的岩石交错，黑白两色的鹅卵石和谐地混合在一起。海湾风景如画，游人如织，这里可能是西南沿海小径上最具标志性的景点之一。太阳开始西沉，柔和的夕阳映在悬崖上，能拍到这样的美景，人潮再拥挤倒也不值一提了。我们在村子里捡起一张传单，试图分辨我们是否正从白垩纪进入侏罗纪，但我们放弃了，转而买了巧克力棒和热水。傍晚时分，我们离开了村子，沿着一堆堆石堆和尖塔，来到了杜德尔门那座巨大的石拱前。夜幕笼罩在蜿蜒如过山车般的白崖上，我们终于把帐篷支在了斯怀雷角，我看着最后一抹晚霞将悬崖染成梦幻的蓝紫色与粉红色。最近这几晚，温暖我的不只有三季睡袋，还有那海鸥的叫声，和牡蛎捕手们的夜谈会。一种平静的感觉席卷全身，这是我自从在彭罗卡角看完《游隼》之后的第一次，几个星期以来第一次，进入了一个安稳宁静的梦乡。

当小路下降到海平面的高度，指引我们到了一个卖早餐的棚屋时，戏剧性高耸的白崖也告一段落了。清晨的天空明亮而晴朗，但突然间天色越来越暗，一种渐渐加深的紫色蔓延到了波特兰岛的另一边，用夸张的亮度差突出了这座岛屿。波特兰并不是一个真正的岛屿，而是一块延伸到海面上的陆地，由一片卵石滩和道路与大陆连接。总有一天它也会被侵蚀，成为一座孤岛。我们几乎没有食物了，于是分着吃了一根香肠三明治和一壶热水，极力按捺着去掏背包里现金的冲动，早餐的香味真让人难以抗拒。这时一群潜水员从海滩上爬了上来，就像穿着潜水衣、手里拿着脚蹼的企鹅一样。离小屋最近的那个人脱下了潜水衣，露出了里面另一件非常女性化的泳衣，她脱下橡胶头套，长长的黑发在盘旋的海风中自由飘逸。当她挣扎着把自己从那件黑黑的紧身衣中解脱出来时，邻桌的老渔夫们都沉默了。当她终于把衣服卷到大腿上，露出了穿着红色比基尼的完美身材时，他们几乎同时进入了一种史无前例的狂喜状态中，然后不由控制地从凳子上滑了下来。

"天啊，亲爱的，你应该把自己裹好，你这样会得重伤风死掉的。"

她抬头看着戴夫，似乎没有注意到自己正浑身滴水，也没意识到这样几乎全裸地站在渔夫们面前会造成什么影响。

"这样怎么了？好吧，谢谢你，我待会就穿上。"

有个老人听到了她的呼吸声后便难以自持，双手抱着头开始摇晃。他的朋友倒了杯水，然后递给他。

"赶紧吞下你的救心丸，道格，别看她。"

"没事的，伙计，如果你晕过去了，我可以给你做心肺复苏。"戴夫和朱莉坐在野餐长凳的另一边。他们自从泰纳姆角后就一直跟着我们，总是在我们后面 1 公里半左右，最终前后脚来到了卢沃斯湾。"该死的，这帮老家伙们。我不想变老，老了就会得心绞痛、糖尿病、关节炎之类的病。我不要，我会一直坚持步行的，这样我们就会没事的，对吗，朱？"

"希望是吧。"

我们都希望如此。茂斯看了我一眼，好像在说："别说了。"对别人来说，他似乎只是一边笑笑，一边喝着茶。戴夫和朱莉正吃着丰盛的油炸早餐，我们告别了他们，却从没想过还能再见。

这条小路地势低平，两旁都是树和高高的树篱。一阵风吹来，金雀花的种子在豆荚里咯咯作响，黑刺李树的枝叶也发出沙沙的声音。在树冠的遮挡下，我们没看到紫色的晚霞向东蔓延，也没看到一堵水墙正向我们逼近。顷刻间，天空毫无预兆地打开了一条缝，倾盆大雨从天而降，把尘土飞扬的小路变成了一锅肮脏的泥汤。大雨像长矛一样刺进我们的脸，我们几乎看不清前方的路。我的双脚突然不听使唤，我看着它们以慢动作飞向空中，世界像一个陀螺仪一样旋转着。天空本来在正前方，但不知怎么地到了下面，手边的树篱也不知从何而来。我的世界天旋地转，稍稍冷静后我试图站起来，但被几十根倒刺钉在了一丛黑刺李树上。我终于站了起来，茂斯帮我把刺一个接一个地拔了出来，我的腿俨然是个鲜红的针垫，感到阵阵抽痛。本就不防水的衣服皱皱巴巴地贴在身上，我从头到脚都沾满了黑泥。但没办法，我硬着头皮继续往前走。我们艰难地穿过奥斯米通山，和几十个人一起躲在花园的伞下避雨。猝不及防地，天空的裂缝骤然愈合，天又放晴了，阳光洒满了韦茅斯湾。我身上的泥浆开始凝固，紧接着它像铺路石一样疯狂地裂开，然后一块块地掉了下来。被刺穿的伤口剧烈地跳动着，终于我把最后一根刺拔了出来。我们顺着傍晚的灯光进了城，打算买些补给品。找不到其他地方的话，就在海滩上宿营，这是我们起初的设想。但对我们来说，没有计划就是最好的计划，如果一早知道这点就好了。

自从一年前离开纽基后，韦茅斯是我们在这条路上看到的最大的城区。我们在乔治三世雕像附近买了一个冰淇淋，裹挟在暑假第一周熙熙攘攘的人群中，我们索性就在城里逛了逛。一家人一起出去吃晚饭，疲惫不堪的孩子们本应躺在床上，岳母和女婿们不在乎是否再也见不到对方。我意识到一种奇怪的感觉在胃里滋长，就好像我的胃缩小到豌豆大小，然后又迅速膨胀成一个足球。也许我只是累了，或者我摔倒时扭伤了自己，又或者只是饿了。胀气和收缩的频率越来越快，我感觉浑身滚烫，紧接着就是一阵痉挛，我把冰淇淋和早上的香肠三明治都吐了出来。半小时后，我又开始吐一种奇怪的泡沫状的绿胆汁，但恶心干呕的感觉依旧没有好转。茂斯找到了一辆出租车，让司机送我们去露营地。

"没必要去了，伙计，那里都住满了。"

我们坐在沙滩的长椅上，不停地干呕。

两小时后，我哪儿也走不动了，脑袋昏昏沉沉地想要睡觉，但是胃部持续的不适感又一次次将我唤醒。

"你能走吗？我找到了一间民宿。"我甚至没发觉刚刚茂斯离开了一段时间。

"我们不能去，会花光我们积蓄的。"

"没关系，反正我们已经完成徒步旅行了。"

小旅馆里有一部电梯、一张床和一个马桶。在这里住的 36 个小时内，这就是我所看到的一切。除此之外，再无其他。我在床上躺着，感觉恶心了就去厕所里吐一吐，在两个地方之间踉踉跄跄地来回折腾。睡也睡不好，总是半梦半醒。早上 5 点左右，我意识到我已经睡到了第二天，而且如果再待下去，我们就要在酒店睡两个晚上了。想到这儿我立刻就把茂斯摇醒了。

"我们在这儿干什么？我们付不起这笔钱的。"

"没关系，都付过钱了，回去睡觉吧。"

我睡着了，梦见了绿色的冰淇淋。

第二天早上，我大胆地走出房间，坐在餐厅里吃素烤面包，几乎没有力气把它举到嘴边。

"你好些了吗？脸色看起来还不太好。"一个熟悉的大块头坐在对面的座位上，是戴夫。"茂斯告诉了我们关于黑刺李树的事。我还没听说过它会让人生病呢，不会让人得关节炎的。我们今天去了波特兰，和韦茅斯差不多。我们买了东西，洗了衣服，但衣服干得很慢，所以就买了新袜子和 T 恤。之后，我们去了博物馆，甚至还去了美术馆，对吧，朱？不过没待太久。我们会在波特兰附近待上两天左右，这之后就见不到你们了。"

"你们在这儿干什么？我不知道是不是黑刺李树的原因，倒很可能是吃冰淇淋吃坏了。"

"我们没有别的地方可去啊，露营地都满了，警察不让在海滩上露营，所以我们也被困在这里，这是唯一有空位的地方。不过我很喜欢韦茅斯。"

早餐后，我们挥手和他们告别。我们背着巨大的背囊，挂着拐杖，和度假者的形象格格不入。很遗憾又要和他们说再见了。

如果没有那些令人惊叹的格鲁吉亚建筑，这片海滨地区将具有任何普通英国海滨城市的特征。但这里曾是皇室和贵族的领地，是国内最富有的人来度假举办盛大派对的地方。现在则演变成了酒店、民宿、咖啡馆和小饰品店的聚集地。海滩本应是一个让谨慎精致的人们在遮阳伞下散步、呼吸有益健康的清新海风的地方，现在却挤满了帆布躺椅、充气玩具、炸薯条、银鸥、粉红色的肉体和争吵不休的家庭。我不确定乔治三世站在他的基座上有没有被这个地方的现状吓坏了，会不会希望看到恐龙的大幅照片和满大街的人字拖。我坐在一条长凳上，头靠在茂斯的膝盖上睡了一个小时，然后又挪去了海滩，睡到路灯纷纷亮起。

"你们不能睡在这儿。天一黑警察就会把你们带走，最好还是出城吧。"

两个男人站在沙滩上，背着背包，提着手提袋。他们和我们一样脏，晒得黝黑的，头发塞在帽子里。我猜可能是背包客，流浪汉也不是没可能。不，不是背包客，他们提着很多盒食物，而且能买那么多的话也不会是无家可归。

"你们住在这儿吗？"

"不，我们住在城外。你们要去哪儿？"

"还不确定"，茂斯站起来了，但我丝毫没有起床的意愿，"营地都满员了，而且雷病了，可能是食物中毒，所以我们今天走不了多远"。

两个人中年龄较大的那个低头看着我。他的脸稍稍放松了一点，皱纹也舒展开来，只有褶子里还保持着原本白皙的肤色，不难看出数月来这张脸一直在接受阳光和风雨的洗礼。他坐了下来，但没有放开那些袋子。他的衣服松松垮垮地挂着，手却紧紧地抓着手提袋，似乎里面有什么东西在作祟。

"你好，我是约翰。你们是背包客吗？"他灰色的卷发从破呢帽下冒了出来。

"是的。"

"当无处可去的时候，继续前进是个不错的选择。正是这种静止不动的状态拖垮了人们。这里有很多人长时间待着不动——他们已经屈服了，接受了只能以街道为家的事实。"

"你怎么知道的？你是救援人员还是什么？"

"我什么也不是，只是你已经出卖了你自己。你躺在那里，躺在你的背包上，手臂仍然穿过肩带。背包客都会把它拿下来，但你没有。因为那包里装的东西对你来说太重要了，你无论如何都不能弄丢。"

"是吗？"

"如果你们愿意就跟我们走吧。我们住在城外。你们可以在那里宿营，但也只能睡一晚，路有点远，但我们会开车去。"

我们脑袋一热，或是出于本能地就相信了他们。茂斯扶我站起来，然后跟着他们来到停在街上的一辆面包车前。我们躺在车后座的毯子上，街边的路灯一盏盏被甩在身后，我们渐渐驶离大海，进入了乡间小路，四周一片漆黑。我断断续续地打了半个小时的瞌睡，也许睡得更久，直到货车在碎石路上停下。下了车，我们发现自己来到了一个林地停车场，巨大的松树林在寒风中哗哗作响。

我们跟着约翰和加夫，借着微弱的月光，在黑暗中沿着林地小路向森林深处走去。松针路上的树木变得越来越稀疏，但光线更强了。可在我们前面，只有低功率的电池灯发着微弱的光。走着走着，忽然看到树丛中搭着一些帐篷，是用油布和倒下的树枝搭成的掩体。这里俨然形成了一个由森林居民组成的村庄。他们静静地坐在一起，聊天、做饭。约翰给我们看了一片可以搭帐篷的地方，然后我们就和他们坐在一起，看着加夫从购物袋里一一拿出他们每周两次的购物成果。当其他人拿着他们买的东西上床睡觉时，约翰坐下来讲述这里的情况。

"我没办法住在城里。如果一个人骨子里就向往乡下生活，那么在城里是待不住的，那种地方会让人喘不过气来的。"

他是一个农场工人，一辈子都从事这项工作。他一直住在他工作的那片土地上的一间平房里，但当农场被卖掉时，房子就从土地上拆分了出来，被人当作二手房卖掉了。于是他成了无家可归的人。之后他找到了其他工作，但这些工作从来不提供住宿。他的工资也无法支付昂贵的农村房租。直到他第一次在树林里露营。很快，其他人也加入了他的行列，直到他们的营地变成了一个流动的村庄，人们来来往往。

"人多的时候我们会有 30 人左右，不过一般情况下，大概只有 18 人吧。"

他们中的大多数人都有工作。但多是些兼职，且工资低，没有什么保障，收入不规律使他们很难长期承担房租。

"但我们可以住在这里，还能保有一些自尊。有些人挣到钱了就离开，挣不到了就再回来。留下的人始终保持这里干净整洁。我们都是乡下人，不像许多流落街头的人那样依赖物质。虽然乡下是我们的家，但我们自己也租不起房，太贵了。"

他们生活得很低调，不想让人发现他们的踪迹。因此，从不生火，害怕浓烟会暴露他们。冬天，他们靠煤气炉和厚羽绒被取暖。还会把松枝铺到被子下面，防止沾染上烂泥。夏天的生活就比较轻松了。在温暖的夜晚，他们睡在树冠下，四周都是松树的味道。

"我相信有些人知道我们睡在这里，但我们很小心，不让人看到我们成群出现，这里很好几条路可以同时进出。但我不知道我们还要在这里待多久。有人说马上会有来人采伐这片森林，纯粹主义者想要让它回归到天生荒野的样子。就像托马斯·哈代所处的时代一样。但我记得那时有森林啊，他不是写了那本关于森林的书吗？对，是《丛林人》（*Woodlandens*）。他们似乎看不到我们现在所拥有的美好。"

"不过在造林之前，它们是落叶林地。"我也喜欢那本书。

"但这些松树在这里长了很多年了。它们现在就像古老的树林一样成为风景的一部分。我知道这里光线太暗了，不适合生活。但是这里有秃鹰，它们每年都在这里筑巢，还有狐狸、獾、啄木鸟、黑刺李、蠕虫和蝰蛇，它们栖息在荒野的边缘和空地上。如果砍掉了树木那让秃鹰去哪里？这是它们的家，也是我们的家。"

我们睡在漆黑一片的帐篷里，听着风吹过树枝的声音。躺在柔软的松针床上，我们感到很温暖，很有安全感。

第二天早上，约翰去上班，顺便把我们捎到了费里布里奇。

"如果你们需要住的地方就回来。不管怎样，今年没问题。过了今年可能就没有森林了。"

"如果真是这样的话，希望你能找到其他住处。保重。"

"你们也是。"

约翰开车离开时，我们站在人行道上，望着连接波特兰岛和大陆的狭长公路，它似乎没有尽头。

"我们会想念波特兰吗？在切瑟尔过几天悠闲的日子怎么样？我完全累瘫了。"

"当然好了，反正我们也不是在执行纯粹主义的使命，是吧？"

切瑟尔海滩根本不是海滩，而是一排 15 米高、29 公里长隆起的砾石堤，又称沿岸沙滩或连岛沙洲，连接着东部的波特兰岛和西部的西湾区。人们认为沙洲上的鹅卵石是在海平面上升时期形成的，经过数千年运动，在海洋的力量下被完美打磨成圆形。那些分布在波特兰岛附近的卵石有拳头大小，但西湾区的卵石却小如葡萄粒。这可能表明它们来自两个不同的卵石河床，在高涨的浪潮推动下，涌上并沉积在破浪接近海岸的地方。河岸的内陆是舰队潟湖。它是一个潮汐潟湖，与大海隔绝开来，但仍受其潮起潮落的影响，就像波特兰岛与大陆的关系一样。海水从东部的费里布里奇涌入湖泊，西部末端则有淡水溪流注入，两处水域的盐度足足相差 1 倍。陆地和海洋在这片广阔的地区中相互依存，处于一种永不终结的动态平衡的伙伴关系之中，宛如一对夫妻，双方同甘共苦，休戚与共。

湖边地势平坦，我们沿着潟湖散步，阳光朦胧，病后初愈的我犹如置身于梦境之中。小木屋散布在卵石滩向岸的一侧，偶尔有划艇停靠。路上有一排长长的铁丝栅栏，栅栏顶上每隔 1 米就站着一只乌鸦，大概有 50 来只，都这样沉默地站着。我们停下脚步，不想路过惊扰这些哨兵。在威尔士神话故事集《马比诺吉昂》（*Mabinogion*）中，乌鸦是死亡使者，也是那些拥有魔力的人的化身，让他们得以逃离危险。在其他文化中，它们被认为是变故的预兆。就算没有任何象征，只是黑色的鸟而已，它们整整齐齐在篱笆上站成一队，这样奇怪的行为也难免让人打个冷战。正出神的当口，只见它们又向前挪动了两步，忽地扑腾着翅膀起飞，哇哇地叫着，向一朵乌云飞去。

"还好我们不迷信。"茂斯笑着继续往前走，干燥的地面上升起了一阵热气腾腾的薄雾，他的轮廓在其中闪着微光。他坚实的脚印一步一步地印在尘土飞扬的路上。

这条小路蜿蜒穿过芦苇荡和步枪靶场，在路的尽头我们看到了一条单轨公路，还有一排漆成蓝色和绿色的小棚子，油漆在灼热的咸湿空气的侵蚀下大片大片掉下来。棚子阴凉处的一条木板长凳上坐着三个老人，他们身材消瘦，皮肤粗糙，碎屑像棚顶的油漆一样剥落。他们戴着草帽，穿着背心和松松垮垮的棉质工装裤，打着赤足。

一个人问：

"你们上哪儿去？"

"去西边"。

"那可是很远啊。"

"是啊。"

"往前走有一家酒店，过了天鹅湖就是。"

我们继续往前，沿着一片矮树丛和尘土飞扬的耕地，那里的地势平坦易走，我们的腿不假思索地打着节拍。模模糊糊地，我们看见一片白色的薄雾聚集在环礁湖的弯处，定睛一看居然是一群白天鹅，有一百多只，有的正在游泳，有的在整理羽毛，还有的正降落在湖面上。

"我以为他是打个比方，比如什么'会有只乌龟和你作伴一起走'。我没想到会有真正的天鹅。"

"我也没想到，今天这一天是过得越来越离奇了。"

天鹅湖后面是一个名为"慕理庄园"（Moonfleet Manor）的酒店，得名于福克纳讲述走私等肮脏恶行的小说《慕理小镇》（*Moonfleet*）。

"我们去看看吧。我年轻的时候读过这本书，那会还不知道现实里真有这么个地方。"

我们坐在花园里，手里拿着热水和一个茶包，想象着月光下的夜晚，回想着下午发生的怪事。离开之前，我去了下洗手间，享受了一次抽水马桶的奢侈待遇。当我出来时，正好撞见朱莉从另一个隔间出来。

"什么情况？我这是在做梦吗。"

我们用热水洗过手，在晒伤的手上厚厚地敷了一层护手霜，芬香扑鼻。朱莉和我就仿佛是相识已久的老朋友。

我们一起静静地走着，呼吸着糖浆般香甜的空气。夕阳西下，万籁俱寂，7月下旬的天空被柔和的色彩照亮。远方的陆地变成蓝色，潟湖陷入沉寂，鸟群飞向远方，水面风平浪静，波澜不惊。只有一条条溪流在泥泞的沙滩上静静流淌。五彩斑斓的天空开始融化，在最后一缕微弱的反射光中，泥土和石头浑然一体，一艘小船驶回岸边，黑色的人影悄悄地在小溪中穿梭不停。雾气开始消散，夜幕下银色的月光与深蓝色的天空交织缠绕，芦苇在卵石滩和昏暗天空映衬下变成了一幅剪影画。我们在湿地的草丛中搭起了帐篷，静静听着傍晚涉水鸟的叫声和微风中穗子摇动的沙沙声。

第二天，我们还是结伴在西贝辛顿（West Bexington）附近的海滩上搭起了帐篷。捕鲟鱼的渔民星星点点地点缀着海岸，他们的灯笼在海里整夜漂浮着，受海浪的冲击，鹅卵石不停发出诡异的嘎嘎声，打破了夜晚的黑暗。天刚亮，他们就收拾好东西离开了，水桶里装满了鱼。

在我们拆帐篷时，帐篷的第一根杆子断了，在塑料与合金套管的相接处裂了开来。戴夫翻遍了他的大包，拿出一把钳子、一把小锯子和一卷胶带。我们把破碎的塑料剪开，把裂口包扎好，然后继续前进。

戴夫和朱莉要去西湾区搭巴士回家，我们只好就此分手。我们拥抱着告别时，知道这真的是最后一次了。和他们结伴走这条路是一种解脱，是我们从自己的生活中解脱出来的一种快乐，没有他们，阳光都暗淡了些。我们买了一卷强力胶布，继续往前走。但当我回头看看几公里外，还是希望他们会再度出现。

来到索恩科姆灯塔（Thorncombe Beacon）下，我们在冷冷的西南风中蹲下来检查帐篷支柱。几乎所有塑料管的末端都开始开裂。用不了几天，或者一阵大风就能让我们连帐篷都没得住。我们小心翼翼地用胶布把每一端都捆扎起来，把粗大的杆子穿进窄窄的帐杆套，慢慢地调整它们到原位。做完这一切时，天已经快黑了。

"它应该能撑得住——但愿我们永远不用急急忙忙地支帐篷。"风越来越大，我用煮好的卷心菜给茂斯擦拭肩膀，我们把所有东西都松散地一股脑塞进帆布背包里，以防胶布不堪重负。

好在帐篷坚强地挺过了一夜。但天刚微微亮，狂风就裹挟着暴雨呼啸而来，吹得我们连人带行李滚下了山坡。大风咆哮着穿过一片玉米地，高高的茎叶哗哗作响，它焦躁不安，急切地想尽快逃离现场，只留下身后一片令人反胃的浓雾。我们慢慢地爬上金冠山，但在厚厚的云层中根本看不出它为什么被称为"金冠"。尽管如此，作为南海岸的最高点，攀上它值得我们庆祝一番。

山顶的三角点设在一簇簇金雀花间，四周有几条通往四面八方的小路——虽然根本看不清通向哪里。我们以前的家在威尔士深山间的小村庄，只要我们有空就会去爬爬小山。孩子们在上学前班的时候已经拥有了爬山初体验。但随着年龄增长，他们经常需要我们发挥想象力来鼓励他们去寒冷的户外进行艰苦的行走。所以每当我们到达一个三角点，茂斯就会跳上去，趴在柱子上，假装在飞。这能让准备放弃的孩子们瞬间振奋起来，我们每次都会拍下这一幕。这个习惯已然变成了我们的家庭传统，所以此刻无论茂斯是否患病，金冠山三角点处的景色都令人无比神往。

"你觉得你能在保证不受伤的前提下爬上去吗？"

他放下背包，双手扒在柱子顶部爬了上去。我以为会听到他痛苦的呼喊，以为他将不可避免责备几秒钟之前自己愚蠢的行为。但我始终没有听到这种声音。

他张开双臂，自由自在地飞向云端，好像在向全世界宣告他将永远活下去。我跑来跑去地给他拍照，就好像这是他第一次试飞一样，或者说是，最后一次。

"也许是卷心菜起作用了。"

他的表情很纯粹，甚至没有隐藏痛苦，他在开心地笑着。在雾气笼罩的石楠丛中，我们拥抱着、跳跃着、欢笑着、亲吻着、叫喊着。这可能吗？在短短两周内，他就从不能下床，恢复了强健的体魄，而且还可以自如地控制四肢。理论上这是不可能的。

但它确实发生了。我早该注意到他已经不再拖着腿走路了，但我却没有。

"也许是因为我们在韦茅斯休息了一下。也许我的身体适应得更快了，就像适应海拔一样需要个过程。"

"但到底是怎么适应的呢？僵硬感怎么能这么快就消退了呢？我们在北海岸的时候你过了好几个星期才好。"

"我不知道，我只知道在过去的几天里我感觉轻松多了，但我不敢奢望太多。"

"你觉得这可能和氧气有关吗？我知道我们以前怀疑过，因为走在这条路上你总是深呼吸。过量氧气对大脑有好处吗？但这不可能的啊。要是这么简单的话，医院只用发氧气管就好了。"

"我不知道。但很明显这和剧烈的耐力运动有关。这当中肯定发生了什么我们想不通的化学反应。我不知道这是怎么回事，我只是感觉很好，这就够了。"

我们在金冠山的雾气中又蹦又跳。

"上楼梯时要小心。"

"先不要计划走太远。"

"我们不需要计划太远——有帕迪在呢，就算他说的每句话都是反话也不怕。"

接 受

被判处死刑，执行日期却悬而未定，我们每天都带着这种不安惶恐地生活。每一个字，每一个手势，每一丝风，每一滴雨，都使我们的困境雪上加霜，好在这个阶段我们已安然度过。茂斯虽被判了死刑，但他有权上诉。虽然他知道他的病症并没有奇迹般地消失，但不知怎么地，至少它被遏制住了。此时此刻，我们有足够的精力去清晰地思考，死亡也不再像一个恶毒的跟踪者那样在帐篷里游荡，分分秒秒让人害怕，茂斯觉得有些事一定要现在说出来。

"如果那一天真的来了，一切都结束的时候，我希望你能把我火化。"

在我们农场的后院，靠近树篱的一个地方可以看到群山。我们曾约定要一起被埋葬在那里。那时我们还以为它会永远是我们的家。可现在，我们没有田地，也没有宗教信仰，茂斯甚至找不到一个他觉得可以安静离去的角落。

"因为我想要你把我保存在一个盒子里，等你去了，孩子们就可以把你也装进去，然后摇一摇，送我们一起走，手牵手。一想到我们要分开就比任何事都让我心烦意乱。他们可以把我们撒在海岸上，或者随风而逝，这样我们就能一起去远方寻找地平线了。"

我紧紧抓住他，哽咽得说不出话来。我们很清楚，死亡已是无可置疑的事实。茂斯正在进行一场也许可以抗争一时，却终将失败的战斗。他从一开始就很坚强地看到了这一点。现在的我也足够冷静，知道已成定局，那就随它去吧。我们躺在搭在莱姆里吉斯边上的帐篷里，躺在龙虾锅和小木屋之间的一块草地上，拥抱死亡。生活还要继续，我们隐约感觉到，那些支离破碎的事物正像水银一样慢慢地聚合到一起。

離开大海后，我们走进了一片森林，背包里装满了从海滩上捡来的古鹦鹉螺化石。这是千年前生物遗迹，那时我们还是茫茫大海中的游鱼。我们一路向前来到副崖之下，身后是阴森潮湿的英国密林，枝繁叶茂，盘根错节，仿佛无路可退。它于1839年圣诞前夜形成，当夜800万吨泥土滑向大海，留下一个巨大的深坑。绵羊、野兔、茶室以及一个叫作山羊岛的地方都被尽数吞没。但附近的麦田除了倒伏之外并无大碍，第二年夏天还获得了大丰收。在没有任何外来干预的情况下，这次滑坡使蕨类植物、常青藤和树木蔓延11公里，在连绵不断的雨水中繁衍生息。原生态的野生植物在这片土地上用各自的方式野蛮生长，随心所欲地生节盘绕，传粉播种。几百年前地貌在一瞬间被永远改变，让如今偶然闯入的我们身陷其中。这条路是我们进出的唯一通道，跟着它蜿蜒前行了将近 13 公里后，我们终于见到了光明。

　　我们仿佛开启了定速巡航模式，不知不觉就走出去很远，看来我们的体力是一天天在增强了。我们停在布兰斯科姆遍布鹅卵石的海滩上埋锅造饭。布兰斯科姆仍是侏罗纪海岸的一部分，属于世界遗产保护区。然而 2007 年 MSC Napoliran 在英吉利海峡遭遇海上风暴，面临沉没的危险。当权者决定让巨大的集装箱船停靠波特兰，而非离它最近的法尔茅斯港口。意料之中地，那次尝试并未成功，船最终停靠在了离布兰斯科姆海滩 1.6 公里的地方。无论是对过冬的海鸟还是濒临灭绝的海洋生物来说，布兰斯科姆都称得上是至关重要的一个地方。当船慢慢开始倾斜，一些漂浮物被冲上了岸，香水、葡萄酒和宝马摩托车。尽管付出了巨大努力，当局还是无法阻止拾荒者将这些物品据为己有，他们声称自己只是"帮助清理现场"而已。当我们漫步在海滩上，七年前事故遗迹早已消失得无影无踪。但我们离开时，却在咖啡馆后面的棚子里看到了一辆在阳光下闪闪发光的摩托车。我们在一片平整柔软的草地上搭好了帐篷，这块地是 1935 年由科尼什先生捐赠给社区的。靠近田野是一片低矮的灌木丛，我们坐在白桦树下的长椅上，俯瞰着下面西德茅斯的点点灯光。这时，一只獾悄悄经过，穿过蕨菜丛，沿着交叉小径中的一条跑到头，完全没有注意到那些几天没洗澡的人的臭味。它钻进一片绿色树丛，绕了一大圈转而又出现在最开始的小径上。我猜想，若不是它长了一对飞毛腿，那就是有好几只它的同伴也在蕨菜丛里上蹿下跳。第二天清晨，我拨开沾有浓重露水的叶子，仔细观察着獾留下的痕迹，它们似乎是成群觅食的。不管怎么样，科尼什先生和其他好心人为野生动物和步行者创造了一处如此安全的避难所，是一件很伟大的事情，因为流落在海岸上的我们都十分需要这样的庇护。

自从离开多塞特郡进入南德文郡后，除了红砂岩峭壁十分引人注目外，房车公园的密集程度更是超乎想象，寻找宿营地变成了我们的头等难题。天已经快黑了，此时离开巴德莱·索尔特顿另寻住处似乎是不可能完成的任务。于是我们沿着小路向前，当夜幕完全降临时，我们正走到被高大的树篱和高尔夫球场外铁丝网包围的尴尬境地。

"跟你说我们应该回海滩去的吧。"

"不行，那离小镇太近了。"

"至少比这里强，这儿前不着村后不着店的。"

我们爬到山顶，狭窄的小路两旁长满了齐肩高的金雀花和荆棘丛。山下埃克斯茅斯已是万家灯火。前方路灯和体育场星星点点的灯光勾勒出大型假日公园的大致轮廓，但与其说是度假胜地，不如说它更像个监狱营地。事已至此，我们别无他法，只能翻过铁丝网进入高尔夫球场。第十六个球洞简直就是为了露营而设计的。那里完全平坦，还配备着天鹅绒般柔软的草地和一条长凳，是我们的理想居所。四周伸手不见五指，只有山下城里的灯火稍稍点缀着我们这里漆黑的夜晚。高尔夫球场一直延伸到内陆，但尽头是另一处海岸。在我们下面 1.8 米左右有条小路，路边的灌木丛枝繁叶茂，长势惊人，刚刚好能掩护着我们不被任何清晨遛狗的人发现。所以，如果我们能在第一批高尔夫球手到达之前离开，就问题不大。

我们把帐篷杆子哗啦啦一股脑地倒在地上，没必要蹑手蹑脚的，离我们最近的居民少说也在 1.6 公里开外——除非在金雀花丛里某个地方藏着一所房子，但看起来不太可能。不管怎么说，我们和沿途的人都相处得很好——这里有摇摇欲坠的崖边碎石、凶悍的蚁群和过于友善的狗，却从没遇到过人类。尽管如此，灌木丛里的沙沙声还是让我们心生不安。我们静静地站着，一动也不敢动。我猜可能只是獾或狐狸。以往丰富的经验告诉我，完全没必要因此惊慌。但忽然左手边又传来一阵窸窸窣窣的声音，距离我们只有几米，它应该正躲藏在铁丝网周围的灌木丛里，而不是在小路上。也许是一只鹿，也许是一只小鹿。我们眼前突然闪过了一个黑影，却转瞬即逝，难道那是它的头和肩膀吗？我们贴着灌木丛蹲下，然后看到了他。一个黑色身影，紧紧抓着围栏望向高尔夫球场，微弱的光线照亮了他的满头白发。他安静地伫立着，四周鸦雀无声。希望只有他一个人，但也可能有几个同伴正躲在一旁，等待时机。我们保持低位，膝盖紧绷，不敢大声喘息。我听到了他走动的脚步声，慢慢地走到了我们右手边。他沿着那条通向内陆的小路离开了吗？我们像等了一个世纪那么久，终于我们再也坚持不住了。小腿肌肉紧绷，膝盖僵硬，互相搀扶着才勉强站了起来。那人本来已经走出了 2 米远，一听到背后有声音吓了一跳，而后便后仰着跌进了金雀花丛。他慌忙站起身来四处逃窜，沿着小路跑开了。他会回来吗？他会一个人回来吗？我们坐在长椅上，不敢再支帐篷，总觉得他会带着救兵随时回来。

　　夜半时分，更深露重，我们终于放弃抵抗搭起了帐篷，但帐篷内还是湿冷难耐。折腾了许久，早已无力准备晚饭，只好吃了一条软糖填填肚子。刚准备入睡时，就听到一声低沉的隆隆声，像远处的雷声一样。听上去这声音没那么简单，像是有什么东西拔地而起。难道是他带着军队回来了吗？我们老老实实地躺着，等待着更大的动静来证实我的猜想，但那声音却一直未出现。我从帐篷里走出来，走进点点繁星的夜晚，只看到一条小船缓缓驶入港湾，船灯随着海浪的节奏摆动，影影绰绰地映在峭壁上。周围一片寂静，仿佛除我之外世间万物都已沉沉睡去。

　　第二天早晨还不到六点，我们就收拾好帐篷，坐在长凳上泡茶喝。初升的太阳将红砂岩笼罩在浓郁的铁锈色中，球场上的第十六号球洞也沐浴了一把晨光。除了被扰乱的露水，我们没留下任何宿营的痕迹。时至今日，野外露营的关窍我们早已了然于心，而且还每日践行着一门叫作"不留痕迹"的艺术。远处一个男人正牵着他的狗穿过球场，发现了在球洞间踱步徘徊的我之后，径直向我们走来。终于，他走到了十六号附近的草坪。

　　"早上好，这里可真适合看日出啊。"茂斯像往常一样，直截了当地发起了魅力攻势。这名男子咕咕哝哝地看着我们，两条狗在他脚边跑来跑去。他低着头走在草坪上，显然是在检查草坪是否遭到了破坏，但没发现任何迹象。那是自然，我们拔掉每个地钉之后都小心翼翼地把草皮下松动的土壤压实了。

　　"你们吃过早饭就会离开吧？"

　　"是的，当然，我们只是来看日出的。"

　　他哼了一声，然后走开了。他的白发沐浴在早晨的阳光中，看着人影越来越远，我们如释重负。正巧这时水又开了，我们满上了第二杯。

　　我们朝度假营地走去，没走多远就清楚地听到了隆隆声。一次大型的山体滑坡就发生在短短几百米外，大量红土和山石滑入海湾，悬崖底部像是泡在一锅铁锈色的烩菜之中。高尔夫球场和直道之间的整片土地看起来就像已经消失了一样。假日公园可能从来都没有过那么多的草坪需要修剪。比起查看自己的球场上的几粒泥土是否移了位，我们那位白发朋友可能有的忙了。

　　穿过一排排整齐排列的大篷车和小木屋，沿着长长的人行道走到埃克斯茅斯。不知不觉地，我们早已走出了侏罗纪海岸的范围。我们买了米饭、金枪鱼和巧克力棒，搭上了从埃克斯河到史塔克罗斯村的渡船。下船后，我们选择了一条公路旁的小土路，在铁路线和一片片灌木丛、混凝土之间蜿蜒前行。最后我们闲逛到了道利什·沃伦，天黑之后就在自然保护区的游客中心后面扎了营。

　　"我看看地图，还得走48公里，要路过建成区、铁路线和海滨地区。找不到露营的地方啊。如果我们花光最后一笔钱去坐火车，然后再乘公共汽车去布里克斯汉姆，你觉得怎么样？回到空旷的乡村就有办法了。还是说，我们去哪里找个门洞凑合一下，这样就不用回乡下了。"茂斯来来回回翻看着旅行指南。

　　我想起了我们在高尔夫球场上度过的不眠之夜，骤然意识到我们的神经可能再也承受不了那样的惊吓了。

"好吧。又跳过这么多地方感觉怪怪的，但也许有一天我们会重新回到这里，然后再去波特兰。"

"我觉得这没什么大不了的，毕竟不是朝圣之旅，是吧？"

我们在布里克斯姆下了公共汽车，然后从沙克汉姆角回到了沿海小径上。生活重回正轨，我们的背包里再次装满了米饭和面条，衣服口袋有30磅重，我的鼻子又开始红痒脱皮。正值8月的旅游旺季，这段极受欢迎的海岸线上游人如织。前往普利茅斯的途中将经过繁忙的城镇和繁华的海滨，我们至少需要坐5次渡船。但自从买了火车票后，除了下星期的船票，我们什么也买不起了。

"呃，我觉得自重新上路以来，我们一直在混日子偷懒，我们太放纵自己了。"

"你说是那就是吧，茂斯。"

"不如我们加快一点速度？尽快走完要坐船的这一段。我们不知道渡船要花多少钱，但肯定能省下一笔不小的开销。这样我们就能知道还剩多少钱可以买食物了。"

"你说加快速度是什么意思？"

"呃，意思就是我们试着跟上帕迪的速度。"

"你在开玩笑吧。"

"我们可以做到的。"

"你还是生病的时候更可爱。"

⁓⁓⁓⁓

曼沙、长滩、斯卡巴库姆沙滩、艾薇湾、普德库姆湾、凯利湾、纽芬兰湾，哦，看，银鸥、米尔湾、渡船、罗盘湾、康比角，好了，

睡觉。雨淅淅沥沥下了起来，在崖底岩下激起一阵阵泡沫，在我们
拆掉帐篷的时候，慢慢变成了毛毛雨。

茂斯看了看地图。

"今天要大干一场了，你觉得你能做到吗？"

"我能做到吗？你才是那个生病的人。不过这也太疯狂了，我
们完全可以坐这几趟渡船去，然后再等钱打进账户不就好了。"

"那下星期也要这样，不敢吃不敢喝，生怕船票超出预算。我
们赶快走完这一段，过了普利茅斯有一个很棒的海滩。你愿意的
话，我们在那里待一个星期都不成问题。"

"嗯，我愿意。那我们要走着去海滩吗，还是怎样去？"这是
怎么了，茂斯变得更强壮了，能量水平上升了，思维也更清晰了。
但我不敢奢望更多，先走走试试，停下来的时候就知道他身体状
况到底是什么样子了。

我们坐在主路和斯拉伯顿雷自然保护区之间的芦苇地上，这
是一条狭长的卵石沙洲，将 2.4 公里的淡水湖从流过海峡的海水
中分离开来。湖泊前的信息板告诉人们，在这里有机会看到大量
野生动物，包括河狸和水獭。一只看上去脏兮兮的苍鹭站在那里，
一条腿懒洋洋地摇晃着。几只麻雀站在芦苇头上叽叽喳喳地叫个
不停，但绝没有鹏鹋或水獭的踪迹。也许野生动物正聚集在另一
边海岸上吧，远离了沙洲起点处车辆川流不息的主路。

走到蜜蜂沙滩酒吧，我们停下来享受了一刻虚拟用餐时光，
用羡慕的眼神看着一对年轻夫妇狼吞虎咽地吃完了鱼和沙拉，盘
子摞起来有小山高，旁边还摆着半份硬皮面包和一份奶油巧克力

甜点。好了，不能耽误正事。我们走过了起点角后，石陂小路变得越来越窄，我们屏住呼吸，小心翼翼地挪动步子。好在小雨停了，在晴朗的夜晚，我们可以清楚地看到回波特兰岛的那条路，不过也不排除看错了的可能。趁着夜色，我们终于抵达了普罗尔角。我们把帐篷塞进避风处，热了一些米饭和金枪鱼吃。

"真应该在酒吧里搓一顿的。"

"没准你点了也吃不下去，我一点食欲也没有。"

"其实我也是，但是看起来真不错。"

第二天早上本有机会大大激发食欲的，因为整个海岸地区都是以一家肉店产品的名字命名的：熏火腿角（Gammon Head）、火腿石（Ham Stone）、猪鼻（Pig's Nose）等。我们飞快地穿过小镇，尽量不给任何食物机会来诱惑我们。沿着多石崎岖的小路，绕着裸露在外的螺栓头岬角一直向前走，最终把帐篷搭在了螺栓尾岬角上，然后漫不经心地注视着驶进普利茅斯的船只的灯光。

我们乘渡船穿过河口从边沁海滩到达海上巨葬场时，温度持续升高，热浪一阵阵袭来。我们身上散发出来的动物尸体般的臭味令人窒息。小木船才刚到达河口，其他乘客就已经开始拖着脚慢慢往船夫的方向移动。以致靠岸后，重量大多聚集在船尾，船头都已经离开了水面。于是我们毅然退出了跷跷板比赛，一猛子扎进了海里。我感觉到干瘪的皮肤在凉爽海水的浸泡下逐渐充盈起来，陈年污垢和汗水也被潮水一一洗净。我们游了一圈又一圈，累了就随着轻柔的海浪微微荡漾，直到难闻的气味全部散去，周身只萦绕着带有咸味的清新海风才万分不舍地游上岸去。我们把脏衣服浸在潮水滩中，然后躺在太阳底下晒干。我受损的头发花了一整个冬天才逐渐恢复，现在又变得鸟窝一样杂乱干燥。不过干裂的皮肤倒是在层层脱落后终于重获新生，迅速恢复到了坚韧的状态。

下午气温慢慢回落，我们把湿衣服挂在背包上，打起精神在凉爽的海风中继续前行。天色渐渐暗了下来，我们站在登台角上，望着内陆连绵起伏的达特姆尔高原，望着太阳缓缓沉入远山，然后又从山脚处渐渐探出头来，降落在厄默河口与山丘交界处的水面上。潮水退去，奈何水位还是过高，我们暂时无法跨越，所以只好坐在树下，吃光了最后一点米饭。夜幕降临，月亮从水天相接处慢慢升起，倒映在波光粼粼的水面上。其实我们可以等到第二天上午 10 点左右再过河，但最后还是蹚着齐膝深的河水，借着月光试探性地慢慢走了过去。其间一只黄褐色的猫头鹰在岸边的树上叫个不停，直到我们在树林外的一块空地上安顿了下来，还能听到它沿着河岸飞来飞去的声音。

清晨，小雨淅淅沥沥地下着，它轻柔地洒在大地上，薄纱似的水帘在微风中轻抚着我的脸。我们摇了摇帐篷，随即把它卷起来，再晚些就要湿透了。我和茂斯有一搭无一搭地聊着天，但因为各怀心事，我们很快便不再交谈，在细雨中低着头默默走着。普利茅斯就在眼前，感觉它就像一道屏障，仿佛通过这座巨大的城市之门后，我们就进入了未知的人生。再走几天就要到达普利茅斯西边的波鲁安岛，和我们这趟苦旅的终点了。接下来两个渡口是我们此次旅程的最后一站。这条路给予我无限的确定性与安全感，因为我知道等待我们的不过是日复一日的、平凡的宿营生活，我们将一步一个脚印地，朝着终点坚定地走下去。尽管我忍住没说，但内心其实害怕不已，而且我知道茂斯也同样备受煎熬。不光是因为害怕面对陌生的环境和不确定的未来，或是对陌生人的恐惧，也不只因为随时可能爆发的经济危机或是将要白手起家从头再来的焦虑。而是一种比这些担忧更为现实，在心头萦绕良久的恐惧——当我们最终不得不停止步行，不得不为重新融入这个世界而做回"正常人"时，茂斯将会迎来什么呢？对这个问题的思考在我们心中从未停止，就像那群闻到我们包里金枪鱼味道的海鸥一样，对我们穷追不舍。傍晚，我们在文伯里歇下，放眼望去，远处普利茅斯的景色一览无余。

在巴滕山，我们要面对和解决更多日常的选择题，这已经成为我们生活的常态了。我们是每人花3英镑乘渡船到巴比肯，然后从轮渡码头再花8英镑换乘到考桑德，还是直接花3英镑坐到埃奇库姆山或者就把钱老老实实地揣在钱包里，徒步八九公里横穿市中心，抓紧在最后一班渡轮出发前赶到码头？考桑德离开阔的海岬比较近，所以比较容易找到宿营之处，就是路费比较贵。第二条路线虽便宜，但试图在晚上穿越埃奇库姆山国家公园肯定会碰到鹿园的巡逻队，我们很可能要摸黑寻找露营地。但如果我们为了节省路费而步行穿过市区，没赶上最后一艘渡轮的话就一定会露宿街头。选择太多了。我们现在还剩下15英镑现金，一包面条和半管果味软糖。最终我们选择了先步行去巴比肯，然后换乘渡船去埃奇库姆山，所以这两天我们还剩 9 英镑可以用来购买食物以维持生活。

我们下了渡船，在充满艺术感的普利茅斯富人区逛了逛，终于找到了一家可以打包带走食物的商店，我们买下了所有便携的种类。距离最后一次渡河还有半小时，我们慢悠悠地往回走。我们和一群人站在金属走道上，一边等一边吃着面包卷和香蕉。渡船没来。排队的人开始变得焦虑不安。但它还是没有来。终于来了一艘船驶入渡口，人们都渐渐向它走去，但船夫却拉起了围栏。

"我不去埃奇库姆山，明天才会有船去那里。"

"那它在哪儿呢？我们已经等了一个小时了。"

"被困在沙洲上了。错判了潮水的时辰，今晚哪儿也去不了。"

原本在排队的人们四散开来，还一边嘟嘟囔囔地抱怨长途汽车和出租车费。而我们只是呆呆地站在被人群踩得上下晃动的金属步桥上。

"好吧，真是狗屎。"[1]

"巧克力软糖？"茂斯坐在他的背包上。

"所以现在该做什么？这提醒了我为什么我们从来不做计划了。哦，我知道了，因为计划总是赶不上变化。"我感到一阵恐慌，我今晚可不想待在这里。

"来一场普利茅斯之旅吧？也想不出更好的办法了。"

"我觉得我还是想办法避免睡在城镇里吧，林子大了什么鸟

---

[1]　此处双关，shit 可译作"真该死"，但下文茂斯试图开玩笑。

都有。"

"我们去散散步吧，至少能消磨几个小时。"

离开富有的巴比肯艺术中心时，那里挤满了游客和夜猫子们，他们一边说说笑笑，一边大肆品尝着各色酒水饮料，为之后真正的派对预热。我俩漫无目的地在街上闲逛，当路灯亮起时，我们发现自己已经来到了城市中心，穿过购物中心，穿过了大学教学楼。

"下个月我就到这所大学深造了，而现在我都没钱去坐公共汽车，只能在这条路上游荡。"

"等到你上学那一天，我们还是没有足够的钱坐公共汽车。"

夜幕降临时，我们在地下通道里看到一个无家可归的人正躺在水泥地上，整理着他的纸板和睡袋。包看起来很不错，我想知道他是从哪儿买的，可比我们去年买的那些质量好多了。但他看上去好像已经流浪很久了。

"有钱吗，伙计？我只想吃点东西，今天还一顿没吃呢？"

"对不起，我没钱。"我能感觉到茂斯的脑子正仔细琢磨着我们的食物袋。"不过我有一些面包和一罐金枪鱼罐头。"

"谢谢，伙计，你真是太慷慨了。"

我们离开拱门，回到外面的小路上，坐在长椅上，看着人们为生活四处奔走。一个男人走过来坐在对面的长椅上，毫不掩饰地盯着我们看。我试图把目光转向别处，但他的眼睛好像长在了我们身上。他有四五十岁的样子——不过很难说。时间的流逝速度在街上讨生活的人身上，和躺在沙发上看电视的人身上是截然不同的。他穿着一条脏兮兮的工装裤，一双普通的运动鞋，连帽衫外还套了一件破旧的摇粒绒，由此不难猜出他的身份。但他头上那顶全新的卡哈特 (Carhartt) 棒球帽实在是有些格格不入，我想不通。不过也许他也正这样打量我们呢。

"我搞不懂了，你们在这里干什么？"他站起来，凑到我们这边的长椅上坐下。霎时间我感到一丝轻微的恐惧感，我也说不清为什么。难道是因为我潜意识里还认为自己有家可回，和他们不是一类人，从而产生了非理性焦虑？还是因为我们现在身处一个城市中心，陌生人的靠近让我感到紧张？"你们是徒步旅行者吗？看起来很像，但据我观察，事情又没这么简单。"

"无家可归的徒步旅行者。只在这里过一夜。"茂斯似乎一点也不害怕。

"徒步旅行，无家可归？我喜欢。你们今晚不会孤单了，这里有很多同伴。你打算睡在哪里？要小心不要占了别人的位置。他们对此会有点敏感。我是科林，想喝罐啤酒吗？"

"对不起，我没有钱。"

"没关系，我已经买了。想喝吗？"

茂斯接过罐子喝了一口，然后递给了我。

"只有这些了，因为我女儿今天来过。今天是我生日，她送给我这些啤酒还有这顶帽子，很不错，我很喜欢。"

"你有家庭却不和他们住在一起？"

"我没有，呃，曾经有吧，曾经我拥有一切，妻子、孩子、房子。然后一切都破碎了，现在的我只会让他们难堪。"

我们静静地坐着，不知道要说些什么。他没必要向我们解释，一个普通人的生活是多么容易分崩离析啊。这时一名稍微年轻点的男子走到空旷的过道上，他的帽子拉得很低，一件破旧的派克大衣松松垮垮地挂在身上。

"哦，妈的。我们开始吧。要小心你们说的话。你好啊，迪安，我的兄弟，你怎么样？"

迪安要更年轻些，举止大摇大摆，神气十足。然而他那两颊凹陷的瘦削外表表明，他的生活也不过是一场抗争史罢了。

"已经喝上了吗，伙计，不带我？"

"是啊，今天是我的生日，不是他们的。"

迪安拿走了剩下的啤酒，显然是他的。

"跟陌生人喝都不跟我喝，伙计，你不能这样。你们他妈到底是谁啊？"

"别担心，伙计，他们是无家可归的徒步旅行者，只待一晚就走了，是吧。"

"和陌生人一起喝酒，伙计，这他妈的是怎么回事？"

地下通道里的那位卷起他的纸板，夹在腋下，转身就离开了隧道。迪安使劲把脸贴在科林身上，科林正用手示意我们离开。

"滚开，你们两个，不知道你们为什么在这儿晃悠。"

我们慢慢地走开了，尽管我心里想跑。走到50米开外时，他们已经在长椅上打起来了。

"感觉那是我们的错，我们喝酒没带他。"我本想快点离开，但现在觉得很内疚。

"谁都没错，你从科林的反应就可以看出来。那人可能每天晚上都撒酒疯。"

我们又开始在城里闲逛，派对已经开始。我们朝普利茅斯高地走去，希望能找到一个安静的地方。但每条小巷和每条长椅似乎都已经有了固定居民，他们要么在睡袋里，要么蜷缩在毯子下面，要么就像胎儿一样躺在地上，试图留住一丝温热。2014 年秋季的官方数据显示，普利茅斯露宿者的数量为 13 人。如果这数据是真的，我们那一晚上应该见到了他们所有人。

我们在斯米顿塔（Smeaton's Tower）旁找到了一片草地，在最隐蔽的角落里摊开了床垫和睡袋。我们甚至不敢把帐篷支起来，因为那太扎眼了。天还没完全黑下来，昏黄朦胧的街灯仿佛将我们置身于一种永恒的暮色之中。可我觉得自己失去了保护壳，脆弱得不堪一击，这是我在海滨小路上从未有过的感受。大自然的野性从未让我感到紧张，但在这片人口稠密的土地上，在我无家可归的人生中我第一次感到恐惧，每一个脚步声，每一次陡然提高的声音，每一次砰地关车门的声响，都让我肾上腺素激增。

天蒙蒙亮，我们收拾好睡袋，坐在长椅上烧开水，总算松了一口气。

"他们这样怎么生活得下去呢？太让人疲惫了。"

"我想，就跟别的事情一样，他们只是习惯了而已。"随着天色渐亮，我们在空荡荡的街道上徘徊，看到人们陆续从成堆的破布中钻出来，在晨光中伸个懒腰。生活还在继续，日复一日的固定情节一遍又一遍地上演着。

经过一台自动提款机时，我们停下来查看账户，虽然我们搞不清楚今天几号，也不确定里面有没有钱。我们感激地收下了提款机赐给我们的30英镑，然后找到了一家正在营业的咖啡馆，坐在窗前，分享着一个香肠三明治，看着清晨的城市开始恢复活力。在波西米亚店铺老板和餐馆服务员中间，一个男人在狭窄的街道上慢吞吞地走着，戴着卫衣帽子，但对他隐藏受伤的脸并没有丝毫帮助。茂斯又买了一个三明治，把它包起来带走了。

"科林"，他朝街上的那个人喊道，那人停住脚步，犹豫地转过身来。

"哦，天哪，怎么只有你，伙计。我一般不会从这边下来，但昨晚我得躲开迪安。他现在情绪有点低落，他控制不住自己。"

"你没事吧？你看起来一团糟。拿着，我给你买了个三明治。"

"什么？你给我买了三明治？谢谢了，香肠可是我的最爱。"

"我们还要去赶渡船，保重伙计。"

"你们也是，无家可归的徒步旅行者。也许有一天我也会像你们一样，去远足。没错，有一天我会的。"

盐 渍

狂风呼啸而过,掠过彭里角,转瞬又抵达了普利茅斯湾。本就弱不禁风的帐篷被吹得咯咯作响,仿佛下一秒就要散架了。我们躲在阿德莱德女王教堂的石墙下,却没想到这里正好是个风口,我们忍受着迎面而来的强风,避无可避。我们本应想到的,脆弱的帐篷杆被胶带缠了个里三层外三层,可能无法再经受住狂风暴雨的考验,但是我们一时间太高兴了,在穿过普利茅斯市区后终于又回到了海边小径上。现在我们已经走出了德文郡,重新回到了康沃尔郡,离终点只有一步之遥。我们看着一艘巨大的渔船载着点点灯火驶出海湾,船帆随风飘动,船杆发出吱吱嘎嘎的声响,巨大的船体漂浮在被灯光映得昏黄的海水中,缓缓驶向远方。在另一种人生中,我们曾是那艘渡轮上的乘客,连夜航行到西班牙北部的桑坦德。那时孩子们都很小,我们也才三十出头,生活似乎开始步入正轨。船上的灯光逐渐变得黯淡渺小,直到消失不见。就像那些旧日子一样已经一去不复返,那我们就放手让它走吧。我们转过头来,带着一丝微薄的希望,向西方望去。

在雷姆角，风从海上升起，在莫希干式的冷热气流中相互碰撞，海鸥被风送入这样的旋涡中，然后就急速飞走了。我们看着天上云卷云舒，海上碧波荡漾，眼前的白沙湾绵延不绝。只剩下几天的步行时间了，在新的生活开始之前，是时候停下来休息一下，享受片刻的宁静了。长满欧洲蕨、黑刺李和金雀花的岩石山坡陡峭地向大海倾斜，绵延数公里的山坡上断断续续地散布着棚屋和小木屋，搭建房屋的平台是从峭壁上人为开凿出来的。这时一位老人穿过灌木丛走过我们身边，所以我们停下来说了几句话。

"所有棚屋都这样分散开来，这可太不寻常了。我们一路上都没见过这样的事。"

"它们是战争期间分配给人们的。当地农民以干胡椒的价格把它们租了出去，租客便陆陆续续来到了这里，在悬崖上凿出平台，搭起帐篷和棚屋。第二次世界大战后，其他在普利茅斯轰炸中失去家园的人也来到这里。我的家人就是那个时候搬过来的，然后就一直留了下来。你们怎么不考虑在这里定居呢？这些房屋代代相传，随着时间的推移数量在不断增加，而且也越建越稳固。现在这片土地属于议会，他们想把我们赶走，但最终我们还是赢得了居住权。不过现在的租金要高得多。当然，几乎所有的度假屋都是如此，和其他地方没什么差别。"

小路蜿蜒穿过矮树丛，我们沿着它一直走，直到发现了去海滩的路。我们摘掉背包，随手放在石头上。身后的悬崖高耸入云，无边无际的沙滩向西伸展，淡蓝色的海上泛起白沫，这一刻，所有声音都被嘈杂的海浪声淹没了。有句话说得好，如果我没记错的话是冰岛作家索尔扎尔松（Thordarson）说的，"当浪头高时，大海的声音便是一阵持续的咆哮声，它沉重、深邃、黑暗、忧郁，更有各种各样的变奏声，浪潮达到最高点时你会感觉到，这阵深吼正来自你脚下的大地"。这就是冰岛海，它是环绕着北半球的那片水域的一部分，那片水域发出持续不断、震耳欲聋的咆哮声，让我脚下的大地颤抖。

"我们会在涨潮线以上找个地方，看来去西边是大有希望的。"

不用试都知道，无论怎么用力喊叫也无法盖过海浪的声音，于是我们默默地走过沙滩，我的思绪又飘回悬崖上的棚屋中。我想象着那时饱受战争摧残的一家几口，历尽艰辛走到这里，在海边峭壁上寻找空地，捡拾起木材和锯条，重新建立他们的庇护所，开始新的生活。去理解人们都需要个人空间这件事就这么难吗？难道只有历经危难我们才能体会无家可归者的困境吗？只有被逼得逃离战区的地步才有资格接受帮助吗？作为活生生的一群人，只有当我们认为需求合理时，我们才能对它做出回应吗？如果我们国家无家可归的人聚集在难民营里，或者乘着绝望的小船在海上漂流，我们会张开双臂拥抱他们吗？但我国的流浪者怕是不属于这种类型。我们更愿意认为，他们的困境是由自己造成的，而且始终相信那只是少数人。但事实上，英国有28万户左右的家庭声称没有住房，那些因为瘾君子或赌徒而沦落至此的家庭所占的比例也很小。如果我们和他们站在一起，无论男人、女人还是孩子，我们都一起并肩作战，那么在那个独自蜷缩在商店门口的，不懈寻找着任何解脱办法的男人眼中，我们又会是什么形象呢？

28万户家庭，或许多一些，也或许少一些，真实的数字是未知的。来自西方文明的难民们被困在一艘几乎找不到码头的船上，漂泊无依。

"你能想象如果普利茅斯委员会分给科林悬崖上一块地将会是什么景象吗？"

"如果分给我们呢？"

"我会在岩架上搭个棚子，我想我会永远待在那里。"

很难说出涨潮线在哪里。分布高低不一的海洋废弃物表明，海水毫无节制地涌进这个海湾，只有它想停时才会停下来。我们爬上一小块遍布岩石的土地，在灌木丛中找到了一块相对平坦的地方，搭起了横跨海峡的帐篷，然后深深吸了一口气。

天亮后，我们去了海滩，沿着它从头到尾走了一趟又一趟。当潮水完全退去时，我们就开始寻找海草，煮面时加入一些黏黏糊糊的细丝，这样一锅泛着泡沫的绿色滑溜溜的食物就做好了。这种海草口感黏腻也就算了，营养价值还不高，所以我们就坚持寻找墨角藻来做饭。把它与金枪鱼罐头一同上锅蒸熟，受高温炙烤的软骨帽贝，从岩石中唰地跳起，直接弹进了我们的平底锅。一群群捕牡蛎的人在平坦的沙滩上肆意奔跑，并且有节奏地晃动脑袋，在橙色的海天交界线上尽情舞蹈。我们在涌来的浪花中游泳，在强劲的浪潮中冲浪，这些海水可能在某一天登上过冰岛、西班牙或美国的海岸，正咆哮着的海浪可能已经跨越了数千公里，又或者才刚刚出发，只漂流了3公里。我们躺在热沙上晒太阳，身体像腌制蔬菜一样，蒙上了一层盐粒结晶的外壳。在绿色圆顶的一片黑暗之中，我感到他的手正来回摩挲着我的腿，我的心怦怦跳着。忽然间，一切都停止了，帐内鸦雀无声。我没有动，害怕引爆一种得不到满足的欲望，或者失去我一直坚持的希望。他犹豫了很久，他的手覆盖在我冰凉的皮肤上显得格外滚烫，那一刻，我们之间有一个悬而未决的问题。

日子一天天过去。云层从西南方向移动过来，翻滚的白色积云消失在内陆上空。从西边吹来的风潮湿温暖，东边来的风干燥凉爽，西北的风凛冽寒冷，这变换不停的风向预示着另一个季节即将到来。夏天还没有过完，南边吹来的风轻轻柔柔，强烈的阳光依旧炙烤着平坦的岩石。这块石头没有海湾周围的那些那么凹凸不平。所以，我们在上面晒干衣服，把炉子平放在上面烤帽贝，然后又在上面敲了一个鸡蛋，希望它能被煎熟。但一看它没熟，我们就把它刮到一起，胡乱翻炒一通，从中再挑出混入的沙砾。我们躺在石头上面，被干干脆脆地晒成皮革般的褐色。十四个月前，我们还一脸疲态，拖着松弛苍白的身体，弓着背开始了步行，而现在却变得瘦削黝黑，一身肌肉也失而复得。我们的头发被晒得干枯易断，衣服也穿得破破烂烂，但我们还好好地活着。至此，我和茂斯的人生合在一起已约 3 万多天，而自打上路起，我们仿佛觅得了另一种活法，我们不再只是机械地消磨时光，而是知晓每一分钟的流逝，在探索时间中打转。岩石上的热度渐渐退去，海鸥伴着海水涨落用不同的声调"欧欧"地叫着。年岁渐长，我的手布满皱纹。走的路越多，我的大腿变形就越严重。但是当他把我拉向他，带着永不消退的热情吻住我时，那一刻时间倒流了。

我是1000万分钟前，19年前的那个我，那时我知道他的父母不在家，正要从公共汽车站回去找他。我是那个年轻的母亲，在衣柜里学走路的幼儿的母亲。我们还是当初的我们，是每一秒钟都完美无瑕的我们，也是被名叫生活的那碗独门配方腌制良久的我们。我们因为磨难变得强大而自由。生命可以等待，时间可以等待，死亡也可以等待。但这百万分之一秒是我的唯一，是我们唯一可以赖以生存的一秒，此外别无他求。也就是这一刻我意识到，我从未离开过我的家。

日子一天天过去。倾盆大雨从西边倾泻而下，形成了紫色怒云。叉形闪电在海面上舞蹈，从南方飘来的小雨，披着潮湿的斗篷，从厚厚的灰色天空慢慢飘落。漆黑的夜晚被无尽的光点照亮，众多流星闪烁着划过夜空。这是夏末的英仙座流星雨，来自另一个世界的流星雨。雨后，我们从岩石表面奔流而下的小溪中收集水，随心所欲地饮用，同时也洗去干涩喉咙中和皮肤上沾住的盐粒。体型巨大的黑屎壳郎在低矮的植被间跑来跑去，常见的蓝蝴蝶在太阳拨开云层后于空中翩翩起舞，带来了比以前更凉爽、更柔和的温暖。自从我们意识到茂斯应该时不时地锻炼一下，我们就每天都坚持散散步或游游泳，同时我们也休息得很好。身体强健，心态平和，在海边小径上，没有了时间的概念，却比以往任何时候都更能感受到它的流逝。遛狗的人一天来两次，从上面的小路上盯着我们。我们在那里待了一个多星期，食物供应已经耗尽，帽贝也吃腻了，我想是时候离开了。

这条小路缓缓地蜿蜒向前，直到撞上了特雷甘特尔堡(Tregantle Fort) 边上的混凝土。它于 19 世纪为抵御法国人的入侵而修建，第二次世界大战期间作为一所气体学校，为士兵们应对恐怖的气体袭击做准备。我们深深地吸了口气，呼吸着清新的空气，继续向前走着，比以往任何时刻都更庆幸自己没有生活在那段岁月。走出波特林克尔村，山崖变得更加崎岖、更加陡峭，更像康沃尔式的山崖，长满了茂密的灌木丛。我们爬过金雀花丛，翻过一堵坏了的篱笆，这时起了风，厚厚的云层开始堆积，我们在一块空地上找到了一片相对平坦的地方，这块空地可能是最高、视野最好的地方。没别的办法了，我们在四面八方盘旋咆哮的风中支起帐篷，爬进去挤成一团，默默祈祷。大风夹杂着雨点呼啸而来，撕扯着薄薄的合成纤维织物和用胶带捆扎起来的杆子，一阵震耳欲聋的狂吼想要从侧面掀翻帐篷。我们躺在床上清醒异常，眼看着扭曲成奇怪形状的帐篷杆就要随时断裂，但是它们挺住了。当黎明来临，风停了，我们一直睡到阳光刺破飞速移动的云层，透出耀眼的光芒。帐篷经受住了暴风雨的侵袭，虽然破旧不堪，扭曲得不成样子，但起码并没有倒塌。

蔚蓝的、碧绿的、黝黑的海湾在我们眼前飞掠而过，那是康沃尔郡的颜色，它永远被黑色悬崖底部的洁白浪花照得熠熠生辉。终点离我们很近了，我们几乎可以看到它。很快我们就会回到彭罗卡角。然后就必须开始搜索学生宿舍了，希望学生贷款可以不受我们糟糕的信用评级的影响。但如果我们失败了怎么办？

这条小路一直延伸到卢港，一个由途经河流一分为二的小渔村，其狭窄的街道上挤满了游客。我们笨拙地挤过围在巴士旅行车周围的一群老太太，和为掉在地上的冰淇淋而哭泣的孩子们。为了躲开拥挤的人潮，我们抄近路走了一条小巷，来到一个只有三张桌子的小咖啡馆。那个红头发的波兰女服务员给我们端来了一壶一人份的茶，还有两个杯子。

"对于你们这个年纪的人来说这包可够大的。你们要去哪里？"

"顺着沿海小径往西走。"

"你们从哪儿来？这儿来过很多步行者，他们通常是从西顿出发的，你们也是吗？"

茂斯抬起眼皮，挑起眉毛，往远处看了看。是东边6公里外的西顿，还是南海岸众多的西顿之一？视线变得模糊起来。

"不是，我们从多塞特郡的普尔过来。"

"那可是另一个郡啊。"

"没错，中间还隔了一个德文郡。"

"那你们睡在哪里，旅店里吗？"

"不，在帐篷里，我们野外露营。"

"这是我听到的最令人惊奇的事了。你们这么大岁数，还一路负重步行走了这么远。我必须告诉我的朋友，她总说她想去冒险，只是没有钱。我会告诉她你们的事。两个老年人，徒步旅行，野外露营，这也太鼓舞人心了。"

"也没那么老吧。"

蓬头垢面衣衫褴褛的我们终于走出了村子，心里却感到出奇地轻松。鼓舞人心吗？多么暖心的评价啊。这时对面人行道上的一个年轻女人向我们挥手，然后跑过马路，她的红头发在狂风中疯狂地飘动。

"我的朋友给我打了电话。她让我跑出去看看那些背着大背包的老人。你们真的睡在帐篷里吗？你们走了多远？"很明显，咖啡馆里那个女孩一定也用过同款染发剂。

"我们从普尔出发的，但去年是从迈恩黑德到波鲁安。一两天之后我们就可以走完这条路了。"

"整条路吗？这条路有多长？"

"1014 公里，但中间有 64 公里没走。总有一天我们会回去，重新补上那一段路。但今年不会再回来了。"

"太棒了。我也想做一些改变生活的大事儿，但这很可怕，让我望而却步。"

"可怕？你都已经来国外工作了，相比之下，出去走走怎么能让你感到害怕呢？"

"我们是一群人一起来的，今年是我们的间隔年。但你们的徒步旅行是一次探险，一次冒险，一次考验。这是我真正想做的。我想知道我能做什么。我并没有从间隔年的工作当中学到什么。我需要一些，唔，一些内在的东西。"

"那么你一定要这么做。当你内心有疑惑的时候，你就必须要去找到答案。在你回家之前去达成它。"

"我会的，我会的。我会一直把你们当作我的榜样，时刻提点自己。徒步旅行的老年人。"

顺着陡峭的小路向上爬。抬头望去，只有一级一级的台阶看不到尽头，蔚蓝的大海穿过波特纳德勒湾，又经过圣乔治岛，随后延伸至远方。我们坐在山顶上，上气不接下气。

"我们真的老了吗？这话我们听了多少次了？"我试着用手指梳理头发，但它们乱麻似地缠在一起。

"呃，我们也确实不年轻了，是吧？我想我需要吸点氧气。"

"你知道我什么意思。"

"就算我们老了又怎么样呢？谁在乎呢？又不是没年轻过。不过'你必须回答你内心的问题'之类的废话是什么意思？"

"这不是废话。如果我们不这样做，我们心中总会打个问号，我们不会发现另一部分自己，永远也不会知道我们这么有韧劲儿。比如打官司那次，如果我们没有试图保护自己，我们始终会被'如果当初'那样的废话所困扰。但我们去做了，虽然输了，但至少我们自己问心无愧。当时已经全力以赴的我们虽然不能改变结果，但至少没有遗憾。如果我们不走这条路，我们就会一直等待政府分配房子，然后躲起来投降。谁知道你会恶化到什么程度？我们会变得苦涩、愤怒，对着奶茶喃喃自语'如果当初'。又或者我们可以放弃一切，然后像科林一样在大街上迷失自我。大多数人终其一生都没有找到一个答案：我是什么，我的内在是什么？真是浪费。"

"好吧，尤达[1]，我只是开个玩笑。"

---

[1] 电影《星球大战》(Star Wars) 系列中的人物，绝地委员会大师，德高望重，有着平静深邃的气度。

"你觉得我留着红头发会是什么样子？"

"拜托，还是不要吧。"

海岬缓缓向前突入海中。下午3点左右，空气更为凉爽，甚至有丝清洌。不是风雨来临前夕的潮湿感，而是8月末特有的柔和与清凉。这个时节暑热渐渐褪去，空气中弥漫的气味总让人想起挂满露珠的夜晚，和布满蛛网的清晨。此行的终点已是近在咫尺，只有一天的路程了。茂斯将在不到三周后就要开始攻读学位，所以我们必须在某处找到一间合租房。尽管一想到要和一群十几岁的孩子同住，我的内心就会有点畏缩。但话说回来，我也算是过来人，谢天谢地他们已经长大了。不然的话我们就要寄希望于能在营地上找到一个位置进行长期露营，营地的厕所区还得能在冬天开放。我试着不去想它，但还是拿出了帕迪·迪利翁，抚摸着那熟悉而令人安心的塑料封皮。从迈恩黑德到波鲁安，和从普尔去卢港的路上，我都是用一根松紧带扎紧它，当时只有薄薄两页纸掉了下来。但很快，《西南沿海小径：从迈恩黑德到南海文角》的所有书页都被一根磨损的黑色松紧带紧紧捆住了。除了未来我们无处可去，无论未来如何我们都将泰然处之。

我们沿着平平无奇的台阶，一如既往地慢慢向下移动。陡峭而无情的崖间小路引领我们来到了塔兰德海湾的小湾前，小径曲曲折折地穿梭在假日公园咖啡馆的那几条长椅之间。我们放下背包，摸出个茶包，东张西望地准备去哪里讨壶热水。

"妈的，这车又发动不起来了。"

一个身材娇小、说话带有浓重北方口音的女人坐在了我们旁边的凳子上。"我刚从修理厂把它开回来就又抛锚了——一到这种荒无人烟的地方就开始戏弄我。哦，不好意思，你们住在大篷车吗？"

"没有，我们只是途经沿海小路。"

"哦，我应该注意到你们的帆布背包的。白天很快就要变短了——你们要去哪里？很快就要到家了吧我猜。不是每年这个时候都这样吧？"

"一直往西走罢了，实际上我们无家可归。"茂斯不再骗人说我们把房子卖了，而是只要有人问起，他就会实话实说。这些人的反应通常都会逗得他发笑。我拉紧背带，准备离开，这是正常的流程。通常情况下，在茂斯告诉人们我们无家可归，而且在野外露营之后，他们都会感到不自在，我们也就借此机会重新出发了。

"这么说你们真的无家可归了？"

"是的。"我收拾好行李准备出发。

令人惊讶的是，这个女人并没有畏缩。

"到咖啡馆里来吧——外面很冷。我去买些咖啡，你们可以多和我说说路上发生的事。"

"车怎么办？"

"讨厌这该死的东西。我去叫辆出租车。"

咖啡馆里温暖干燥，充满了海藻和甜辣酱的香气，向窗外远眺可以看到大海，一大片墨角藻漂浮在岸边。在一杯热咖啡上，茂斯讲述着我们在一顶墨绿色的帆布下所度过的金色夏日，讲述了两个人在野外生活时天气的变化。一条狭窄的小路，与繁忙的世界相映成趣，但又与之截然不同，仿佛置身于另一个世界。这个名叫安娜的女人被他的故事迷住了，像以往其他陌生人一样被茂斯迷住了。我怀疑这可能是他从《贝奥武甫》里读来的。

"现在已经是夏末了，你们打算去哪儿呢？"

"我们得停下来了，下个月我要去上学，所以当务之急是得找个住处。"

"什么，上学吗？这么大岁数？"

"是有些晚了，我知道，但希望是个崭新的开始。"

"老年人有助学贷款吗？"

"有的，不过我可能还没还清贷款就死了。"

安娜静静地坐了一会儿，看看茂斯，又看看我，然后再次看向茂斯。

"听我说，我在波鲁安有一套公寓。我的房客明天就要搬走了，但我还没有登广告。等他们走后，我就要去拍照片。"茂斯一动不动地坐在我旁边的座位上。"如果愿意的话你们可以租下来。这条海滨小路会经过前门，非常适合你们。"这是真的吗？是真实发生的情况吗？保持冷静，继续呼吸。

"即使我们把我们的情况告诉你，你还让我们租房子吗？"

"是的，当然。如果你以学生身份申请到了贷款、助学金或其他什么，我相信这将足以支付租金。房间不大，花不了多少钱。"

"你是认真的吗？"

"是啊"，安娜笑了，"我很喜欢你们，没理由不租"。出租车来了，她挥着手离开了咖啡馆。

"明晚见。"

我们紧紧攥着那张餐巾纸，上面潦草地写着地址，我们的地址。

事态发展得过好所带来的震撼和突发事故时所感受到冲击一样强烈。我们面面相觑，不知道说什么好，好像如果一出声我们就会从美梦中醒来，告诉我们这一切都是幻象。但我们转头就一起跑出了咖啡馆，踩在墨角藻上又跳又叫。年轻的哥斯达黎加咖啡馆老板走出来加入了我们的狂欢，我们像孩子一样围成一圈跳舞。

"我们为什么跳舞？"

"因为我们有地方住啦。"

"这是件了不起的事吗？"

"是最最了不起的事。"

"那我们就尽情跳起来吧！"

~~~~~

那天晚上我们本想一鼓作气穿过波尔派罗，但当酒吧里的灯刚刚亮起，我们就跑进去买了两瓶啤酒，一人一瓶。我们已经攒够了押金和第一个月的房租。包里有面条，助学贷款几周后就会到账，而且我们现在还有了一处住所。还有生活能比这更好吗？

这是我们最后一次搭起帐篷，蜷缩在悬崖边的灌木丛中，掀开门帘就能眺望海峡对岸的景色。东边的海岸一直延伸到黑暗之中，虽然我看不见它，但我能感觉到它的存在。我们漫长的步行之旅就要结束了。冰凉潮湿的海风打湿了我的脸，我知道，我终于可以转过身去看看西边，看看那离我们只有不到一日路程的未来。

"我们又要在步行的终点住下了，这不可能是巧合。因为不只是这次，去年也是这样的情形。这应该是命运吧。"

"这么说吧，是很奇怪，但我还是坚持认为这只是巧合。"

我们最后一次拉上帐篷的门帘以抵挡南风。突然结束的流浪生活让我兴奋不已。但明早当我醒来，我将不再背着背包在悬崖上整日行走，取而代之的将会是什么呢？我将会变成什么样子？我将会是谁？我不知道，但不知道也没关系。我们的过去被彻底留在了另一个岬角上，我很高兴，我终于可以满怀希望地展望未来了。

我们在明亮的阳光下把帐篷包好，小心翼翼地把缠绕强力胶布的杆子折好，把帕迪的书又向后翻了一页，把最后一页塞到发带下面。再也没有松散的书页了。最后一次过山车之旅带领我们在起伏不定的山坡、峡谷和海湾之间上下颠簸。顺着一个白色的地标看去，我们发现了一个完美的短草坪。以前每当到晚上 7 点还没扎营时，我们做梦都想找到一块如此理想的露营地，但每次都未能如愿。反倒是在正午时分很容易发现适宜的草地。

放眼望去，只有一个人孤零零地站在草地上。他的穿着仿佛正在 20 世纪 50 年代进行一场狩猎之旅：一条石头色的七分裤，搭配一件背心，戴着一顶宽檐帽。他站在那里望着大海，左手插在口袋里，右手伸着，手里拿着一根绳子，绳子的一端似乎绑着一块石头。他时不时地向前走一步，那块石头就会顺着风吹动的矮草向前移动。我们看着他向前走了3米，一小步一小步地走了10分钟。

"不行，我得看看他在做什么。"

我们走近一看，显然那不是块石头。

"你们好啊。今天真是遛乌龟的好日子。"还记得我们刚从迈恩黑德出发步行的第二天，就在树林里经历了一桩奇遇，距离那时已经有一年多了。我们早就忘记了"与乌龟同行"的预言。然而在这里，当我们接近旅程的终点时，定制纤绳上的另一端正是这个东西：一只乌龟，它刚吃了一口青草，然后缓慢地在茂盛的灌木丛一步一步地向前移动。

"莴苣"。

"什么？"

"它的名字叫莴苣。"

我们都向前迈进了一步。

"你带着它——它——在这儿干什么？"

那人看了看手里的纤绳，又看了看我们，好像我们都很愚蠢，好像他所做的事情是世界上最显而易见的事情似的。

"我带它散散步。"

"散步？它喜欢散步吗？虽然不确定你是不是非得牵着它，但它真的不会很快地跑掉。我们不约而同地又跨出了一步。

"别让它骗了你，它看起来很慢，但我一转头，跟变魔术似的，嗖一下它就不见了。然后我得把莴苣拿出来，坐着等。慢慢地它闻着气味就回来了，但这可能需要几个小时。"他掀起衣袋，让我们看看里面的小莴苣。

"所以你叫它莴苣。那把它放在花园里不是更容易些吗？"

我们又向前走了一步，那人翻了个白眼。

"你不能这样，它也需要出去活动活动腿脚。我不能把它囚禁起来，它可是野生动物，我每天都带它来这儿。"

"好吧。"

我们俩都还没敢往下接话，就不知不觉地已经爬上了下一个岬角。

"什么情况？"

"别告诉我这只是个巧合。"

我们停止大笑，转过身一看，兰蒂维特湾就在我们脚下，在那之后就是我们熟悉的彭罗卡角了。我们痛苦地慢慢走着，每隔几分钟就停下来看看四周，摩拳擦掌地想快点走到尽头，但又希望这一刻永远不要到来。那天晚上，不是未来某个不相干的夜晚，而是那个我们会打开背包，在陌生的地板上铺开睡袋的晚上。在接下来的几个星期，我们会变卖掉大部分剩余财产，租一辆面包车，把我们所需不多的东西运到波鲁安去。茂斯将会开始攻读学位，却并不奢望能活到学期结束。我会找一份工作，然后开始写作。那时将不再有稀薄的空气，没有失落、痛苦和恐惧，我们会像 20 岁那年一样快乐。

不能再耽搁了，我们终于越过了彭罗卡角，流浪之旅就此结束。我们坐在一张俯瞰兰迪克海湾的长椅上，背包靠在一起，分享着最后一包果味软糖。游隼从附近俯冲而过，沿着悬崖的线条向海湾飞去，然后又盘旋而上，消失在视野之中。

一个人从金雀花丛中走出来，穿着和一年前一样的衣服，戴着一样的帽子，拄着一样的拐杖。

"她已经回来一个星期了。去年你们走的那天她也走了。就知道你们要来，早就提前告诉了他们所有人。她要把你们带回来。"

他慢慢地向大路走去，这时太阳开始落山了，洞里的雾气也消散了。

我们没有足够的时间让过去产生的冲击波发挥出全部威力，就像任何美好的自然救赎故事里写的那样——主人公走进荒野，找到新的生活方式。糟糕的事情就像潮水一样打在我们脸上，如果当初我们没有选择这条小径，我们就会被这些负能量消耗殆尽。我们的旅行耗尽了我们的一切感情，削弱了我们的力量和意志。但是，就像沿途上被风吹倒的树木一样，我们已经被大自然重新塑造成了一种全新的形状，能够经受住来自大海的任何风暴。后来我终于明白了无家可归对我产生的影响。它夺走了我所拥有的一切物质财富，让我变得一无所有。但就像在写了一半的书的末尾留下一页空白一样，让我有机会做出选择，要么让这一页保持空白，要么怀揣希望续写这个故事。当然，我永远怀抱希望。

我不知道未来会发生什么，也不知道几个月来在沿海小径上的野外生活将会对未来产生怎样的影响。我只知道我们是悬挂在最后一抹夏日骄阳下的轻盐渍黑莓，享受当下这完美的一刻，就足够了。

| 致 谢 |

首先我要非常感谢两位了不起的人：格雷厄姆·莫·克里斯蒂 (Graham Maw Christie)（注：英格兰伦敦的图书出版商）出色的经纪人詹妮弗·克里斯蒂 (Jennifer Christie) 和迈克尔·约瑟夫出版社 (Michael Joseph) 才华横溢的编辑菲奥娜·克罗斯比 (Fiona Crosby)。如果没有这两位有远见卓识的女性，这本书很可能不会付印。感谢热心帮助我们的简·格林汉姆·莫（Jane Graham Maw）。感谢里辰达·托德（Richenda Todd）细致的编辑工作，和她一起工作非常愉快。还有安琪拉·哈丁（Angela Harding），多亏了她出色的艺术才能，才能配以此书如此美丽的封面。我也非常幸运能和迈克尔·约瑟夫出版社的其他同事一起工作，他们的热情令人振奋。

当我们躺在沙发上闲谈时，他们表现出了极大的耐心和宽容。我永远感谢阿迪和卡拉、苏和史蒂夫、珍妮特，当然还有波莉。然而对于在浴室里逗留太久，以及喝掉了所有茶包这件事，我还是要对大家说声抱歉。

我们在旅途中遇到了很多热心帮忙的朋友，他们体贴入微，幽默风趣，对我们很是照顾。然而遗憾的是，我们和大部分人都未能一直保持联络，但我相信有朝一日，如果他们能偶然读到这本书，一定可以感受到我的谢意。在这里我要特别感谢戴夫和朱莉，感谢他们一直以来的陪伴和鼓励。还有安娜，她给了我们最需要的东西———一处住所。此外，还有一位特殊的朋友，没有他的支持，我们不可能走完这段旅程。他的远见卓识、超群智慧和惊人的判断力把不可能变为了可能，鼓励着我们度过了最艰难的时刻。我要感谢这位口袋里的朋友——帕迪·迪利翁，没有他，便不会有这趟旅行。在撰写此书的过程中，我发现现实生活中的他热情与可靠程度丝毫不逊色于书中所呈现的那样。

最重要的是，我深深地爱着我的孩子们汤姆和罗恩。谢谢你们在我自我怀疑的时刻，仍然相信我能走完1014公里并将其记录下来编撰成书。当然，还有茂斯。善良、执着、鼓舞人心的茂斯。谢谢你，我一生的挚爱。